U0961787

逐梦世界

ZHUMENG SHIJIE

广交会传奇

喻季欣 著

南方日报出版社
NANFANG DAILY PRESS
·广州·

图书在版编目（CIP）数据

逐梦世界 ：广交会传奇 / 喻季欣著. — 广州：南方日报出版社, 2014.3
ISBN 978-7-5491-0924-1

Ⅰ. ①逐… Ⅱ. ①喻… Ⅲ. ①报告文学—中国—当代 Ⅳ. ①I25

中国版本图书馆 CIP 数据核字(2014)第 062314 号

逐梦世界——广交会传奇

著　　者：喻季欣
责任编辑：周洪威 刘志一 郑　颖
书籍设计：书窗设计工作室
责任技编：王　兰
责任校对：阮昌汉
出版发行：南方日报出版社
地　　址：广州市广州大道中 289 号　邮编：510601
电　　话：（020）87373998-8502
经　　销：全国新华书店
印　　刷：广州汉鼎印务有限公司
开　　本：889mm×1194mm　1/16
印　　张：19.5
字　　数：350 千字
印　　数：35001—40000 册
版　　次：2014 年 3 月第 1 版
印　　次：2014 年 5 月第 3 次印刷
定　　价：38.00 元

投稿热线：（020）87373998-8503　读者热线：（020）87373998-8502

网址：http://www.nfdailypress.com/index.html
如发现印装质量问题，影响阅读，请与承印厂联系调换。

目录

自 序

广交会，是我心中久远而绵延的一个情结。

1978年7月，读大学后的第一个暑假前夕，在湖南省外贸系统工作的堂嫂，一天突然对我说："你想勤工俭学吗？有个押运的事，你可以试试。"勤工俭学？押运？这在36年前，对我这个"文革"后刚考入大学的七七级学生来说，是陌生而新鲜的，不由刨根究底起来。原来，堂嫂的公司要送一批物资到广州，准备参加这年的秋季广交会，那时货物专送，要有一个押运的人守护同行。这是我平生第一次听说广交会。

看守着一节货运列车专厢，人货混装，两天一夜不眠不休的长途押运，从长沙来到了广州市郊区的一个货运站场。但广交会在哪里，这些货物怎么进展会去，我一无所知。押运只是保证货物在路途不出事，其他与我不相干。完成任务，带着一身交融的汗水、臭味，我匆匆踏上了返回的行程。

但广交会是什么模样，依然像一个谜，留在我的脑海。

1990年我从长沙一所军校调入广州军区政治部文艺创作室工作。按规定，在大学当英语教师的妻子可以随军调动，在联系她的调入单位时，一位战友介绍了广交会。这是广交会第二次进入我的脑海。但后来此事未果。虽未果，我却开始了与广交会的接触，并一次次走进广交会展馆和它的承办机构。原来，广交会是中国出口商品交易会的俗称，还是当年周恩来总理亲自提议这么称呼并约定俗成的。广交会的承办机构那时刚改名为中国对外贸易中心（集团），作为中国出口商品交易会的常设机构，它直属国家外贸部。那时广交会位于广州市流花路的流花展馆。展馆正面几十米高、近百米长的玻璃墙壁上，郭沫若先生手书的“中国出口商品交易会”9个金色大字苍劲有力。从此，广交会伴着郭老的书法，在我心中龙飞凤舞，散发魅力。

1997年我进入人民日报社华南分社工作，采访、调研，开始真正走进广交会。认识展会主办人员，接触参展客商，观看展会盛况，采写有关新闻，认识广交会由此点点滴滴，感受广交会涉及方方面面。

这种认知在我心中弥漫。2007年，我调入暨南大学新闻与传播学院任教后，即从自己的感受出发，结合教学，开始带领学生以广交会为现场，多方面进行新闻实践与实习，多次组织以“我行我动·走进广交会”为主题的大型采访活动，并开始了有关写作准备。

回首人生历程，我是改革开放的同行者、亲历者，更是受益者，人生不同阶段的收获者。亲历而相知，受益而鼓舞，改革开放也就是我人生前行的坚定方向、跟随路径，是我最重要的人生记忆、最深切的人生体验，当然也是我最想表达、最想书写的人生滋味。而广交会，就我的了解和认识，无论它的诞生和发展，它的昨天和今天，还是它面临的机遇与挑战，它的历史变革和品牌影响，我认为它是最富代表意义和典型价值的题材之一。思考与渴望，在我内心日益广泛、日益强烈。

2010年7月的一天，广东省委宣传部副部长顾作义打来电话。他说："广交会是广东的重要文化名片，要深入表达、很好宣传，你来创作一部纪实性的报告文学，如何？"

机会突如其来，竟幸运地降临到我的头上。这时正值暑假，我远在英国看望在那里读书的儿子。异国他乡，说到广交会，回眸广交会，我心潮澎湃，当然满口应承。在英国，在这个世界工业革命的发源地，在这个创办首届世界工业博览会的国度，我突然意识到，广交会与它有了千丝万缕的联系，可以在人类文明的历史坐标上更好地感受广交会，认知广交会。这时，在伦敦，儿子读书的学校旁边，正举行一个英国科技工业展。我走进去，流连忘返，思绪万千。这个展览从工业革命的起源到达尔文的进化论学说，到21世纪初的英国工业现状，把人类文明进步发展的一个历史侧影，表现得充分而真切，情深而意长。接连几天，我在这个国家四处行走，追寻近代工业文明的踪迹，感受人类文明的历史意味，给我深深的启发与思考，同时我进入了广交会的创作构思。回国不久，我即与广交会有关部门联系，送去最初的创作策划。但后来由于各种原因，此事搁浅。

尽管未能进入创作，但这个开始，让我对广交会有了更广泛的关注，并开始搜集、了解一些世界知名展会的信息，包括德国、法国、西班牙、澳大利亚、俄罗斯、南非、巴西等国家的知名展会、展馆，我都做过专门的现场观察和了解，拍摄了大量视频和照片，它们给我一个深刻感受：各种不同展会，展示着共同的理念与追求——以展会展示人类文明新成果，通过贸易推动经济社会新发展；贸易改变世界，交流促进文明。而世界各国展会，更无一例外都在不断改革、追求出新、适应时代。

2012年7月，顾作义副部长再次打来电话，再次提起广交会的创作话题时，我一时百感交集。此时，我正带领研究生在新疆喀什进行题为“我行我动·喀什、林芝深度采访行”的暑期社会实践，专程采访广东援疆援藏工作，这期间也正是喀什的“喀交会”举行之时。“喀交会”全称“中国新疆喀什·中亚南亚商品交易会”，是以加强东西部合作，推动中亚南亚区域经济互动，扩大对外贸易，促进国际贸易交流与合作为主题的区域性国际经贸盛会。目睹精彩纷呈的“喀交会”，我深切感到，广交会的榜样与影响作用，早已在中国遍地开花。8月到达西藏林芝后，我又参观了在广东援藏工作队帮助下举行的林芝地区经贸交流会。后来采访得知，虽然西藏是中国内地最后一个参加广交会的省区，但广交会的外溢效应，却已越过千山万水，走进戈壁高原，成为中国会展和会展经济的发动机、孵化器。

广交会，你是中国会展的领头羊，你是中国改革开放的一扇窗口，你是中华民族梦想的践行者，你是中国通向世界的贸易桥梁、联结世界的友谊纽带。

想到这些，我坚定自忖：天赐良机，无论如何，这次不可再失之交臂。天道酬勤，这次终于如愿以偿。

36年的情结，终于得以释放。4年的深入采访和用心创作，终于化成这部倾注我心血和努力的文字。如今本书即将付梓，心中千般滋味。而中国改革开放，仍是我对世界感悟最钟情的词语。

昨天，我刚从巴基斯坦回来，正是在创作本书的采访中，我结识了巴基斯坦驻广州总领事馆总领事巴伯·阿明先生。受他邀请，我于3月20日至24日参加了在巴基斯坦首都伊斯兰堡举办的“2014中巴商务论坛”。这是又一个让我感慨良多的展会。用巴伯·阿明先生的话说，巴基斯坦现在的经济状况大约相当于中国改革开放早期的20世纪80年代末，现在正举国大力发展经济。这个论坛创建于2011年，专为吸引中国投资、促进中巴两国商业往来与互惠合作而举办。我更深刻的感受，是这个商务论坛如同最初的广交会一样，尚在起步阶段，但巴基斯坦政府和人民发展经济的心情却是如此迫切，对中国客人和中国企业家们是那样坦诚真情。巴伯·阿明先生感慨地说：“我们从中国和中国的广交会学到很多。”

是的，发展经济，造福民生，追求梦想，是当今发展中国家最为迫切的期待。平等互利、互通有无、发展共赢、改革创新，是当今世界会展、当今经济全球化浩浩荡荡的时代潮流。历经半个多世纪的广交会，无疑是这一历史潮流中一朵激荡的浪花，是具有世界意义的一个标本。

如果说广交会以开放立身，改革就是它前进的不竭动力。

这一切，我留在本书的文字里；这一切，请读者批评指正。

是为序。

2014年3月26日

珠江听涛处

引子

历史是时代的记录。

这是一篇深深打上时代烙印的历史新闻：

反映我国人民高举毛泽东思想伟大红旗取得的辉煌成就

我国春季出口商品交易会在广州隆重开幕

来自五大洲几十个国家和地区的贸易界朋友参加交易会

这是1967年4月17日《人民日报》第5版刊登的一篇由眉题、主题和副题组成的消息标题。

在"文革"风云变幻莫测、"文革"新闻布满各报版面之时，这条罕见的长达1100余字的关于广交会的消息，显得分外不同，十分醒目。

这条由新华社记者从广州发出的电文，在详细、多角度报道1967年4月15日春季广交会开幕的盛大情景时，特别介绍在广州市中心海珠广场，作为交易会会址的中国出口商品陈列馆的十层大楼上，悬挂着高达三层楼的毛主席的巨幅画像，和欢呼“文革”的巨幅标语。消息还特别报道了这样的细节：“大批外国朋友和海外华侨、港澳同胞，来到交易会后的第一件事，就是购买《毛主席语录》、毛主席著作和毛主席像章”；“无产阶级文化大革命破四旧、立四新的伟大成果，也反映在展出的工艺品、日用轻工业品和纺织品上。展出的工艺品绝大部分是现代题材，日用轻工业品和纺织品都经济实用，造型和图案设计美观健康。这些展品在交易会上普遍受到赞扬。”消息最后还特别写道：“今晚，交易会举行了有三千多来宾参加的盛大酒会。对外贸易部和交易会的负责人出席了酒会。酒会结束后，北京工农兵芭蕾舞剧团演出了芭蕾舞剧《红色娘子军》。”

1967年春季中国出口商品交易会，即第21届广交会。尽管这是当年报道广交会最权威的消息，但有关这届广交会能顺利开幕的背后故事，却一字未提。1966年开始的“文化大革命”，使中国的政治、经济、文化和社会生活，经历了一场浩劫。广交会因为“涉外”，成为首当其冲的目标。但广交会却如期举行了。

广交会为什么会如期举行？这背后，有着怎样非同寻常的故事？在广交会尘封的历史档案里，有这样清晰的记载——

这届广交会开幕前一天，即4月14日清晨，共和国总理周恩来亲携中共中央、国务院、中央军委、中央文革领导小组《关于开好春季广州出口商品交易会的几项通知》文件，放下千头万绪的国家大事，从北京直飞广州，来广州接见红卫兵，劝说这些相互争斗而影响广交会如期开幕的不同派系造反组织的头头们。

周恩来总理亲自带来的这份文件，是由毛泽东主席前一天即4月13日亲自签发的。这份被简称为“五项通知”文件的核心内容是：不在广交会及其所属组织内进行夺权；在广交会期间，一律暂停“四大”（大鸣、大放、大字报、大辩论），开好广交会。

历史尘封，但不掩它真实的昨天。此时，也就是第21届广交会开幕前的广州，现实的情况如何呢？

各自为政、气势狂热的几大红卫兵组织，把广州市中心的中山三路到中山五路具有岭南建筑特色的骑楼大柱和临街墙面刷成了“红海洋”。有红卫兵甚至爬上广州市中山纪念堂，要拆下高挂的孙中山先生手书的“天下为公”牌匾。牌匾已被黑布蒙上，绳索也套上了纪念堂前孙中山先生的铜像，他们呼喊着要强行拉下。而广交会工艺品展馆被红卫兵斥为“四旧”，被贴上封条，他们扬言要砸碎。人们忧心忡忡：这届广交会能如期举行吗？

毛主席亲自签发通知，周总理亲自来传达，历史记住了这情景。

在这一天，在广州军区的珠江宾馆，周总理接连四次，分批耐心、严肃劝导各派红卫兵组织的头头们。但听说要暂停“四大”，一些红卫兵头头还想强辩，可一触到周总理坚定锐利的目光，没了底气。

在这一天，周总理又紧接着与广州军区、国家外贸部、广东省等有关负责人谈话，到广州中山纪念堂向群众组织作报告，亲自到广交会展馆察看情况。他郑重指出：要如期开好广交会。

一言九鼎。

第二天，1967年4月15日，第21届广交会在海珠广场展馆如期举行，于是有了开头《人民日报》刊登的那条载入史册的特别消息报道。5月15日，第21

届广交会顺利闭幕。5月16日，新华社再次发出消息电文：“在文化大革命取得伟大胜利的凯歌中　今年春季中国出口商品交易会胜利闭幕”。

有人说：“文革”十年，中国大陆只有两样工作从头到尾没有停止，一是制造“两弹一星”，另一就是举办广交会。

是的，广交会保持了难能可贵的延续，创造了特殊年代的奇迹。创办57年来，每年举办春秋两届，至今从未中断，亦如1973年邓小平亲临广交会视察时预言与希望的那样：广交会会越办越好。

细节凸显历史内涵。

广交会，即中国出口商品交易会，创办于广州，第1届于1957年4月25日在广州中苏友好大厦开幕。因在广州举办，为易记上口，周恩来总理亲自提议中国出口商品交易会简称为“广交会”。经国务院批准，从2007年4月15日举行的第101届开始，“中国出口商品交易会”更名为“中国进出口商品交易会”。

从此，广交会从单一出口商品贸易转型为进口和出口双向交易。但它简练约定、琅琅上口的简称始终未变，它通向世界的大门日益敞开，功能日益增强。

创办首届，广交会有19个国家和地区的1223名客商参展，出口成交1754万美元。第101届广交会，有来自211个国家和地区的206749名境外采购商到会，累计成交363.9亿美元。

2007年4月30日第101届广交会闭幕当天，中国新华社报道：本届广交会参展人数、成交额，均再创历史新高。出口成交额列前三位的市场是欧盟、美国和中东。

第101届广交会开幕前一天，美国《华尔街日报》报道："第101届中国进出口商品交易会（广交会）首次设立进口展区，对外国出口商敞开了大门，显示出中国更加开放的态度。"

历史轨迹和世界权威媒体报道表明：历经发展，紧随中国改革开放历史步伐，广交会成为名副其实的世界商品交易会，成为举世瞩目的世界展会品牌，成为中国对外开放、谋求和平发展与崛起的中国风格与中国故事。

半个多世纪以来，广交会倾注了几代党和国家领导人的关怀深情。据不完全统计，从1957年到2011年，先后有56位党和国家领导人视察广交会。

1985年4月12日，时任中共中央总书记胡耀邦在第57届广交会开幕前夕专程前来视察，并为广交会亲笔题词："广交互利通天下"。1996年10月15日，时任中共中央总书记江泽民发来贺信，指出："广交会作为中外经贸交往的重要场所和展示我国社会主义建设成就的重要窗口，四十年来为发展我国与世界各国的经济贸易合作发挥了积极作用。愿广交会继往开来，越办越好，以新的姿态迈向二十一世纪。"2011年10月12日，时任中共中央总书记胡锦涛为第110届广交会发来贺电，指出："55年来，广交会始终致力于服务国家经济建设，积极推动中国企业、产品和品牌走向世界，现已发展成为我国对外开放，特别是对外贸易的重要平台，为促进我国同世界各国经贸合作发挥了重要作用。"

1996年10月15日，时任国务院总理李鹏为第80届广交会开幕式剪彩。2001年10月15日，时任国务院总理朱镕基出席第90届广交会开幕式并宣布大会开幕。2006年10月15日和2011年10月14日，时任国务院总理温家宝分别出席第100届、第110届广交会开幕式。

广交会曾被形容为我国“最大的外事场所”。自1957年广交会创办至2011年，有82个国家的146位元首和政要到访、参观。

开放，是广交会的立身之本。作为新中国对外开放最早的窗口，一部广交会的历史，就是一部生动的新中国对外开放史。

时代激荡，开创新局；使命在肩，逐梦世界。

曾几何时，广交会是新中国冲破西方资本主义阵营封锁的前沿阵地，凝聚国家意志打开通向世界的窗口；她与共和国同舟共济，紧随时代百折不回，成为中国历史最长、规模最大、商品种类最全、到会客商最多、成交效果最好的综合性国际贸易盛会；她从中国经济的晴雨表走向世界经济的参照系，她以民族复兴的光荣与梦想向世界讲述中国故事、展示中国特色。

改革开放，中国的时代主题曲；改革开放，广交会伴随中国历史进程的传奇篇章。

2013年11月9日，党的十八届三中全会在北京召开，“全会指出，经济体制改革是全面深化改革的重点，核心问题是处理好政府和市场的关系，使市场在资源配置中起决定性作用和更好发挥政府作用。”

深化改革，时代强音。广交会站在新的历史起点，逐梦不止。

让我们走进广交会，回眸她开创新中国对外贸易宏大格局的历史脚步，感受她作为共和国对外开放、经济建设和深化改革窗口的时代风姿……

第一章

破局开篇

1949年11月，以世界头号强国美国为首的17个成员国，成立对共产党国家出口管制的“巴统”组织，包括联合对华禁运，蓄意筑起对刚刚诞生的新中国的经济封锁线。

19世纪德国史地学家、游历过大半个中国的李希霍芬说过一句名言：有两个公认为最聪明的民族，同时也是最善于经商的民族，一个是中国人，一个是犹太人。1877年，他在出版的《中国》一书中，将中国历史上横贯欧亚大陆的贸易交通线形象地称为“丝绸之路”。

最聪明、最善于经商的中国人，如何破局，冲破了西方资本主义阵营的封锁线？以什么创举，打开了通向世界的一扇大门？怎样承前启后，创设了20世纪“丝绸之路”的新起点？

破局开篇，传奇开创，在冲破封锁中诞生，广交会阔步而来。

壹

那时节，
当年的小伙伴也惊呆了

1　27岁的小伙伴李欢，面对第1届广交会的盛大情景，顾不上整理松了结的领带手舞足蹈。56年后他依然记得自己那时“完全被迷住了”。

初升的太阳映照珠江水面，正是老广州习惯饮早茶的时刻。万木吐翠的越秀山，迎着南国深春的晨风展现出百媚千姿，山顶雄伟的镇海楼在朝阳映衬下昂首挺立。

越秀山下西侧，那时还远离城中闹市、名叫大北路的流花桥畔，一长排耀眼的具有苏联建筑风格的横工字形大厦披彩挂绿，与山顶的镇海楼相映成趣。大厦前1万多平方米的广场人来车往，热闹非凡。

随着一声喇叭鸣叫，一辆披着朝阳、洗刷一新的大客车，满载一车欢声笑语、身着盛装的人，缓缓开到大楼前的宽阔广场戛然停住。车门打开，人们正鱼贯而出，立刻就被一对一迎上来递送鲜花、笑容灿烂的少女们围住了。

手捧鲜花，脸放红光，车上下来的人们个个开怀不已。这时，一个青春焕发、身材敦实的小伙子，像是饮足了早茶，食饱了虾饺、

原广州中苏友好大厦，曾为中国出口商品展览会和第1、第2届广交会会址

凤爪，精神抖擞地手舞足蹈起来。一个看上去比他略大几岁的高个子中年人一把拉住他的肩膀，用香港话逗笑地提醒道："睇睇你嘅（看看你的）领带，松了咯。"小个子年轻人立马止步，回过头看了大个子中年人一眼，再看看自己今天一早才穿上的西装、打好的领带，不由长吐舌头。是哦，刚才兴奋的动作太大，领带结松开偏向了一边。他不由停住脚步，三下两下把领带整了整。刚迈开一步，大厦正门前顿时锣鼓喧天，乐曲响入云霄。他不由又一次立住脚跟，和刚下车的所有人一样，被眼前的一切惊呆了。

这群惊呆了的小伙伴，是来参加第1届中国出口商品交易会的，那幢醒目的大楼叫中苏友好大厦，是中国出口商品交易会展馆。

这一天，1957年4月25日，第1届中国出口商品交易会在广州隆重开幕。这一天，花城广州喜迎四方宾客，花城无处不飞花。这一天，时任中国国际贸易促进委员会主席兼党组书记南汉宸，在开幕式上盛情致辞。

一辆辆满载着参展客商、参会嘉宾的大客车、小汽车接踵而来，看热闹的市民蜂拥而至。朝阳照耀下占地11万多平方米的中苏友好大厦屋顶红旗飘扬，主楼大门上方"第一届中国出口商品交易会"的鲜红横幅耀眼夺目，大厦前广场中央长40米的大型喷水池水柱高扬。与喷水池相对而立的15米高、

2013年5月，83岁的李欢参加第113届广交会

由苏联最负盛名雕塑家创作的一个手擎旗帜的苏联工人与一个手持一卷蓝图的中国工人并肩挽手、昂首前倾的雕像，气势庄重。整个场景，壮观宏大，恍如画中，令人震撼。

这个27岁的小伙伴叫李欢，当年香港南北行公所商人。56年后的2013年5月5日，当83岁的他来参加第113届广交会，笔者在他下榻、参加广交会多年来住宿不变的广东迎宾馆采访他时，他依然清晰记得应邀参加首届广交会的难忘情景，记得那天被人提醒整领带的真切细节，记得乘坐的是一辆老式公交车。

“那时，新中国百废待兴，目睹祖国日新月异，看到冲破西方封锁而诞生的交易会声势如此浩大，令人兴奋不已。我们每一个来参展的商人心中都有一种莫名的振奋，都被这场景所感染，全被迷住了。”李欢深情追忆道。

让这些小伙伴惊呆的，远不只是这些。

1957年4月，27岁的李欢参加首届广交会时的留影，此后至今届届不落

2 来自19个国家和地区的客商们，面对近1万平方米的5个展馆里品种繁多、琳琅满目的各式产品，个个眼花缭乱；与货主当面洽谈、看样成交的做法，人人好奇兴奋。不敢想象的事，就这样发生了。

看完开幕式狮子舞、红绸舞的喜庆表演，客商们潮水般涌向展馆。

香港、澳门中华总商会的王宽诚、叶若林、庄成宗、胡士澄和马万祺等知名人士率领的港澳工商人士团体来了，新加坡、马来西亚、印度尼西亚、泰国、加拿大、英国、叙利亚、比利时等国家的客商来了，波兰人民共和国部长会议主席约瑟夫·西伦凯维兹率领政府代表团，4月6日就早早地来参观了。

涌向展馆的，还有各路参观、看热闹的人们。展馆内，举办展会的主人们、携带商品最早开始对外贸易的新中国外贸人，在等候来自19个国家和地区的客商们。

国家外贸部和广东省的领导来了，国内上百家外贸企业带着出口计划货单来了，广东、广西、湖南、贵州、吉林、辽宁、浙江、江苏8省27个内贸企业，带着4200多万元的货单来了。

这是新中国商品最为集中、敞开大门面向世界的第一次商品出口交易会，由国家外贸部直属各专业总公司与各国营及公私合营的外贸公司共同组成粮油、茶叶、土产、畜产、丝绸、食品、机械、矿产、化医等13个交易团，集中展示新中国出口的各种货源。整个会展展出面积达9600平方米，分工业品、纺织品、食品、手工艺品和土特产品5个展馆，陈列着新中国工农业产品1.09万件。

各展览大厅人头攒动，人声鼎沸。不同肤色、操着各种口音的客商们，看着琳琅满目的货物，面对五彩缤纷的土特产品，触摸轻巧美观的小工艺品，仔细打量，反复询问，新奇、好奇、惊奇，一切令他们兴奋不已。

令客商们好奇而兴奋的还有贸易方式。那时，洽谈是在专门的洽谈室，双方围坐桌前当面进行，就具体货品看样下单，交易员们认真回答、细致讲解客商提出的问题。农耕时代的传统贸易方式在这里得到提升、丰富，服务员们引人带路、端茶送水，热心、热情、热诚弥漫展厅。充满新时代激情的待人接物，让世界各地首次参加中国出口商品交易会的客商们感觉奇妙无比，洽谈、下单的热情有增无减。

客商们对交易产品从惊奇诧异到满心欢喜。扁豆、苎麻、芦花、稻草绳、葛粉赫然入室，相思鸟、鸳鸯、画眉、金钱龟坦然成交。农副产品和新小商品是首届广交会出口的主要商品，这是新中

早期广交会客商洽谈绸缎品生意

国当时的国内经济状况决定的。一穷二白的新中国，经过3年国民经济恢复时期，国家采取一系列方针、政策和措施，才制止了国民党政府遗留下来的恶性通货膨胀，稳定了市场物价，基本完成对封建土地制度的改革，解放农村生产力，农副产品得以不断增加。

今天看起来颇像农贸市场的中国出口商品交易会，肩负着历史使命迈出了最初的步伐。这步伐让客商们惊奇诧异，然而，他们更满心欢喜：交易会上，单相思鸟就成交了10万只，金钱龟成交了1万只。相关要货数量大大超过交易团原来的估计，甚至陈列馆中的样品，也在各国客商的一再要求下购买一空。

买卖就有收益，生意在乎人气。来卖货品的主人们，几时见过如此兴旺的人气，个个兴奋得合不拢嘴。

如今满头华发的广东食品进出口集团公司原员工钟泳康，带着清晰的追忆告诉笔者：他在第1届广交会上做成的第1单生意，是卖给香港安达有限公司几十吨咸鱼。

广州人有句俚语叫“咸鱼翻生（身）”，意为不敢想象的事情出现了。钟老用这个比喻时，自嘲中带着幽默，兴奋中至今充满甜蜜。

不敢想象的事，就这样发生了。

3 广交会开幕不久，人们惊喜地在展馆里看到周总理的身影；在中苏友好大厦前的广场，人们惊异地发现了赫然陈列的新中国造机车和解放牌汽车；在冲破封锁中诞生的首届广交会，以出口成交1754万美元顺利落下帷幕，破局开篇，惊醒世界。

兴奋在继续。

广交会开幕不久，人们惊喜地在展馆里看到了周恩来总理的身影。周总理亲临现场视察，他一个馆一个馆地仔细察看展出的商品，他倡议这一展会简称为广交会，他亲切地对大家说：“广交会不单要发展同外国的贸易，还要展览我国工农业新产品，宣传社会主义优越性，发展和增进我国同世界各国的友好关系。”由此，广交会编印《每日动态》，直接报送北京中南海。

惊奇在发酵。

贸易成交在递增，签订的合同在加厚。每成交一笔，就有愉快的欢笑；每签订一份，就有情谊在传递。这一切实现了周总理的嘱咐，体现了广交会的初衷：换取更多外汇，增进与世界人民的友谊。

换取外汇，是广交会肩负的新中国迫切使命。

底子薄弱、重建家园的新中国，需要从国外进口大量的建设物资，获得外汇是当务之急。

来自世界各地的客商们，虽为以新小土特产品为主构成新中国第一次国家级对外出口商品展而惊讶，但这些精明的生意人，也在对这种各国展会上从未见过的真情细致观察、对如此庄重的形式用心思考。这一切，只是为了换取外汇吗？只是让客商们高兴而多做生意吗？透过平等互利、细看互通有无，似乎不只是这些。

终于，他们有了发现，有了更深的感受。

尽管新中国的工业生产刚刚起步，1957年完成第一个五年计划后，才初步建立起独立的工业体系，但工业新产品带着清新来了，联合机床、台式钻床、波浪绸、绢丝纺粗中有细，各类美味的罐头食品、农产品香中带甜。当看到展厅外广场上赫然陈列着崭新的列车、机车和解放牌汽车时，参展的客商们，更是络绎不绝围绕着一睹为快。

客商们个个争先恐后，他们一遍遍好奇打量。从这些以生动、坚定形象展示出的新中国工业生产的最初风采中，人们由惊异而感悟，蓦然理解了广交会主办者的良苦用心，看到了新中国冲破西方资本主义阵营封锁的壮志雄心。

1957年4月26日出版的《南方日报》，在题为《中国出口商品交易会昨开幕》的报道中这样记下了一个历史细节："各交易团昨日下午开始洽谈交易，在两个小时内的初步接触，即成交杂品、食品、茶叶、畜产、矿产等共值10多万英镑，折合人民币约70万元。"

第1届中国出口商品交易会，在这样让世界新奇而热烈的气氛中持续了整整1个月，以出口成交1754万美元胜利落下帷幕。

在今天，这一数字也许并不显著，但这开先河的创举，不仅赢得了港澳同胞、海外侨胞和友好国家的盛赞，也为后来一届一届不间断的广交会积累了宝贵经验，打下了良好基础。第2届广交会吸引了33个国家和地区的1923名客商到会洽谈贸易，比首届增长57%，出口成交6933万美元，相当于首届广交会的4倍。

这一年，春秋两届广交会，出口成交总额占全国当年创汇总额的五分之一。

1957年5月26日，细心的《南方日报》记者，在《中国出口商品交易会昨闭幕》的报道中，再次给我们留下历史细节："初访中国的加拿大商人M.A.约翰到交易会各个商品陈列馆参观以后说：中国和加拿大有很多东西可以交易。他在离开广州的时候又留言说：在交易会和中国人的往来，已经大大加深了他对中国的友谊。有不少外国商人还建议这种交易会能够经常举行。”

细节凝聚历史。

在冲破西方资本主义阵营封锁中诞生的广交会，以稚嫩、清脆的第一声嘹亮放歌，破局开篇，惊醒世界。

在这惊醒世界中，重温历史，回眸广交会，今天更让我们惊叹新中国最初的历史步伐是如此回肠荡气，让我们更清醒地解读最高领导决策者们对开创新中国前进道路所具有的高瞻远瞩目光与雄才大略胆识。面对严酷封锁，面对突然爆发的朝鲜战争，面对百废待兴的国内建设，一个具有全局战略意义的创举，一个影响深远的历史谋划，精心布局而成，举国支持实现，广交会紧随共和国奋进的历史脚步，历经半个多世纪，展示中国精神、中国性格，走向世界、影响世界。正是在世界风云变幻、国际国内大事密集的这一时期，共和国的最高决策者们当年迅速提出了“边打、边稳、边建”的正确方针，经济建设与国防建设齐头并进。“强国梦”在这个重要的历史时刻，成为我们不能忘怀的民族复兴的重要时代节点，成为我们感悟中国这头已经醒了的狮子的和平、可亲、崭新文明形象的时代记录。

贰

封锁的历史格局

1 从1949年11月，在美国提议下秘密成立“巴统”，到1951年美国又操纵联合国大会通过对中国实行“禁运”的提案，反华势力设置壁垒，企图扼杀新中国的重重封锁，严峻摆在中国人民面前。

1949年10月1日，中华民族在一个改写历史的崭新日子屹立于世界面前：中华人民共和国成立了。这一天，毛泽东主席在雄伟的天安门城楼上向世界庄严宣布：中国人民从此站起来了！

面对新生的共和国，世界显得并不平静，西方资本主义阵营的敌视行动也随之而来。

就在新中国成立刚1个月，1949年11月，在美国提议下，一个意在对社会主义国家实行禁运和贸易限制的国际组织“输出管制统筹委员会”秘密成立，因其总部设在巴黎，被称为“巴黎统筹委员会”（简称“巴统”）。

“巴统”有包括美国、英国、法国、日本等在内的17个成员国，其对社会主义国家的禁运产品有3大类：军事武器装备、尖端技术产品和战略产品。1950年7月，“巴统”的贸易管制范围扩大到中国，并设有一个专门针对新中国实行禁运的执行机构中国委员会。该机构开出了对中国贸易的特别禁单，该禁单所包括的项目比苏联和东欧国家所适用的国际禁单项目多500余种。

与此同时，美国国家安全委员会在更明确的意义上，指出当时美国对华政策的目标是阻止中国成为苏联的附庸。如今已解密的美国相关NSC41文件有这样具体的表述：在中国当前确实存在着与苏联摩擦的萌芽，美国必须动员其政治、经济力量，建立中美之间的正常的经济关系，促进中苏分歧的发展。尽管美国在中国的投资数额很小，美中贸易在美国对外贸易总额中的比例也不大，但是中国市场对亚洲其他非共产党国家的经济复兴具有重要意义。日本经济如果不与中国进行相当数量的贸易，就不能恢复自立的基础。对华贸易管制水平应该比对苏联、东欧国家缓和。当然，一旦当美国运用经济手段迫使中国远离苏联的政策失败以后，美国应该动员西方的政治经济力量，公开与中共政权做斗争，使中共在日本和西方世界面前彻底孤立，或使之崩溃。

1950年6月朝鲜战争爆发。为保家卫国，10月，中国人民志愿军入朝参战。

1951年，美国又操纵联合国大会通过对中国实行“禁运”的提案，企图进一步以经济封锁扼杀新生的人民共和国。

严峻的现实挑战，精心设置的封锁布局，指向分明地摆在新生的人民共和国面前。

敌军围困万千重。

2 这并非一个传说。美国一位高级军官扬言：如果朝鲜爆发战争，中国参战，美国将把中国的经济打倒退到100年前。听到这，一位中国高级军官迎头坦言：那美国会倒退到200年前。

世界总在风云变化中令人眼花缭乱，但其线索与脉络也总是十分清楚地昭示历史，呈现在人们眼前。

这并非一个传说。美国一位高级军官扬言：如果朝鲜爆发战争，中国参战，美国将把中国的经济打倒退到100年前。听到这，一位中国高级军官迎头坦言：那美国会倒退到200年前。

让我们按这位中国高级军官的话，把目光溯流而上。

1784年（清乾隆四十九年）2月22日，一艘由海军服役的帆船改装而成的载重360吨、名叫“中国皇后”号的美国商船，离开纽约港，满载皮革、人参等商品，驶往中国。8月下旬，“中国皇后”号在澳门取得盖有清廷官印的“中国通行证”，获准进入珠江，抵达广州黄埔港。进港时，“中国皇后”号鸣礼炮13响（代表当时美国的13个州），停泊港内的各国商船也鸣炮回礼。激动不已的格林船长在他的手记中这样写道：“‘中国皇后’号荣幸地升起了在这海域从未有人升起或看见过的第一面美国国旗！这一天是1784年8月28日。”

4个月后，“中国皇后”号的货物全部脱手，并满载茶叶、瓷器、丝绸等中国特产，于1785年5月11日回到纽约。格林船长在码头再次无比兴奋地鸣礼炮13响，以结束这次被美国报纸称之为“美国商业史上的一个里程碑”式的航行。

这艘美国历史上首次在太平洋对岸盈利的美国商船回到美国后，受到举国欢迎。这不仅是中美两国的首次通商，更重要的是刚刚独立的美利坚合众国，打破了英、西、法等国的封锁和半封锁，在遥远的古老中国，找到了商机，为经济发展带来希望。

1776年7月4日发表《独立宣言》而建立的美利坚合众国，是在北美13个殖民地脱离英国独立后正式组成的。但这个新生的国家在欢庆胜利时就遭到了英国的报复。英国联合欧洲国家对美国实行海上贸易禁运，不仅取消对北美原13个殖民地的一切贸易优惠，还刻意抬高美国商品的关税，严禁美国船只驶入加拿大与西印度群岛。西班牙于1784年封锁了密西西比河口，严禁美国船只通行。曾经与美国并肩作战的法国，勉强向美国开放了西印度群岛的几个港口，但只允许60吨以下的船只出入。

一位美国学者曾这样描述："当时美国没有资源，没有资本，没有商业，没有朋友。美国与欧洲的贸易变得困难重重，经济面临崩溃的危险。"

出路在哪里？美国怎样打破封锁？

3 历史这样富有意味。遭受英国封锁的美国，是从古老中国这里获得打破"封锁"的生机，找到"破局"的出路。

来到大洋彼岸的中国，当年的美国商人眼前发亮：希望有了，出路有了。

当时美国人对中国的"繁荣"十分羡慕，以至把这艘首次远航中国的商船命名为"中国皇后"号。美国官员甚至设想，"中国皇后"号会接触到中国各种官员和重要人物，于是在外交证书上空前绝后地写上了无数他们并不十分清楚的中国官场的各种头衔：君主、皇帝、公爵、伯爵、市长、议员等等。为祈祷成功，美国最高财政监督官罗伯特·莫里斯费尽心机地选定总统华盛顿的生日那天起航，抵达更是契合中国传统的“8·28”这个“黄道吉日”。

面对古老的中国，“中国皇后”号上的美国投资者们，把冒险与精算发挥得无以复加。商人们把西洋参选为美国出口中国的主要商品，采取压价广泛收购、精选分级调整售价、抢先上市快销等争取最大利润的举动，深深留在了中国人印象中，国人那时便形象地把它称为“花旗参”，由此而称这个国度为“花旗国”。

“中国皇后”号的首航成功，不仅让美国商人们从对中国直接贸易中发现有利可图的机会，也刺激美国政府给对华贸易的商人以税则上的保护和优惠津贴，利益与希望，在美国历史上第一次掀起了“中国热”。于是，几十吨、几百吨的木制商船，纷纷扬帆远航，穿洋过海，通往中国，驶向广州。以此为开端，18世纪90年代以后，美国对华贸易已赶上荷兰、丹麦、法国、葡萄牙等老牌开发东方贸易的国家而跃居第2位，仅次于对华贸易有100多年历史的英国。

“中国皇后”号见证了18世纪美国怎样渡过经济难关。

历史总是这样富有意味：随着时间向前推移，也有逆历史潮流的重演。但历史前进不以人的意志为转移。

美国操纵联合国大会通过对新中国实行“禁运”的提案，直到1972年2月签署中美上海联合公报为止，持续22年。带有强烈冷战色彩和意识形态目的的“巴统”，1994年4月1日才宣布正式解散。

冲破封锁，成为新中国前进的攻坚战。打破壁垒，站立起来了的中国人民善于砸碎一个旧世界。突破困局，中国人民还将善于建设一个新世界。

沧海横流，方显英雄本色。

冲破封锁，中国人民迎难而上。

叁

冲破封锁，从最高决策开始

1 一路挺进的人民解放军战士，突然停住了只要抬脚便可跨过深圳河的步伐。最高指挥部传来命令：“暂不收回香港”。粉碎以美国为首的西方资本主义阵营对新中国全面封锁的战略决策，高瞻远瞩而出。

冲破封锁，从新中国最高决策者们开始，在新中国筹建的历史时刻，已经纳入领袖们的运筹帷幄中。

回荡着新中国诞生的隆隆礼炮，1949年10月14日，广州解放。人民解放军一路挺进，10月17日来到与香港一河之隔的深圳河边。就在这时，斗志昂扬的解放军战士们，突然停住了只要抬脚便可跨过深圳河的步伐，最高指挥部传来命令：“暂不收回香港”。

“暂不收回香港”的决策来自北京。

还在新中国诞生之前，毛泽东主席便开始把香港问题纳入他的思考之中。新中国外交方针政策中，重要的一条是不“继承”旧中国一切外交“遗产”，尤其是丧权辱国的不平等条约，并宣布“废除卖国条约”。但面临新中国成立前后极为复杂的国际国内环境，毛泽东主席和新中国第一代领导集体审时度势，不搞“四面出击”，从而做出了“暂不收回香港”的战略决策，并对香港采取“长期打算、充分利用”的方针。

在新中国成立前夕的1949年1月19日，中共中央向全党发出由周恩来起草、毛泽东修改的《关于外交工作的指示》，指出：“在原则上，帝国主义在华特权必须取消，中华民族的独立解放必须实现，这种立场是坚定不移的。但是，在执行的步骤上，则应按问题的性质和情况，分别处理。凡问题对于中国人民有利而又可能解决者，应提出解决。其尚不可能解决者，则应暂缓解决。凡问题对于中国人民无害或无大害者，即使易于解决，也不忙于去解决。凡问题尚未研究清楚或解决的时机尚未成熟者，更不可急于去解决。总之，在外交工作方面，我们对于原则性与灵活性应掌握得很恰当，方能站稳立场、灵活机动。”

党中央的这个指示实际上为解决香港问题提供了指导方针，即香港问题是帝国主义在华的“特权”之一，必须取消，但又属于“解决的时机尚未成熟者”，因此，“不可急于去解决”。在新中国成立之初，周恩来指示驻港工作人员：我们暂时不收回香港，不是放弃香港，也不是撤出香港，要长期生根，坚守阵地，支持国内工作。

果然，解放军后撤，试图与解放军对峙、驻守在深圳河香港一侧的英军也很快后撤，只留少数警察维持治安。

不久，英国情报委员会认为，承认新中国，可促进中英贸易，减少威胁；如果迟缓承认，与近在咫尺的广州的正常交往会减慢。

1950年1月6日，英国在西方率先承认新中国。1952年，英国48家商界集团来新中国访问，他们先后从澳门、香港入境，经广州，一路北上。

新中国成立之初，与世界联系的通道只有当时的“老大哥”苏联和仍为英国殖民地的香港，以香港作为联通世界通道的作用更广泛深刻地展现。作为“巴统”成员国的英国，为更多利益，通过香港与中国内地有了多种贸易往来。

西方对华政治孤立、经济封锁的如意算盘在这里没有实现。新中国以香港为桥头堡，打开了经济封锁的缺口。这一切正在新中国最高决策者们的谋略之中：维持香港现状，为我所用。

在深圳河边，没有跨过的这一历史脚步，却在更深远的意义上使新中国迈上了时代台阶，开始壮丽的前进征途。

回顾历史，我们可以深刻而分明地看到：打开大门，敞向世界，对外开放，是新中国从诞生开始就具有的品格与追求，而试图关上中国开放“大门”的，正是以“开放”和“经济全球化”相标榜的西方资本主义阵营国家曾经的历史面目。

冲破封锁，打破壁垒，突破困局；渴望复兴，开创新局，逐梦世界。新中国的坚强意志与壮丽步伐，不可阻挡，迈向未来！

2 从“暂不收回香港”到香港回到祖国怀抱，从“充分利用”到“一国两制”，是世界治国方略成功的典范。冲破西方资本主义阵营封锁而诞生的广交会，在一个侧面闪耀着这一决策的历史光辉，展示出“破局”的时代智慧。

“暂不收回香港”的战略决策，显现了新中国最高决策者保留香港作为“国际通道”地位，粉碎西方资本主义阵营全面封锁政策的宏图大略，也为1957年创办广交会准备了历史与现实的有利条件。

香港历来是转口贸易中心，但受自然条件和经济结构影响，香港经济发展主要是以对外贸易为依托，当地居民生活消费品和生产所需原料、设备绝大部分依靠进口，所需生活资料和生产原料多从内地进口。暂不收回香港，既可以确保对香港地区的出口供应，兼具了贸易与供应的双重功能，更是对香港“长期打算、充分利用”功效的深谋远虑。

首届广交会参会的1223名客商中，港澳客商达1021人，占全部客商的83.48%。

1954年8月12日，周总理在一次题为《关于外交问题的报告》中，针对英国的地位和特点，提出要“推进中英关系，争取和平合作”，“我们改善同西方的关系将首先从英国开始”。在谈到香港时，周总理说：“香港的居民绝大多数是中国人，大家都认为香港是中国的。”但现在时机尚不成熟，我们“不要去谈”。周总理进一步指出：要利用西方国家同美国的矛盾，在保障和平、开展贸易的基础上与之结成统一战线。

“暂不收回香港”战略里，有着关心香港、关怀同胞的深刻情怀与大爱。1924年，周恩来从欧洲回国时就到过香港，住在香港大学附近。1927年八一南昌起义后，周恩来也曾辗转来到香港治病，在中环、上环、九龙等地都留下足迹。新中国成立后，周总理虽未再到过香港，但心系香港，情怀萦绕。

20世纪60年代初，周总理得悉港人面临缺水之苦，他拍板决定“东深供水工程”，解决了香港长期以来的饮用水短缺问题。同样是60年代，在周总理亲切关心下，供应港澳鲜活商品的“三趟快车”更被香港媒体称为“香港同胞的生命线”，像一根动脉，把香港和祖国大陆紧紧地联系在一起。

英国陆军元帅蒙哥马利，1960年5月和1961年9月，曾两次访华，两次都与毛泽东主席有过广泛交谈，但毛主席也坦率告诉他：“我们不谈香港问题。”

多年后，蒙哥马利这位举世公认的战略家、军事家在评点20世纪风云人物时，发自内心地告诉世人：“古往今来，最伟大的战略家是毛泽东。”

1957年，周总理在上海做了《关于香港问题》的讲话，提出香港的主权一定要收回，并且是使用和平谈判的方式。

1982年9月24日，中央军委主席邓小平在人民大会堂会见英国首相撒切尔夫人时，明确指出："1997年中国将收回香港。"邓小平语气铿锵地说："中国在这个问题上没有回旋余地。坦率地讲，主权不是一个可以讨论的问题。"

1997年7月1日，香港回归祖国，五星红旗在香港上空高高飘扬。

从"暂不收回香港"到香港回到祖国怀抱，从"充分利用"到"一国两制""港人治港"，是几代中国最高决策者们始终把香港作为中国内地通向世界的桥梁和纽带，始终保持香港繁荣稳定宏伟方针和博大胸怀的生动展现，是世界治国方略成功的典范。

冲破西方资本主义阵营封锁而诞生的广交会，在一个历史侧面折射着这一决策的历史光辉，展示出突破困局的时代智慧。

3

在由国家外贸部上报关于举办广交会前身全国出口商品展览会的请示上，周总理批准同意。首届即专程前来视察，一生8次亲临，广交会永藏着一代共和国总理炽热的历史温情，永耀他的光辉英名。

这是一个已经披露的历史细节。1956年春，毛泽东主席到广东视察，并在广州珠岛宾馆度过农历新年。一天，时任广东省委第一书记兼省长的陶铸领着港澳工委负责人饶彰风、黄施民急匆匆赶往毛泽东住处，汇报一个急切而重大的计划。1955年印尼万隆亚非会议之后，亚太地区的民族独立解放运动迅速高涨，该地区包括不少华裔富商在内的富商巨贾们，纷纷将大批资金转移到相对稳定、自由的香港避风躲险。陶铸就此请示毛泽东：能否利用这一难得时机，采取灵活政策网开一面，利用香港这批巨资快速推进珠三角地区工农业生产的发展？毛泽东听完汇报后沉思良久，最后告诉陶铸："这个想法很好。你们赶快写个报告，我们到北京进一步研究。"

毛泽东回北京后，对此是否商量，如何商量的，不得而知。但紧接的又一个历史细节，具体清晰。

1956年8月一个艳阳高照的日子，一份由国家外贸部上报的请示送到了周恩来总理办公室，周总理阅后批准同意。

这份请示的事项，就是外贸部请予批准在广州举办全国出口商品展览会，也就是后来首届中国出口商品交易会的前身。从展览会到交易会，两字之变，目标明确，意义深远。

通过出口商品展览会，积累经验，由此起步，冲破资本主义阵营的封锁，换取国家急需的外汇，从境外进口工业设备和稀缺生产资料，开辟一条与世界交往的通道，正是共和国总理思虑已久的心头大事。

很快，国务院批准外贸部和广东省人民委员会共同以中国国际贸易促进会的名义在广州举办中国出口商品展览会。1956年11月10日，中国出口商品展览会在广州中苏友好大厦成功举办，为期两个月的展览会收到预期效果。

这次展览会，成功采取展示与交易相结合，邀请客商当面洽谈，看样成交的做法，大增了人们的信心，为创办随后的中国出口商品交易会提供了全面经验。

从中国出口商品展览会，到第1届中国出口商品交易会，让人们进一步感受到周总理以出口商品交易打开国门、开拓中国对外经济贸易的宏伟气概，对香港地位和作用深远发挥的坚定信念。

首届广交会刚开幕，百忙之中的周总理便专程前来视察，给嗷嗷待哺的新生广交会无限温暖与关爱。

从孕育到诞生，广交会沐浴着阳光雨露。

坚持平等互利、互通有无，是周总理对广交会的满怀期待，也是他放眼未来的深邃思考。据广交会历史档案记载，1971年7月，周总理曾两次与外国经贸团具体谈到广交会。7月2日，他在接见加拿大经济代表团时说："我们不能光靠每年两次的广交会，让人家来看我们的商品，订货。我们还要知道你们需要的商品花色、品种、质量、包装的要求。彼此总结交流经验，这样平等互利、互通有无的贸易就会发展。"7月18日，周总理在会见法国议会代表团时说："每年我们广州有两次交易会，希望法国朋友多来一些，我们要派人到你们那里，你们也派人到广交会来，这样双方贸易会增加起来。"

万事开头难。创办伊始的广交会，缺乏经验，交易期间签订的合同有些难以及时落实。第1届广交会举办后，外贸界人士收到客商近千条批评、建议，其中如何讲诚信、按时交货、互抢生意等情况反映最为强烈。广交会领导组织机构高度关注，立即向国务院做了汇报。

为此，周总理强调并多次专门做出指示："重合同、守信用"，"重质先于重量"，"提高品质规格，挽回信誉"。

为落实周总理的指示，第3届广交会制定了《在会期间交易工作中注意事项》，在价格、客户及市场安排上做到统一，从而形成统一对外规则。经过几届实践，统一对外工作形成了一套行之有效的做法，逐步制度化、规范化。直至20世纪70年代，历届广交会基本都是循此惯例。

放眼全局，周总理对广交会的发展，总是通盘考虑。1970年5月至10月，周总理先后两次指示：外贸要促内贸，外交、外贸、外经要三位一体搞好广交会。他明确强调："我们每年两次广交会，是一个交流经验促进生产的好机会，要懂得生产，要向省市请教，工业部门、各省市都要派代表参加交易会。""要把交易会作为推动国内生产发展的一个重要场所。"

这"三位一体"，也是广交会"贸易的桥梁，友谊的纽带"最早的思想源头。

周总理对广交会的殷切深情，融入在广交会的方方面面，成为广交会不断完善措施、提升声誉、坚持开放的重要保证。

1967年11月13日，继4月14日亲赴广州做红卫兵的工作后，周总理在北京又亲自出面做广州两派群众组织赴京代表的工作，要求两派组织严格执行中央的指示，保证开好广交会。为国操劳、鞠躬尽瘁的周总理，为广交会这个此时共和国唯一的对外窗口、这条与世界交往的重要纽带，殚精竭虑，力挽狂澜。然而，第22届广交会还是被推迟一个月于1967年11月15日才举行。

这是广交会唯一被推迟举行的一届。

遗憾里深蕴历史缘由。它也深刻地表达出，广交会为什么创办以来没有中断、成为与制造"两弹一星"一样没有停止的根本原因：因为有周总理这样的老一辈革命家的高瞻远瞩、全力支持，有共和国走向世界不可抗拒的开放意志与发展动力，有一个民族追求振兴、实现崛起的伟大梦想与坚强毅力！

广交会的客商每届递增，是广交会发展的兴旺景象。而基础设施和生活条件欠缺，尤其是"吃住行"三件事，多年来一直困扰着广交会。

1971年，广交会向广东省和外贸部提出了扩建展馆的要求。在周总理的关心和过问下，"广州外贸工程"作为一揽子工程立项，国家拨专款6000万元，兴建广交会流花路展馆、东方宾馆新楼、流花宾馆和白云宾馆。工程于1972年10月动工，1974年4月流花路展馆交付使用，广交会基础设施建设迈上新台阶。

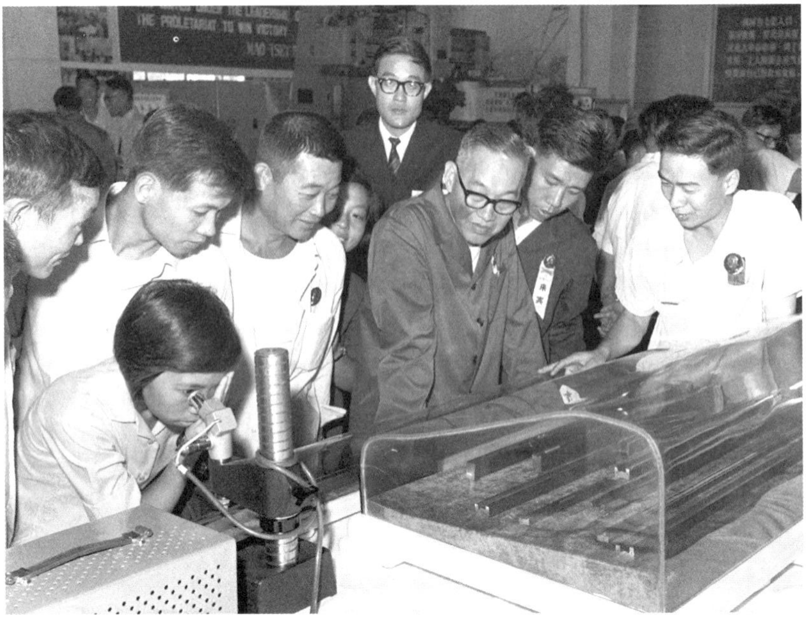

广交会成为最新产品的展示窗口，人们争相一睹

1972年11月2日，第32届广交会举行半月之久后，周总理了解到由于外宾踊跃参会，广交会出现住房紧张、车辆不足、饭馆不够的情况，立即批示：此三事非解决不可。

在周总理的关心下，有关方面从北京抽调80辆国产小车，并由解放军总后勤部抽调80多名政治可靠、业务熟练的司机前来广州支援。当世界各地客商们坐上这些小车，感受到一国总理的温情时，他们深情地称这是周总理派来的“友谊车队”。

“广州外贸工程”逐步完成。1976年10月，白云宾馆建成投入第40届广交会使用。然而，周总理却永远无法再亲临广交会，没能看上一眼这座他深情牵挂的广交会设施。但这座曾经的广州最高建筑，如今依然矗立在广州。

广州不会忘记，1924年第一次国共合作时期，这年9月，26岁的周恩来从法国回国，被党组织任命为中共广东区委委员长，并担任刚成立的黄埔军校政治部主任兼国民革命军第一军政治部主任。从1924年至1927年，周恩来在广州工作3年，广州市的大小街道，都留下他深深的足迹。

广州不会忘记，1925年8月初，邓颖超只身从上海来广州，与周恩来相聚，8月8日，周恩来与邓颖超在广州结婚。他们的新婚居所，就在文德东路的文德楼3号二楼。

广交会不会忘记，新中国成立后，周总理10多次来广州，其中8次有关广交会。

广交会不会忘记，周总理对广交会有数不清的批示，指引方向，谋划全局，排忧解难，呕心沥血。

从孕育到诞生，从成长到发展，广交会永藏着一代共和国总理炽热的历史温情，永耀着他的光辉英名。

肆 红色冲锋方阵

1 严亦峻，耳濡目染晋商精神从炮火中走出的“红色商人”，怀着开拓共和国对外贸易事业的追求，1955年来到广州，“一封电报催生广交会”。整整50年后，第100届广交会以空前盛况，为这位勇敢的冲锋战士壮丽送行。

说到广交会，便不能不说到严亦峻。有关他的赞誉甚多，还是让我们从头说起。

1914年出生于山西太原的严亦峻，从小喜欢读书，高中毕业后考上山西一所大学的法学院。受进步思想影响，他1936年加入中国共产党，并于1938年2月受中共山西省委调派，赴山西平遥县开展地下党活动，担任平遥公道团团长，于9月任平遥县县长。

山西是中国负有盛名的晋商发源、成长地，强烈的开拓精神和不畏风险的果敢行动一直为人称道。思想睿智、在革命斗争中经受了锻炼与考验的严亦峻，1946年受党组织安排，在革命根据地开展贸易工作。他机智地周旋在蒋、阎统治区搞贸易，设法用老区的土特产品换取根据地短缺的药品、食盐、布匹等物资。耳濡目染的晋商精神与炮火中磨炼的革命意志结合，使这位年轻而资深的共产党员，出色展示了他“红色商人”的最初品质。新中国成立后，严亦峻调到武汉任中南军政委员会贸易部办公室主任，从事贸易工作，1953年初任中央对外贸易部驻中南局特派员，1955年4月为外贸部驻广州特派员，1年后兼任广东省外贸局局长。

严亦峻

作为从硝烟炮火中走出的红色商人，严亦峻的经历是新中国贸易与外贸事业战线上一个突出的代表。作为中央政府特派员和地方政府要员，他的思考与行动，体现着国家对外贸事业的思想意志，肩负着开拓与探索的历史使命。

从晋商之地山西到同样是颇负盛名的粤商之地广东，严亦峻感受到的不仅有各自商业文明的精彩，更从国家对外贸易事业大局出发，以一个对外贸易战线的开拓者的身份，感受到广州毗邻港澳这一有利于对外贸易的特殊环境地位。

亦如当年驰骋于战场，他思考着、谋划着新的冲锋机会。

1951年10月14日，在抗日战争中被日本战机轰炸而成废墟，如今建起的广州文化公园，举行了首次华南土特产展览交流大会。当时在广东省主持工作的叶剑英元帅，为这一盛会亲自命名并题字。

首次华南土特产展览交流大会贸易红火，也吸引了港澳商人主动参加，一时成为广州经济活力的贸易旺地。在首次基础上，1955年秋天，时任广东省外贸局局长的孙传禄尝试组织了一场新的华南出口物资交流会。

这次规模更大的华南出口物资交流会，再次掀起客商采购高潮，广东省外贸局不得不增加场次，在1956年的3月、5月两度开展。华南出口物资交流会的盛况，引起了严亦峻的密切关注和浓烈兴趣。细心的他，更是在交流会现场发现，广州本地产的顺风红瓜子，在香港被当作款待亲友的稀罕物，内地随处可见的红薯、药材，甚至麻袋，都成了港澳商人的抢手货。

那时，为恢复生产、医治战争创伤，全国各省操办土特产展览交流会已经好几年。但与严亦峻在汉口时看到的交流会不同，在广州超过一半土特产都被销往海外。这让他想起自己曾在战争时期搞经济工作，用土特产从“白区”换回根据地急需品的岁月：买卖里有着强大的利益驱动，带着明确的所需目标。如今，正值第一个五年计划实施期，国家建立工业体系大量需要钢材、机器设备等重要物资，这些都依赖进口。出口，出口创汇，从出口实现进口，这里大有文章可做啊。

此时，严亦峻还想到，自华南出口物资交流会以来，很多对祖国还不了解，甚至抱着怀疑畏惧态度，新中国成立后从未回来过的港澳商人，现在一再回来参观、做买卖。他具体掌握了通过3次交流会新建立的330余户外销关系，他们推动了130余种新商品的出口。

想到此，严亦峻兴奋不已，一缕火花在他眼前闪耀，一个构想在他脑海浮现：“既然小型的展会效果不错，为何不搞一场更大规模的，而且专做出口呢？”

经过深思熟虑，严亦峻专程把这个想法去向广东省委第一书记兼省长陶铸做详细汇报。

无独有偶，这或许是历史的必然。也许，是陶铸期待已久；也许，是严亦峻的想法与这位久经考验的杰出革命家的想法不谋而合。陶铸以湖南人的率直与坦诚，当即表示大力支持。

冲锋的机会来临，严亦峻激情奔放。获得有力支持的他，纵身腾跃，虎步生风。

1956年6月12日，严亦峻在广东省委以个人名义向外贸部发出一封电报。

这封电报具体介绍了广东这几次的展会情况，说明了展会的作用；随后，以四大益处阐述举办全国性出口展览交流会的必要和意义。

电报还明确建议当年9月、10月，在广州举办这场展会，由外贸部办展。

一封具有历史意义的电报从广州发向北京，一个具有历史意义的举动在严亦峻手中完成。

7月下旬，严亦峻被知会赶紧筹备中国出口商品展览交流会，在广东省人民委员会领导下进行工作。后来外贸部正式下公文时，中国出口商品展览交流会中的“交流”二字被去掉。

在严亦峻的一生中，他记不清向北京、给领导发过多少电报，但这一封，他铭刻脑海，记忆清晰，半个多世纪后回忆起来，依然那样豪情似海：“我做了大半辈子外贸，促成广交会是我一辈子的标志性事件。”

冲锋在前，他心头红旗猎猎。

1956年11月10日，中国出口商品展览会召开。

这虽是一场试办性质的展会，却是后来广交会的前身。它为广交会的创办做了重要的前期实践，奠定了全面基础。说严亦峻“一封电报催生广交会”，即缘于此。

2006年10月20日，广交会第100届首期结束之际，广州新殡仪馆白云厅哀乐低沉，人们怀着沉重的心情向一位享年93岁的老人诀别。这位老人就是严亦峻。

从动议举办出口商品展览交流会到广交会诞生，从第1届广交会起连续担任19届广交会秘书长的严亦峻，催生广交会，一生情系广交会。整整50年后，他安详作别广交会。

第100届广交会以空前盛况，为这位勇敢的冲锋战士壮丽送行；猎猎红旗，再一次伴他欣慰启程。

2 创办广交会，汇聚着一个并肩冲锋前行的红色方阵。方阵里有一位从高级将领转为共和国外贸部第一任部长的“红管家”，他叫叶季壮，他和战友们精心导演如何拉开这场壮剧大幕。

举办中国出口商品展览会，汇聚着一个并肩冲锋前行的红色方阵。

1956年6月12日严亦峻发出电报，6月16日外贸部收到电报。6月19日，外贸部首任部长叶季壮迅速在这封电报上做出批示：“我同意，如果大家没有不同意见，即照办。”

首任外贸部部长叶季壮

叶季壮，这位从高级将领转为共和国外贸部第一任部长的“红管家”，1893年出生于广东省新兴县一个贫苦农民家庭。他从小勤奋读书，1914年在广州省立法政学堂毕业后，曾在广东江门、新兴等地当过见习司法官、县署总务科科长，1925年6月领导成立江门总工会和支援省港大罢工的罢工委员会，同年底加入中国共产党。从土地革命战争时期到全国解放，他先后担任中国工农红军、八路军、东北人民解放军总供给部部长、总后勤部部长等职。新中国成立后，他先后担任中央人民政府贸易部部长、对外贸易部部长，还先后任政务院财政委员会副主任、国务院财贸办公室副主任，协助周恩来、陈云、李先念抓财政工作，被誉为我党我军的“红管家”。

正是有“红管家”的胆识，叶季壮不仅在严亦峻的电报上迅速批复，又在与广东省人民委员会商议后，于8月15日向李先念副总理具体汇报，在充分阐述了举办全国性出口商品展览会的意义后，对展览会名称、主办单位、主办名义、展览内容、客商邀请、贸易方式、组织领导、经费等提出了具体请示意见。

叶季壮的请示得到国务院领导的高度重视。周总理亲自批准同意。

紧接叶季壮在严亦峻电报上的批示，外贸部副部长孔原对此很快具体做出安排：“责成严亦峻同志主持筹备，但我部必须派一负责人去协助，并要各总公司也派人去领导组织展品和统一对外谈判与成交。”

随即，外贸部副部长李哲人赶赴广州调研，与陶铸、严亦峻碰头研究项目的可行性。

明确的目标，集体的智慧，叶季壮和战友们为全国出口商品交易会的创办，在幕后精心导演着。

时代壮剧的大幕，即将开启；开创的新局，分明已见朝霞初露。

说起中国出口商品展览会，还有一个传奇般的细节值得一提，这是当年的南方日报记者在1956年11月11日《南方日报》第二版《中国出口商品展览会巡礼》一文中特别记载的：有一次，我国出口的甘油运到香港时，香港英国当局下令禁止提货，理由是甘油属于“禁运”物资。经手的商人问他们：“禁运”到哪里去？回答说：“禁运”到中国去。经手的商人说：这批甘油不是运去中国的，正是由中国运出来的。那些奉行“禁运”政策的英国官员们只好当场啼笑皆非，顾左右而言他。

这传奇真是颇具讽刺意味。这也正符合了那句入木三分的中国谚语：搬起石头砸自己的脚。

这砸脚的痛，今天是否还能让人们悟出它的内涵呢？

3

1957年4月，凝聚着举国力量的广交会，在冲破西方资本主义阵营的封锁中诞生，在社会主义对外贸易事业中建起里程碑，在新中国开创前行的步伐中向世界打开了开放的一扇大门，一个破局创举奠定了一部时代壮剧的宏大开局。

紧张的筹办，迅捷而全面展开。一批批干部被抽调过来，一拨拨外贸工作者被安排到各个工作岗位。鉴于展览会是全国规模的，外贸部要求各省、市均应参加，并立即进行准备。外贸部还明确提出：在这次展览会的基础上，在广州建立永久性的全国出口商品陈列馆。

中国出口商品展览会成功举办。中国共产党中央委员会机关报《人民日报》，为此专门刊发社论《祝中国出口商品展览会》，指出："这次在广州举行的中国出口商品展览会，是我国开国以来成就最大的一次展览会。""美国侵略集团所采取的违反各国人民利益的禁运政策，已经遭到各方面强烈反对。""我们可以肯定地说：这个不合理的人为的障碍，早晚是会彻底破产的。"

这个深远的预言，如今早已被历史所证明，而在这次中国出口商品展览会基础上培育出的中国出口商品交易会，使这预言成为现实。

1957年3月，经国务院批准，中国出口商品陈列馆在广州成立。

这个陈列馆就是后来第1、2届广交会的举办会馆，并作为广交会的常设机构，为外贸部驻广州特派办和广东省外贸局属下的事业建制单位，它的主要职责，就是为广交会提供展览、洽谈场地，组织陈列布置，联系接待国内外来宾，负责客户资讯、邀请等。

万事俱备。

1957年3月4日，外贸部下发《中华人民共和国对外贸易部同意4月举办出口商品交易会》文件。

1957年4月25日，广交会在欢歌载舞中胜利开幕。

被19世纪德国史地学家、游历过大半个中国的李希霍芬誉为最聪明的民族，同时也是最善于经商的民族之一的中国人，又一次勇于创局。

凝聚着举国力量的广交会，以中华民族的勤劳与智慧、以新中国不可遏止的开放力量，在冲破西方资本主义阵营的封锁中诞生；以平等互利、互通有无的对外贸易原则，在社会主义对外贸易事业中建起里程碑；以民族复兴、大国崛起的梦想追求，在新中国开创前行的步伐中打开了通向世界的一扇大门！

这扇大门，是新中国通向世界的历史新起点。这里程碑，是20世纪中国"丝绸之路"创设的时代起步线。

新中国突破西方资本主义阵营封锁的破局创举，奠定了广交会这部时代壮剧的宏大开局。

破局开篇，大幕开启，传奇开创，广交会阔步前行。

第二章

握手世界

英国著名古典经济学家亚当·斯密曾这样揭示人类的贸易天性：人生来就有一种将一件物品转移并与另一件物品进行交换的癖好。

这交换，通过人有力的双手传递，平等互利，互通有无，实现贸易。随着交换，贸易的两双手便带着温热，握到了一起。

握手，是人类文明进步的一种标志。广交会从出口商品贸易到进出口商品贸易，从转移到互换，呈现人的天性，满足天生癖好，展示时代新姿，千万双手由此触碰、相握。广交会作为中国对外贸易的广阔平台，演绎着中国与世界握手的故事与精彩，呈现出开创新局的壮观与追求。

握手广交天下，贸易改变世界。

开创新局，世界为之喝彩。

壹 千万双手伸过来

1 广交会从第1届到突破万名采购商，历经15年。2011年第110届广交会，共有210个国家和地区超过21万位采购商与会。千万双手伸过来，广交会万商云集，蔚为壮观。

人类摆脱蒙昧，是从劳动开始。手脚分工，生产起步，劳动产品出现剩余，进而开始以物换物，各取所需。远古时代，部落之间的往来，友好的互相接触，交换谷物、猎物，敌对部落之间交换战俘，这些来往，奠定了人类最初握手的契机。

握手，是人类文明进步的一种标志。

广交会开宗明义，与各国平等互利，向世界互通有无。这在完全意义上展示的新中国贸易原则，体现利益驱动，深蕴商业文明，吸引世界客商。

从春到秋，1957年10月15日开幕的第2届广交会，参展国家和地区与客商人数骤增，出口成交相当于第1届的近4倍。这秋季的收获，给了辛勤耕耘的人们满心喜悦。

这喜悦伴着自豪。第2届虽同样以土特产和新小商品为主，但首届只是陈列展出的新中国造解放牌汽车，这届却激发了客商们下单的欲望，被深深吸引的约旦商人毕特先生，一口气签订购买3辆的合同。

当合同正式签订，当毕特先生激动地放下签字钢笔时，他那还颤抖着的双手，随即被一双双有力的大手紧紧握住，久久没有松开。

毕特先生的双手，他签下的合同，成就了广交会上的“解放牌”，这意味深长的“新中国造”，第一次走出国门。

人们高举双手击掌，热烈的掌声经久不息。

随着这掌声，缅甸商人伸出握笔的手，第一次签购了造纸厂设备。这成套设备可年产纸500吨，从原料到制出成品，全部生产过程机械化。

这些风光一时的新中国造，魅力呈现，吸引了一拨拨客商，迎来了一双双大手。

第3届广交会，出口成交额首次突破1亿美元，达1.53亿美元。来自现代化纺织业发达的英国客商有史以来第一次订购了中国制造的织布机，手提式收音机输出到以生产收音机久负盛名的荷兰。欧洲客商们的手，越洋过海，伸了过来。

1958年春季，广交会迁至侨光路2号中国出口商品陈列馆举行

举办第1、2届广交会的展馆中苏友好大厦，场地不能满足不断增多的参展客商需要，也为使广交会有自己的展馆和常设机构，同时保留展品供展前参观，从第3届开始，广交会迁至位于侨光路2号新建成的中国出口商品陈列馆举行。

第10届广交会，展出的商品已超过2万种，许多传统出口商品的规格、质量、包装比过去有了明显的改进和提高。而中国集邮公司和国际书店从第9届开始带来图片和书籍参展，为一双双伸过来的手，拂上了中国文化的气息与书香。

时间在推移，经验在增多。在刚刚度过3年灾害的1964年4月开幕的第15届广交会，展出的2万多种商品中，新商品达3000多种，出口成交2.42亿美元，数据猛然攀升。

面对世界客商们伸来的一双双贸易与友谊之手，中央进一步高度评价广交会，指出：广交会既是我国扩大对外贸易的交易场所，又是我国对外政策的一个宣传场所。

在1966年第19届广交会上，科威特客商选购闹钟

广交会不负重托，1966年4月15日至5月15日举行的第19届广交会，成为创办以来客商人数最多、地区最广、新客户最多的一届，62个国家和地区的6533位客商到会，展出的近3万种商品中，新品种有4000多种，其中轻工业品的新品种、新花色比上届成倍增长。

新品种、新花色，是广交会创办以来不断追求的新发展。

花样翻新，是商品的特性，是人的本性，是交易的品性，是吸引手的“粉性”。

贸易粉丝是这样产生的。

一双双敏锐的眼睛汇聚到这一届的工业展馆，一双双敏感的大手触摸到这一届的工业展馆。在工业展馆里，在第一次提供出口的电动万能缝纫机、新型闹钟、人造合成纤维纺织物这些新货品前，客商们兴意盎然，合同骤增，交易攀升。这届不仅出口成交3.6亿美元，进口也成交达6039万美元。

千万双手伸过来，1971年10月15日，第30届广交会开幕，世界各国家和地区前来的采购商一举突破万名，达10606人。

历经15年，广交会真正呈现万商云集盛景，蔚为壮观。

2011年第110届广交会，共有210个国家和地区的210486位采购商与会。同时，广交会拥有总数达101万户的采购商数据库，与1000多家海外工商团体精诚合作。广交会以到会采购商人数最多、国别地区最广，在世界展会中独领风骚。

这壮观，是千万双手舞动世界。

这风骚，是无数双手共创辉煌。

2 为保障广交会货源，国务院连续两次向各地发文要求大力支持，全国“大力支援出口”热浪滚滚。万众一心，泥土变成金。这是中国传统法则，这是广交会真实的创举，这是情深意长的中国故事。

中央对广交会“交易场所”“宣传场所”的明确定位与高度评价，为广交会的发展指明方向，增添动力。

早在第6届广交会举办前夕，国务院发出了关于做好农产品收购运动及发动群众广泛收集和充分利用野生植物原料的指示，全国各地提出了“大力支援出口”的号召。第15届广交会举办前，国务院又连续两次向各地发文，要求各地大力组织出口货单支持，国务院和外贸部都成立专门小组，随时对广交会提出指示和解决问题。一时，全国各地“大力支援出口”热浪滚滚。

晨曦初露，随着此起彼伏的“嗖嗖”划桨声，一艘艘采莲蓬船飞快驶向湖面莲荷丛中。盛夏初秋的八百里洞庭湖，正是采莲繁忙季节。湖面上小船成阵，采莲姑娘们双手灵巧，手起莲蓬落，景色迷人。

更迷人的是加工莲子的劳动热情和莲家的劳动成果。

采回莲蓬，姑娘们先用手挖出里面的莲子，莲子外面有一层粗壳，要再用小刀一颗颗剥开。为保证质量，姑娘们聚精会神，一粒一粒、一刀一刀，小心翼翼，使之完好无损，哪怕脸上汗珠滚滚，也全然不顾。

湖南自古盛产莲子。西汉年间，湘人用白莲向汉高祖刘邦进贡，湘莲由此被誉为贡莲。第1届广交会上，湘莲一面世就深受客商青睐，供不应求。外贸部领导随即找到参展的湖南省外贸局负责人，反复叮嘱回去多备货、备好货。

第一次品尝到外贸出口甜头，又受到上级鼓励，湖南省外贸局迅速做出扩大生产莲子的计划，加快上报省政府。第二年，莲子生产便在湖南全省蓬勃开展，并列为全省“大力支援出口”的重要工作。

很快，湖南省水产科学研究所设立水生植物研究室，省供销部门和湘潭县都成立“湘莲研究所”，湘莲栽培技术的科学研究逐步开展起来，全省植莲面积大大增加，产量、质量迅猛提高。改革开放前的历届广交会上，湘莲一直是湖南省参展的重要产品，也是广交会货源充足、成交不衰的抢手货。

都说一朵莲蓬里有30个莲子，而莲家姑娘、大嫂和研发者们为之付出的岂止是30颗汗珠？

广交会上的采购商们，透过贡品般优质的湘莲是否感悟到，这一颗颗晶莹洁白的莲子，是中国农村这些普通劳动者一颗颗同样晶莹洁白、带着满腔热情的汗珠换取的？来自世界的客商们，能理解源自泥巴、黄土地的最初的中国出口商品交易会吗？

万众一心，泥土变成金。这是中国传统法则，这是广交会真实的创举，这是情深意长的中国故事。

中国久负盛名的茶叶，也是广交会客商钟爱的产品，但质量好的货源一直比较紧张，尤其红茶，各地稀少。为大力支援出口，广东省立即着手行动，在1956年广东省地方国营英德新生联合企业公司率先引入云南大叶种茶籽试种成功的基础上，创办“广东省英德茶叶试验站”，成立技术攻关小组，于1959年成功研发出了英德红茶。

时任中南局第一书记兼广东省委第一书记的陶铸了解到情况，非常高兴，指出要办好茶叶基地，还向有关方面提出“英德第一步种茶10万亩”的规划要求。他亲自给云南省委打电话，请求茶种和技术支持，又向该公司拨出10万元资金给予特别鼓励。

1959年研发的英德红茶，缓解了广交会的燃眉之急，中茶广东省茶叶进出口公司专门致电祝贺英德红茶“为祖国传统出口商品提高了声誉”。于是，几年间，英德农场开始大规模植茶，英德逐渐形成了一个“英德茶区”，茶园面积超过6000公顷，茶叶产量突破4375吨，成为我国20个重点产茶县之一和全国茶叶出口商品基地。通过广交会平台，英德红茶远销到西欧、北美、大洋洲以及中东等70多个国家和地区。

一颗颗莲子，一片片茶叶，经千万双手的辛勤劳动，在广交会上化为一张张绵延不断的订单，通过广交会平台成为千万双手中的“掌上明珠”。

3 第4届广交会上，第一位外国元首、朝鲜金日成首相的大手伸过来。紧接着，一位位外国政要的手伸过来。有一双特别的手，从1957年到2009年，一直紧握广交会，他是广交会“百届辉煌杰出贡献”奖获得者、新西兰的“中国商人”维克多·潘西佛先生。

广交会的影响日渐深远，不只是客商们踊跃而来，许多国家的元首、政要也被吸引。这里，同样有他们的关注和期望。

1958年11月27日下午，朝鲜金日成首相率领的朝鲜政府代表团在周恩来总理陪同下，前来参观第4届广交会。战争刚结束，朝鲜面临困境，国内建设十分艰难，广交会也许能让这位领导人有所启发。

从1957年带着相机走进第1届广交会起，40年间记录了90届广交会成长足迹的新华社记者蔡忠植老人，多年后这样回忆：金日成一边仰头观看机床，一边认真询问着机床的作用，当时，金日成对中国的机械产品表现出了浓厚的兴趣，禁不住伸出手轻抚着。在转圈的电动玩具前，金日成被逗得哈哈大笑。

这笑声里，一定透露着这位朝鲜领导人的愉快和收获。那伸出轻抚的大手，一定触摸到了中国人民奋发图强的坚定决心、向世界打开大门的钢铁意志。

金日成首相是第一个参观广交会的外国元首。这不仅进一步展示了广交会的国际影响，更表明新中国冲破资本主义阵营封锁获得的热烈回响。

这回响广泛而持续。第5届广交会召开前夕的1959年1月26日，墨西哥前总统、世界和平理事会副主席拉萨罗·卡德纳斯将军一行，在中国人民保卫世界和平理事会主席郭沫若的陪同下参观广交会。

这意味深长。宾客身份，表明着世界对和平的追求和中国人民保卫世界和平的信念，在广交会上交相辉映。紧接着的第6届广交会，世界和平理事会代表团前来参观，为了和平，一双双有力的手握到了一起。

第7届、第15届广交会，越南民主共和国主席胡志明两次前来参观；第8届，柬埔寨王国国家元首西哈努克亲王前来参观；第10届，印度尼西亚共和国总统苏加诺前来参观；第16届，马里共和国总统莫迪博·凯塔、阿富汗国王穆罕默德·查希尔·沙阿前来参观。

广交会曾被形容为共和国“最大的外事场所”。自广交会创办到2011年底，有82个国家的元首和政要到访，其中政府首脑31位，副总理以上政要115位。

这些元首和政要，带着国家情谊，携着真诚希望，伸出友谊的手，和中国人民的手握在一起，让广交会走向世界的步伐更有力而多彩。

开创新局，世界为之喝彩。

在伸过来的一双双大手中，有一双特别的手，从1957年第2届到2009年第106届广交会，一直相握，日久弥坚。在第100届广交会上，他又用有力的双手从温家宝总理手中接过广交会“百届辉煌杰出贡献”奖杯。他就是新西兰中国贸易协会前主席维克多·潘西佛先生。

1957年，时年28岁，对新中国虽有耳闻却未曾目睹、更充满好奇的年轻商人维克多·潘西佛，受中国人民的老朋友、后来被邓小平题词为“伟大的国际主义战士”的路易·艾黎先生鼓励，前来参加秋季广交会。那时新中国还没有和新西兰建立外交关系。维克多·潘西佛不顾风险，不怕被人视为“疯子”，顶着各种压力和误解，一箱厚重的行李在肩，一腔被点燃的激情在胸，从新西兰飞到澳大利亚，辗转澳大利亚的悉尼、墨尔本和达尔文3个城市，陆海空日夜兼程，不辞辛苦经过东南亚几个国家，从曼谷飞抵香港，瞪大双眼一步步走过罗湖桥，最后坐火车，如释重负到达完全陌生而新异的广州。7天奔波，义无反顾，他把青春而炽热的手紧紧握住广交会。

这一握，西方小伙伴维克多·潘西佛，便被古老东方文明大国的坦诚与真挚所感染，被新中国质朴而充满商机的交易会所吸引，为路易·艾黎先生这位深知中国、一生情系中国的人生导师的鼓励而备感欣慰。从此，情定终身；从此，他一辈子坚持参加广交会，一生以坚定信念积极开展对华贸易。他创办的凯尔文工业有限公司在直接开展对华进出口贸易中，又积极宣传和介绍中国的有关情况和政策，专门开设对华经济贸易咨询业务，把参加广交会、带领更多新西兰商人参加广交会、向新西兰人民广泛宣传广交会作为人生心愿，无怨无悔。随着不断加深的中国印记，随着他不断开拓扩大的中新贸易往来影响，维克多·潘西佛先生，被他祖国的媒体誉为“中国商人”。

“我有中国情结。”维克多·潘西佛先生深情坦言，“不仅我自己，我的哥哥比尔·潘西佛、我公司的员工、我的朋友，都对中国有深厚感情。我大半辈子的亲历，我公司的发展，广交会的成长，证明我这情结有价值。”

2008年4月7日，在北京，维克多·潘西佛先生与中新两国总理和有关人士一起，共同见证签署“中国–新西兰自由贸易协定”。

这是中国与发达国家签署的第一个自由贸易区协定，这是维克多·潘西佛先生参加广交会以来最为期待的时刻。这一刻，他双眼晶莹闪亮，与北京人民大会堂璀璨的灯光相映，夺目而动人。人生道路漫长而短暂，历史脉络清晰而分明。“漫漫人生路上下求索，心中渴望真诚的生活。”这首维克多·潘西佛先生熟稔的中国电视剧《渴望》主题曲、他平时喜欢而常哼起的旋律，此刻，一定在他心中激荡回响；此刻，他一定想到了那位他最尊敬的长者和朋友、鼓励和支持他开展对华贸易的路易·艾黎先生。思前想后，维克多·潘西佛先生不由伸出饱经沧桑的双手，与一双双大手紧紧握到一起。

从一个最初迈进中国大门的年轻新西兰商人，握手中国广交会，到耄耋之年仍壮心不已，亲眼见证新西兰成为第一个与中国签订自由贸易协定的国家，半个多世纪，维克多·潘西佛先生欣慰的不只是当初的坚定选择，更是毕生的坚守与意义。

“2010年，我曾专门到惠灵顿郊外潘西佛先生家里去看望他。他用颤抖的手拄着拐棍对我说：‘我身体不好，现在去不了广交会。但只要好了，我一定去，我舍不得广交会。’我们听了，无不感动，送上礼物，和他一起照了相，祝他早日康复。但他最终没能再来。”广交会副主任兼秘书长王志平在接受笔者采访时，说出这样一个细节。

说到这里，王志平心潮起伏：“他是当初西方国家为数不多的参加广交会的几十个人之一啊。这种感情，这种友好，这种坚持，会让广交会永远记住。”

历史应当铭记。为广交会发展、为新中国冲破西方资本主义阵营封锁、为中国逐梦世界做出贡献的各国朋友，那一双双伸过来的真诚、友谊大手，我们应当铭记，永远回味。

遗憾的是，笔者没有采访到维克多·潘西佛先生。2010年，他因病逝世，享年81岁。

贰

平台构筑在中国大地

1 广交会自创办以来，一直得到党和国家领导人的亲切关怀，从而以坚强信念与坚定步伐和共和国同成长、共命运。

生命需要阳光雨露，成长离不开指引关怀。广交会就是这样一个滋润着党的阳光雨露的坚强生命，在党和国家领导人的指引关怀下茁壮成长。

老广交会人都记得，1959年2月4日下午，李先念副总理在外贸部电话会议上，打过一个形象的比喻：对外贸易要讲“一盘棋”。他强调的是外贸要讲统一，上下协作，要维护信誉，不能自行其是。紧接着，他又对广交会上出现过的不按合同及时交货的现象，明确指出：凡过去订了的合同统统都要实现，不能废约。他语重心长地说：吃了亏还要高高兴兴地把货给人家，这一条很重要。

从第5届开始，广交会根据外贸部制定的出口商品经营分工规定，总结经验，规定了统一对外的具体做法，使统一对外工作基本走上制度化、规范化的轨道，一直执行到20世纪70年代。

“吃了亏还要高高兴兴地把货给人家”，这句质朴而坚定的话，把诚信说到了点子上。不只是贸易，做人做事，于公于私，何尝不是这样呢？生意经，也是人生哲学。

陈毅副总理曾为第3届广交会举办新馆中国出口商品陈列馆亲笔题写馆名。这块牌匾虽在“文革”中被红卫兵砸烂，但这位开国元帅对广交会的关怀深情，一如他的诗所描绘：大雪压青松，青松挺且直。要知松高洁，待到雪化时。

1973年5月20日，邓小平视察了在起义路陈列馆举行的第33届广交会。他深情寄语：广交会很有前途，会越办越好。正是伴随他开创的改革开放征程，广交会勇于改革，扩大开放，迈向新途。

“广交互利通天下”，这是1985年4月12日，时任中共中央总书记胡耀邦为广交会的题词。

第80届广交会，时任中共中央总书记江泽民专门发来贺电；第110届广交会，时任中共中央总书记胡锦涛专门发来贺电。

自创办至2011年，历届总理都曾亲临广交会剪彩，有56位党和国家领导人亲临广交会视察。

春风化雨，润物滋长。

2 到广交会走一趟，等于走遍全中国。广交会从第1届13个交易团以出口商品行业参展，不断扩容变化：第27届，西藏自治区首次参加；1979年开始对台贸易。中国故事共谱新章。

犹如涓涓细流奔向大海，作为中国商品走向世界的广阔平台，广交会博采众长，海纳百川，汇聚起中国制造，同世界进行贸易，以市场多元化融入国家大经贸战略，共谱中国发展故事。

这一中国故事特色鲜明：从计划经济到市场经济，从举国组织力量支持到举国各省各行业组织交易团参与，广交会的国家级意义和使命，政治、经济、文化价值和特征，融为一体，众志成城。

第1届广交会交易团组织形式承继了其前身中国出口商品展览会的办法，由外贸部直属各专业总公司与各国营及公私合营的外资公司共同组成13个交易团按计划交易。为发掘新小商品货源并交流产销情况，各内地省、自治区、市外贸局、特派员组织出口公司以及供货单位携带货单及样品参加交易，协同参与。

第1届有8个省的27个内贸企业为广交会带来4268万元计划外货单，虽然由于成本、包装、质量、运输等原因，实际成交只有87万元，但显示了协同的意义，迈开从举国支持到举国参与的第一步。

广交会创办初期，国内物质匮乏，货源供应长期处于紧缺状态。党中央、国务院多次指示各地党委和政府大力支持广交会，动员全国资源做广交会的坚强后盾。

探索，从摸着石头过河开始。集中优势而协同并举，冲出一条前进之路，形成可持续发展后劲，打造面向世界的商品贸易国家平台。这一方略，从一开始就体现着全国“一盘棋”思想，展示着国家意志，体现着中国式展会最初的鲜明特色。这也是计划经济时代的国家战略，借助举国力量才切实可行。

它意义深远。

1970年4月的第27届广交会，展出了新颖独特、令人眼前一亮的新货品，这就是来自雪域高原的青稞和小麦新品种西藏肥麦。西藏自治区第一次派出代表参加广交会。

对西藏这片神奇而雄壮的土地，那时人们还深感陌生和神秘。如今，西藏自治区的代表来了，世界屋脊的货品到了，向人们展示了这片神奇土地的真实，向世界展示了中国辽阔壮丽的风采，为全国内地各省、自治区、市参加广交会、登上广交会平台演绎了精彩的压轴戏。

西藏自治区琼结县藏族讲解员向马来西亚客商介绍西藏试种冬小麦成功的经验

这压轴紧接着另一个开始。1979年元旦，春风浩荡，全国人民代表大会常务委员会《告台湾同胞书》发表，实现祖国统一人心所向，海峡两岸“发展贸易，互通有无，进行经济交流”翻开历史篇章。也就在这一年，外贸部规定广交会可邀请台商参加，广交会开始对台贸易。1987年第62届广交会，72名台湾商人到会洽谈贸易。

一个时代背影归来。中华民族在广交会上的大团圆，别具风采。

到广交会走一趟，等于走遍全中国。

但这远比旅游观光意味深长。

到广交会这个构筑在中国大地的平台走一遍，你便能真切触摸到中国制造的温热，深切感受到中国魅力，开怀听闻中国故事，深刻感染中国梦想。

3 从创办至今，广交会展馆历经4次扩建迁址，2008年整体搬迁至琶洲新馆。一个世界一流、建筑占地80万平方米、展位18000个的巨型展览中心，昂首挺胸，敞向世界。

生命成长不断伸展高度，前进步伐拓展更加广阔的空间。广交会创办以来，客商不断增多，展位需求旺盛，展馆4次搬迁新址的历程，展示出广交会成为中国会展业王牌的历史步伐，表达着广交会迈向世界会展品牌的不懈追求。

广交会呱呱坠地时，还没有专属自己的摇篮。1957年第1届广交会租用原广州中苏友好大厦举行，租用面积不到1万平方米。大厦坐落在当年的大北路（现解放北路）越秀公园以西的流花地段，1955年7月底建成，是为当年10月5日开始在此展出的“苏联经济及文化建设成就展览会”而兴建的。但无论从展用面积，还是设施条件，这近1万平方米都无法满足这个一出生就面向世界、具有强大生命力的广交会施展拳脚。

从第3届开始，广交会在侨光路2号的陈列馆举行。这是为广交会专门

第6届广交会在起义路1号新建成的中国出口商品陈列馆开幕

修建的展馆。为赶会期，新馆从1957年11月破土动工到1958年4月竣工，只用了半年。尽管施工如此迅速，但这座高5层、占地面积3500平方米、展馆使用面积1.3万平方米的新楼，还是赶不上广交会更加迅速成长的步伐。1958年秋天，周总理在陪同朝鲜金日成首相参观第4届出口商品交易会时说：展馆太小，应建一座大馆。

于是，1959年8月底，又一座新馆竣工建成。这座位于起义路的陈列馆总建筑面积4.02万平方米，展馆使用面积3.45万平方米，第6—34届广交会在此举行。

两次建馆，两次搬迁，广交会一路成长壮大，向世界敞开的胸怀日益宽广，面向世界交往的窗口日益敞亮。

长高长大的广交会，愈益需要广阔空间和平台。进入20世纪70年代，广交会场馆严重不足的状况再次凸显。1971年1月3日，广交会

1974年4月建成的流花展馆鸟瞰

向广东省和外贸部提出了以中苏友好大厦为基础扩建新馆的要求，并于当年12月向国务院上报《关于扩建广州交易会馆的请示报告》。经周总理批示，国家计划委员会、建设委员会和财政部批准了“广州外贸工程”立项，拨专款6000万元。这特定时期少有的大手笔，再次体现了国家对广交会的高度重视，表明广交会的重要影响与作用。

1972年3月，广州外贸工程指挥部办公室开始筹建新展馆。新馆因位于流花湖畔而被称为流花展馆。1972年10月动工兴建，1974年4月建成。展馆建筑面积为11.5万平方米，经过多次扩建，最终建筑面积达17万平方米。第35—103届广交会在此举行，其中第94—103届与琶洲展馆同时举办。流花展馆举办了69届广交会，伴随广交会走过34年历程，迎来改革开放，迈向21世纪。

进入新世纪，广交会又一次站在新的历史起点，展馆面临更新、更大、更高的要求。

早在1994年，新馆筹建就提上了广交会的工作日程，得到了外贸部和广东省政府的大力支持。1996年，时任外经贸部部长吴仪放眼未来，用“三个50”寄望新馆建设的水准：总投资50个亿，展馆面积50万平方米，50年不落后。

高标准、高要求、高质量，新的历史重任摆在广交会人面前。

这远不是一次简单建馆。在日益发展的广州市中心区，再要找一个比流花展馆更大的建设环境，已无可能。1979年4月广交会改制为企业后，1989年结束了国家财政拨款办交易会的历史，新馆建设首次依靠自筹资金。

选址、建设新馆，敢于克难、善于开创的广交会人，迎难而上，四十而不惑的广交会，意志坚定。

上级领导和地方政府始终是广交会的有力引领者、坚定支持者。在外贸部和广东省、广州市政府的大力支持下，地址最终选择在与广州市中心一江之隔、紧邻珠江、地势开阔、环境宜人的海珠区琶洲岛。说它是岛，是因四面有河涌包围，北向是珠江，岛上住有居民，一直未曾开发。如今新馆建成后，大桥相连，大道相通，商住大厦、高级酒店林立，早已不复岛的影子。

2002年，广州市政府按市政规划，开始在琶洲破土动工建设。

从酝酿到兴建，前后6年。一个个困难被克服，一个个问题得到妥善解决。时任中国对外贸易中心（集团）董事长胡楚生，后来这样追忆："其间，我请老部长石广生挥毫为我题写了'精诚所至，金石为开'的条幅，悬挂在办公桌前，勉励自己坚定地走下去。结果是令人欣慰的。"

昔日因水而隔的琶洲岛，如今风生水起，骤然矗立起名为广州琶洲国际会议展览中心的广交会新馆。

2003年10月，第94届广交会在琶洲新馆设分馆首次试用；2008年10月，第104届广交会整体搬迁。

琶洲展馆的设计核心理念源自珠江波浪的"飘"。展馆采取了"北低逐渐南高"的流线型设计，主体建筑由鱼形主展厅和龙形东入建筑构成。

中国人有个表示兴旺发达的比喻叫：鲤鱼跃龙门。

跃然而起，展示龙的风采的广交会琶洲新馆，一个世界一流、建筑占地80万平方米、展位18000个的巨型展览中心，昂首挺胸，敞向世界。

琶洲展馆一期工程自2004年第95届广交会全面启用

“看得见的手”和“看不见的手”

1 在广交会，还有一只“看得见的手”和一只“看不见的手”。正是伸过来的这双手，使广交会成为政治经济学的大课堂，让人们在这里审时度势，学习成长。

经济学上有“看不见的手”和“看得见的手”两个概念。

“看不见的手”，是18世纪英国经济学家亚当·斯密在他1776年的《国富论》一书中首次提出的。“看得见的手”出自英国20世纪另一位经济学家凯恩斯1936年的著作《就业、利息和货币通论》一书。

“看不见的手”，意指市场机制对经济发展的作用。“看得见的手”指的是国家对经济生活的干预。他们的理论，都对当时和以后的经济生活产生了重要影响。但在广交会，这双手的含义还要多样复杂。

严亦峻1956年6月建议在广州举办全国出口商品交易会，他的最初想法，与在广东省外贸系统举办的那3次出口物资交流会上的观察密切相关：土产、山货这些在内地人看来并不稀罕的东西，在港澳商人眼里却是宝贝，尤其那时对新中国还不了解，甚至抱怀疑畏惧态度的商人，一再回来参观做买卖。

这个精明的山西人，他实际上是在精细的观察中，看到了这只“看不见的手”。

首届广交会也正是以这些新小农副产品作为重头戏，拉开大幕，瞄准了这只“看不见的手”。

这只“看不见的手”，反映的经济规律，表达的市场规则，被广交会创办者，被善于经商的中国人，得心应手地运用着。只是那时人们还没有直说这个明确概念，还没有十分自觉地用来指导一切经济生活。

但这并不妨碍这个概念在广交会的借鉴发挥，而且人们在更复杂的现实中，自觉不自觉地把它与“看得见的手”奇妙而深度地结合运用。

在新中国成立之初，在计划经济条件下，国内的生活必需品十分紧缺。但广交会对来参展的外商，都给予了特殊照顾：他们住宿都安排在当时广州条件最好的宾馆酒店，他们的饮食和日用品，凡计划内的商品，会前做出计划专供，他们的出行也有专车来往接送，甚至马路上的人力三轮车，都挂着“外宾优先”的条子。这“看得见的手”，显然是为了吸引更多“看不见的手”。

广交会在没有前人经验的基础上探索，从组织领导、办会模式、外贸政策，到成交方式、客户邀请、接待服务，都有这“看不见的手”和“看得见的手”在发挥作用。

商品陈列要政治性、商品性和艺术性统一，这几乎在广交会一创办时就有了明确要求。第4届广交会在工作总结中，这样明确指出：商品的陈列和展览，要从政治出发，反映社会主义建设成就；要选取突出的、有代表性的商品；要美观，使人看了舒服。而且，还有课堂式的总结：这三条是互相联系不可分割的。

广交会是这样一个大课堂，它在特殊的年代产生而有着特殊的

1967年第22届广交会上，各国来宾和工作人员一起学习《毛主席语录》

做法。政治性、商品性和艺术性的统一，在面对西方的封锁和禁运中，无疑是必然的选择。当“文革”狂热之时，广交会也不能幸免，它遭受冲击，甚至还一度被红卫兵式的做法所感染。原五矿进出口商会副会长周世俭，曾在广交会召开前被临时调派至深圳罗湖海关做翻译，开箱检查时，工作人员发现不少日本客商刻意把多本《毛主席语录》整整齐齐地摆在箱子里的最上面。

1967年，广交会给每个前来参展的外商赠送《毛主席语录》和毛主席像章。有记者还有这样的采访记述：那时很多客商手里流行一本名叫《与中国人做生意的秘密》的红色封皮书。书中这样介绍来广交会做生意的“诀窍”：你在广州下飞机前，要检查一下胸前是否佩戴了毛主席像章以及公文包中是否装上《毛主席语录》（像章和语录可以向中国使馆索要，他们会乐于向你提供的）。你去旅馆后争取尽快约见广交会的负责人或者你的贸易伙伴，但不要马上谈生意，也不必约他吃饭，而是最好表示你想要观看一次样板戏，说你对《红灯记》等戏仰慕已久。“诀窍”甚至这样直言：你这样做，将财源茂盛。

1966年，第20届广交会纺织品大厅一角

1967年，在驻荷兰使馆工作的卢秋田曾接待一位将要去参加广交会的年轻荷兰商人。对方索要了一本英文版的语录和一枚毛主席像章后，却拿出了一本大小及装订都与语录极为相似的小红书回赠给卢秋田，书名就是《与中国人做生意的秘密》。这位年轻人告诉卢：这本小书正在欧洲贸易商人中风行相传。

老广交会人回忆这些，心中颇有感慨。历史就是历史，并不因为时间推移，它就不曾存在，也不因时代改变，它就没有值得思考的意义。

但回首历史，人们心中更加清楚，广交会风雨兼程，始终向前，它与共和国共成长、同命运，艰难曲折不可回避。

老广交会人至今记得，当年李先念副总理还有过一个中国式的幽默与告诫。在1959年2月一次外贸部电话会议上，谈到广交会如何按合同及时交货，维护外贸信誉时，李先念副总理说："交不了货，外国就通过他们的大使馆向我们的外交部提意见，用政治来解决。他们亦'政治挂帅'。"

"政治挂帅"，今天听来历史感强烈的词语，有着鲜明的时代特征。任何比喻都有它的缺陷，任何历史词语都有其局限性。但广交会的特色历史，展示着时代风云。在世界贸易往来中，这不是毫无实际价值的空话，只是有时人们的表达换了词语，或表述不同。

然而，万变不离其宗。这里面，何尝不是“看不见的手”和“看得见的手”在看得见和看不见中相互使用，发挥到极致？

通过广交会大课堂，中国人接触世界，了解世界，认识世界，也从外国商人那里反观自己，学习做生意。

对外开放，借鉴学习，为我所用，发展自己，本是广交会目的之一。作为政治经济学大课堂，广交会生动地给人们上了一堂堂难忘的课，有着许多值得回首的故事。

2

有一段时间，广交会上日本客商的身影时隐时现，并曾出现停止对日洽谈进出口贸易现象。那“看得见的手”和“看不见的手”，内涵极为丰富。

首届广交会邀请对象以港澳地区和东南亚国家为主，但出现了日本客商的身影，第2届照样有日本客商参展。这些来自日本民间的客商，被充满商机的广交会吸引。他们曾向日本政府请愿，要求前来中国做生意。

但第3届广交会时，日本客商的身影从中消失。

1958年5月，少数日本人非法制造了“长崎国旗事件”，中日贸易被迫中断。

第二次世界大战后，日本政府追随美国，执行一条敌视中华人民共和国的路线，成为西方对新中国封锁禁运“巴统”组织的成员国，极大地妨碍了中日两国国家关系的改善。

中国与日本之间没有正式的政府间的外交关系，以经济活动为中心的民间交往成为两国交往的核心。

中国政府重视中日两国的民间贸易。1952年4月，首任中国人民银行行长南汉宸率领中国代表团出席了世界和平理事会在莫斯科举行的国际经济会议。在会上，南汉宸接触了与会的日本参议员高良富和众议员帆足计、宫腰喜助等3位日本议员，热情邀请他们来我国访问。这3位日本议员欣然应允，冲破阻力，绕道欧洲来到中国。受周总理委托，南汉宸与他们进行了友好会晤。经过友好协商，1952年6月1日双方签订了第一个中日民间贸易协定，打破了冻结良久的中日关系冰面。南汉宸与3位议员分别代表中日双方签字。接着，又先后于1953年、1955年和1958年3次签订《中日民间贸易协定》。

正当中日民间贸易顺利发展之时，第4次《中日民间贸易协定》遭到日本岸信介政府破坏，纵容暴徒侮辱我国国旗。我国外贸部决定，从1958年5月6日起，对日本停止进口。5月7日，外贸部再次决定，

青年联欢曾是广交会举办的增进友谊、促进贸易的重要友好活动

完全停止对日贸易。第3届广交会中途停止与日商洽谈进出口贸易。此后连续5届中止了对日商的邀请。

正如前文所述美国NSC41文件中分析的那样：日本经济如果不与中国进行相当数量的贸易，就不能恢复自立的基础。

中日贸易的被迫中断给日本的影响十分明显，中国政府从中日两国的长远利益出发，对中日民间贸易仍给予特殊照顾。1960年8月，中国政府重申了中日关系“政治三原则”和“贸易三原则”。从1961年春季交易会开始，广交会有选择地向62个日本民间友好商社发出邀请。1962年，中日签订《中日民间备忘录》，中日民间友好贸易由此得到推动，广交会上日商身影逐渐增多。

中国的产品对日商富有吸引力。日本人喜爱吃豆腐，日商每届广交会都会采购大量黑龙江大豆。一次一位日本商社的客商没有订到货，怕回去不好向老板交代，急得在宾馆直哭。这一哭，得到广交会特殊关照，终于满足了他们的愿望。

1970年，中国政府提出了对日贸易“和平友好、长期稳定、平等互利、相互信赖”的四项条件，广交会进一步扩大了对日商的邀请范围。

这其中伴随广交会一段鲜有的历程。这就是从1966年10月第20届广交会开始到1971年10月第30届才停止的“中日青年友好联欢会”。这是根据日本友好团体要求，为促进中日间的友谊，促进中日青年文化交流而举办的，首次联欢有600多名中日青年参加。当年26岁、出演一个名为《善邻会馆事件》的短剧并在其中扮演一个反面人物的西田健一，这位如今的日中经济贸易中心副会长、丸红株式会社理事，多年以后难忘地回忆道：“当我站在联欢会场中山纪念堂的舞台上时，看到它是那么雄伟壮丽，深感震撼。短剧顺利结束，再次赢得全场的热烈鼓掌和喝彩。回想起来，恍若昨日。”西田健一还透露了一个小秘密：当时去广交会出差，总要给公司同事们带些纪念品，他那时给同事们购买的邮票，随着岁月的流逝，如今已成为价值连城的宝贝。

历史在曲折中前进，贸易在“看不见的手”和“看得见的手”作用下跌宕起伏。

1972年9月，中日两国实现邦交正常化，中日两国经济贸易关系进入全面发展新时期，参加广交会的日本客商人数迅速增加。

日本国际贸易促进协会理事长中田庆雄先生，这位1946年至1953年在中国东北参与新中国建设，在复旦大学学过中文，从1963年10月开始带团参观广交会的老朋友，在广交会迎来第100届时，他在《友谊的纽带　贸易的桥梁》一文中这样感怀：“本人自20世纪60年代初参加广交会以来，亲身作为广交会的参与者、服务者，体验了贸易商谈、技术合作、组织各项交流活动等。回顾半个世纪的景象，如同走马灯似的涌现在脑海里，既有苦辣又有酸甜。这一坚持同中国朋友合作，共同推动日中经贸合作发展的历程，总体是充实的。”

2012年11月4日，第112届广交会闭幕。广交会新闻发言人、中国对外贸易中心副主任刘建军介绍，受当前中日关系影响，本届广交会日商到会人数比上届下降19.21%，对日成交下降36.6%。

这位发言人称：中日都是世界经济大国，两国经贸关系密切，目前这一结果是大家所不愿意看到的，这是日本方面执意进行非法的购岛“闹剧”造成的，造成的经贸伤害责任完全在日方。广交会方面将继续做好未来的对日招商工作，当然也会根据形势的改变做一些策略上的变化。

如果用“看得见的手”和“看不见的手”来比喻，广交会贸易的发展与变化，是深具意义的另一种诠释，内涵极为丰富。

广交会这大课堂，让人们了解、感悟、学习的政治经济学知识，是珍贵的教案。

3 1972年2月21日，毛泽东主席在中南海会见尼克松总统，中美两个大国世纪握手。1972年4月第31届广交会上，美国42名采购商首次到会。1985年10月18日，美国副总统乔治·布什专程参观第58届广交会。

这是一个世界格局发生变化的时刻，一个备受世界瞩目的时刻。

1972年2月21日，毛泽东主席在中南海会见尼克松总统，中美两个大国世纪握手。

面对中国的日益进步强大，经过二十几年的封锁、孤立政策，美国有识之士，包括美国政府逐渐意识到对新中国的这一外交政策失败了。1967年尼克松在《外交杂志》上发表了题为《越南后的亚洲》的文章，强调美国不应当“把中国永远排斥在国际大家庭之外”。同年7月21日，美国政府宣布取消某些对华贸易管制，并放宽了去中国旅行的限制。1970年10月1日，中国人民的老朋友、美国作家埃德加·斯诺应邀在国庆节登上天安门城楼，并被安排站在毛泽东主席身边。同年12月18日，毛主席接见了斯诺，并表示中国欢迎尼克松访华，还亲自批准邀请美国乒乓球代表团于1971年4月访华。“小球转动了大球”，“乒乓外交”打开了隔绝22年之久的中美交往大门。

1979年1月1日中美正式建交。一个新时代到来：中美隔绝状态结束，两国关系正常化进程开始。

中美外交关系的正常化，为中国与西方全面交流奠定了基础，国际大企业蜂拥而至，争相开拓中国这个庞大的市场。

经国务院批准，1972年春第31届广交会向38户美商发出邀请，应邀到会42人，这是中美贸易中断20多年后美商首次到会。2012年5月第111届广交会，美国到会采购商人数名列所有参展国家和地区第二。

在第2届广交会成功举办后，美国汽车大王福特曾发表演说，主张同中国进行贸易，要求政府采取比较现实的态度。如今中美大门打开，中美贸易终于

1985年秋，时任美国副总统的布什（左一）到访广交会，与梁锦文（右三）握手

实现。

第一华盛顿集团总裁兼广东美国商会会长Harley Seyedin，1991年以一个美国商人的身份第一次到访广州，并被吸引在此定居。他坦诚地告诉笔者：“我参加了很多届广交会，并感受到它是中国最大的贸易盛会，中国最优秀的生产商和供应商都聚集在这里。”

吸引广交会的远不只是美国商人，政治家也抱有浓厚兴趣。

从任美国驻华联络处主任到美国副总统、总统的乔治·布什，1974年就访问过广交会。1985年10月18日，他以美国副总统的身份再次率队专程前来参观第58届广交会，在长达一个多小时的参观中，他兴致勃勃地仔细观看了各种商品。当看到一个展位有电脑产品时，他不由停下脚步，饶有兴味地耐心听着展位主人的介绍，临别还亲自将一枚小胸章别在这个小伙子的胸前。离开展馆前，这位美国副总统兴奋地说：“在这里，我看到了中国的发展方向。”当年陪同布什副总统参观，时任中国对外贸易中心（集团）董事长、总经理，广交会大会领导委员会副主任梁锦文在接受笔者采访时，深为感叹："这在众多外国元首中是少见的。"

更让梁锦文感慨的是，在返回美国的飞机上，布什副总统专门给广交会和他发来一封感谢信，信中写道："我们对展出的商品以及制作这些商品的高超技巧和技艺都留下了很深的印象。你有见识的解说，增加了我们对广交会的兴趣，使我们很好地了解中国生产力的富有。"

迈过门槛，走进屋子里亲眼看一看，和主人们面对面聊一聊，这感受确实是不一样的。

乔治·布什副总统亲笔致信赞扬广交会，为广交会添彩，为中美两国人民友谊和两国经济贸易往来留下佳话。

这精彩与佳话，一样有着"看不见的手"和"看得见的手"的深长意味：通过双手，可以改变一切。

肆

贸易改变世界

1

作为共和国最早的对外生意场，很多国人是从广交会学会与外国人做生意、了解世界的，在走向世界中改变着人生。

贸易改变世界，是从人开始，从见世面开始。广交会上的一个又一个“第一”，也许是最好的证明。

广东省外经贸厅退休老干部陶世桐是广交会第一批外事翻译，他1952年大学英语系毕业后分配到广东进出口公司，广交会创办时他就被抽调过来。几届之后，有外国记者提前到广州，他被安排接待。这些爱钻研的记者常常问及中国对外贸易政策这种摸广交会底的问题。年轻的翻译，就是在广交会举办前的组织学习中学会了“平等互利、互通有无”这八个字。于是每当问及，他就对答如流，但从不讲具体。他说，像他这样身份的人，这就是最好的与外国新闻记者打交道的方式。

让他印象更深的还是他一个人在广交会酒会上当主持人兼翻译。这种酒会来宾广泛，十分讲究国际礼节。刚开始几次，是由大会秘书长主持，他当翻译。当大会秘书长宣布酒会开幕时，港澳及华侨人多，不需翻译，话落就闻鼓掌声起。但外国人不懂，待翻译成英文后，外宾才鼓掌，这时掌声却是稀稀落落。大家都觉得这气氛不好。于是就改由他一个人主持兼翻译。当他用中文宣布酒会开始有人举手要鼓掌时，他快速地用英文连续讲“女士们、先生们”，把个别的鼓掌先压下去，等说完“现在开始！”全场才一齐热烈鼓掌。说起这些，陶世桐口吻中至今充满兴奋：“那气氛好极了！这也算与国际接轨了吧。”

河北省保定市工艺品进出口公司副总经理秦燕，1994年第一次参加广交会。她说当她和经理第一次踏进广交会时，就像面对一部天书：除了人、展品认得，其他一无所知。由于不懂英语，根本无法和“老外”进行业务交流。她用家乡的一个成语笑着说：她在广交会完全是“邯郸学步”，她的第一句英语“How much”就是在广交会上学会的。正是在广交会受到启发，她此后要求公司每个员工把英语作为第二语言，现在连公司看大门的也能讲上几句日常用语了。

自称是从“民间艺人”到“外贸人”的云南省昆明圣和陶艺品有限公司总经理朱斌，是在第一次参加广交会上闹出笑话继而逐步成为“外贸人”的。2005年4月第一次参加广交会，不明就里，他们的产品介绍等所有资料只做了中文版。一个花瓶上标价42，翻译习惯性地以为是美元。“老外”一听，大惑不解。等知道他们是用人民币报价时，在场的人无不大笑。但正是这样的见世面，使他们慢慢摸到了外贸的门道，第二次参展就获得20多万美元的订单，如今产品出口到7个国家和地区。

1978年10月，第44届广交会展馆里，有一个身穿蓝色海军服配解放鞋，留着“寸头”的年轻人，置身各种肤色口音、五彩缤纷商品的展厅，像刘姥姥进了大观园，左顾右盼，兴奋得一天转遍了全部展馆。3天后，他怀着依依不舍的心情离开广交会，一次次回望着期盼再来。

他叫陈八荣，江西省对外贸易局办公室秘书，一个月前才从海军部队转业到地方工作，这次随单位来参观学习。后来，他的一次次回望不仅成为现实，而且从参观、客商到主人，现在是中国对外贸易中心副主任、中国对外贸易中心（集团）总经理，从第85届广交会至今任广交会大会领导委员会副主任。说起这个历史变迁，陈八荣有讲不完的故事。

从广交会返回后不久，陈八荣被调至江西省化工进出口公司任业务部经理。第50届广交会时，他率队赴会。他没想到这么快就重返了广交会，更没想到自己成了一名客商。洽谈室有限，只能在通道里“打游击”，他一样热情高涨。产品畅销，还有客户追着要货，从未做过买卖的他，首次尝到了有人求购的味道。一天，日本住友商事中国部部长找到他，递过名片后，部长先生用生硬的中国话盛赞他的名字说：“你的名字在我们日本最好，做生意更好。”没想到，自己的名字和生意挂上了钩，他感到了生意里的文化意味，这让他更起劲地学习业务知识，提高洽谈技巧和管理能力。

不久，陈八荣担任了江西省出口商品基地建设分公司副总经理，不久又率队参加第57届广交会。到第58届广交会时，他任江西交易团副团长兼秘书长，此时他感到自己和过去有了不同：不只是地位变化，更学会了从大局考虑生意，开始钻研广交会的方方面面。

1998年12月，陈八荣从江西省人民政府副秘书长岗位上调国家外经贸部，部党组任命他为中国对外贸易中心（集团）常务董事、总经理，由此迎来了他外经贸职业生涯乃至人生经历的巨大转变。

“广交会是一个开拓业务和锻炼培养人才的好地方。”陈八荣以自己的切身经历这样总结。

从广交会的参展商转为广交会的组织承办者、管理者，陈八荣也许是个例外，但从他的经历表明：广交会在广阔平台上引领人们走向世界，改变着人生。

贸易可以改变世界。

2 商业文明蕴含在生意中，买卖里升华起文明品格。广交会见证了中国特色时代商业文明的不断发展壮大，在培育商业文明新质中影响着世界。

1588年，位于欧洲大陆西北部，北海之滨一向各自为营的7个省份联合起来，宣布成立荷兰联省共和国。这是世界历史中第一个由商业推动、赋予商人阶层充分政治权利的国家。1602年，荷兰联合东印度公司成立。这个不断崛起中的大国，诞生了一个前所未有的经济组织。

经济组织是经济贸易发展到一定程度的产物，也是促进商业文明发展的坚实基础和引导。

中国商人、商业和商业文化源远流长。但几千年的封建农耕社会，重农轻商，商业文明并不发达，农业文明始终占据主导地位。

广交会破土而出，是新生，也是探索。作为贸易平台，它不是严格意义上的生产经济组织，但它在引导、实现对外贸易的功能上，尤其是作为国家扶持、政府主导的办展形式，引领了商业文明的方向，创造了商业文明的新质，开辟了商业文明发展的路径。

新加坡中国医药保健品商会会长李长沙先生介绍：1956年新加坡第一个商业贸易考察团访华，最后一站在广州时，在有关部门安排下，特别考察了广交会前身的中国出口商品展览会，立即被中国药品展览馆分馆吸引。随团的中药行业代表林应标先生等人大喜过望，不久来参加第1届广交会，再次看到品种齐全、品质可靠的中药材后，立即大量订购。东南亚因为华人众多，具有推广中医中药的最佳天然条件。当年9月，这些热心推广中药的商家借鉴广交会的成功经验，在为时19天的新加坡大世界“新加坡工业商品展览会”上，专门设立了“中国药品展览馆”，引起轰动，还吸引了从邻国马来西亚、印度尼西亚和泰国特地赶来的客商。新加坡的中药商人，由此建立了经营中药的信心。从此，每年两次参加广交会，成了新加坡经营中药保健商号的惯例，50多年来从未间断。

更有意思的是，该商号在新加坡成功策展的基础上，把中药展再衍生推广到周边国家和地区，都获得成功。李长沙发自内心地表达：“广交会带给我们的商机也跟着扩大了。广交会对中药传统市场的建立，功不可没！”

商业文明蕴含在生意中。

广交会在冲破西方资本主义阵营经济封锁、禁运中，政治意义提升了商业品质，适应并推动时代发展；在平等互利、互通有无的商业文明规则中，发展贸易、促进生产，培育并创造了时代商业文明。

创举，有着经济与政治的丰富内涵，有着时代与生活的深长意味。

商业文明的核心是契约精神，商业文明某种程度上是契约文明。

广交会从创办开始，就十分注重遵守合约，严格履行合同。国家、外贸部高度重视，提出维护对外贸易信誉的政治要求。举办机构、行业公司的督促落实，采购客商与参展货主的互为约束，在可能的历史条件下恪守了契约，弘扬了契约精神。

挪威采购商Nilts.Tonnessen，从世界各国采购商品然后批发给各零售店。这位世界通从1990年至今，从广交会上采购的中国商品总是居其采购总量第一位，每年大约100万美元。他宏观比较得出的结论是：“中国商品质量这些年一直不断地快速提高，几乎每半年都会有一个飞跃。与质量的飙升相比，价格的上涨却很平稳。我想这是中国商品在国际市场越来越受欢迎的原因。”

买卖里升华起文明品格。

价格平稳还只是外在的，更重要的是商品品质。创立品牌，是商业成功之道，商业文明发展的标志，这也是广交会不断追求和引导的目标。

创办之初，广交会上展出的轻工艺品，也在新小商品之列。随着改革深入，开放扩大，轻工艺品的对外贸易面临挑战。在日益激烈的竞争中，中国轻工工艺品进出口商会作为行业商会，依托广交会，盯住品牌打造，专门制定“年年有新意、届届有提高”的广交会工作方针。用商会的话说，轻工艺品从当年的“地摊货”，如今摆进了专卖店，受到全世界人民的称赞。

榜样的力量是无穷的。这个商会的创品牌之道，就是凭借广交会的引导作用，汇集全国主要产区的代表性产品，设立能够引导行业发展的名优新特展区，以此作为示范和推动，促进品牌建设，提高整体水平。

货比三家的启迪，是观念，是行动。广交会这样的比拼场，带给人们的最大收获，就是开阔了眼界，知道了高下，找到了方向，有了努力的目标，激发了实现梦想的行动。中国轻工工艺品进出口商会在他们的心得中这样感言：“参展企业的布展意识也有了很大的改变，他们开始摆脱‘小农经济’式的布展模式，逐渐向国际水准靠近。由此还带动了思想观念和经营理念的转变，自身得到了发展，行业整体素质有了显著的提高。”

文明是在交流中扩展，在传播中成长。

广交会见证了中国特色时代商业文明的不断发展壮大，在培育时代商业文明新质中影响着世界。

3 从第1届到第101届，从单一出口到双向进出口，广交会以完美贸易身姿融入世界。创局，迈上新台阶。

2006年10月15日晚，第100届中国出口商品交易会开幕式暨庆祝大会在广州隆重举行。时任国务院总理温家宝出席大会并在讲话中宣布，中国政府决定：从第101届开始，广交会更名为“中国进出口商品交易会”。

一字之增，历史闪耀新的光彩。

从第1届到第101届，从单一出口到双向进出口，广交会以完美贸易身姿融入世界。

开放的大门，总是为着进出而准备的。有买有卖，有进有出，广交会对外贸易在完全的意义上，显示着商业文明的历史进步。

创局，迈上新台阶。

早在1958年4月举行的第3届广交会，根据周总理的指示，这届广交会首次采取进出兼营方针，有买有卖，以进带出，在做出口贸易的同时做进口贸易，实现进口1229万美元，相当于出口总额的8%。

但由于历史的原因，现实的需要，广交会从一创办，就确定的是出口贸易。实际上，敞开大门，实现出口，进口就一定会产生。广交会当年有过进口，有过探索，只是没有如此庄重地向世人宣示。

广交会的使命，也在这样的意义上，显示它的独特，承担重任。当客商进来，商品出去，便不可避免地产生了有形无形的进出口，冲击并影响着人们，显现并产生着改变。比如了解外面的世界，借鉴别国的经验，比较自己的状况，做出相应的行动。

在1973年3月19日广东省外贸工作会议的一份名为《美国市场概况和对美贸易应该注意的问题》的资料中，我们便能感受到这种有形无形的进出口影响，感受到这种冲击：

“尼克松访华以来，美国掀起了一股‘中国热’，过去12个月，美国商务部公布：进口了1000万美元的中国商品。

“美国对食品卫生和用具安全性要求很严，除有食品和药物法的管制外，还有一个所谓的‘人权委员会’规定，如有人使用某种商品受损害，可提出控告，进口商就要受罚款等处分。比如，他们要求竹制品要用硫磺熏过，不能生虫，如果竹制品发现生虫，成批货物都要销毁。甚至玩具品质不好，孩子玩时划破手，都要被控告，所以，我方应该十分注意出口商品的质量。

“另外，美国现在流行所谓的‘超级市场’，即自动售货制度。一般商店营业员很少，顾客自己从货架上选货，然后到付款处付款，所以，美国商人要求我们要注明商品名称、原料、规格、产地、使用说明等等，否则很难进行贸易。”

这是一份难得的历史记录。

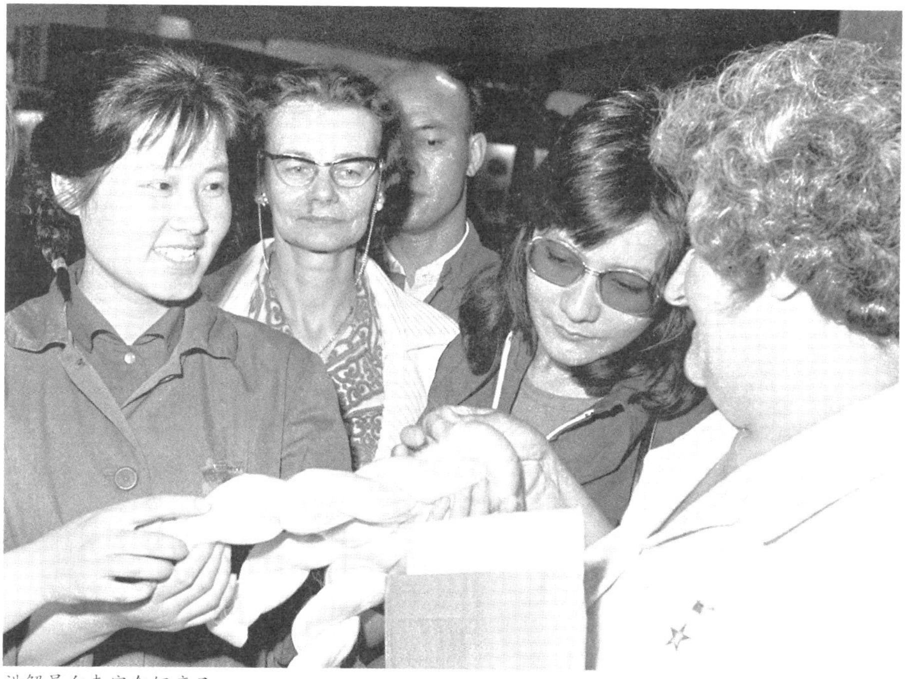

讲解员向来宾介绍产品

“超级市场”对今天的中国人，早已不陌生。但在40余年前的中国，还是闻所未闻。超市在中国出现，是伴随改革开放而兴起的，是中国进口的一大盛事，是世界商业文明带来的一道景观。面对虽没进口商品却无法回避进口的生意经，包括新的商业规则，不可不做出相应改变的行动。

贸易改变世界。

广交会以进口与出口，在商业文明的行进中融入世界，改变世界。当走向21世纪，当第101届广交会更名，当中国成为世界第二大经济体，我们将看到，作为与世界握手的平台，广交会精彩纷呈的历史又开始翻开新的一页，改变世界的贸易又迈上崭新台阶，逐梦世界的步伐又有了新异的风采。

第三章

穿越国货

货物生产具有文化品质。商品买卖从一开始就融入了文化。

乾隆皇帝下江南，看见一家名为“万货”的店铺，便走进去问老板：“你这里有万种货物？”老板不以为然：“你要什么有什么。”乾隆说：“那我买一把金子做的锄头。”老板一下无语。乾隆说：“话不能说满，还是将这万货改成百货吧。”据说，“百货”一词由此而来。

乾隆也许没想到，在他费心经营的王朝，以“货”为开端的鸦片战争爆发，“洋货”如狂潮涌入，民族资本大受冲击，国货被困。20世纪初，由近代民族资产阶级领导，以振兴民族经济为目的的国货运动兴起，1911年12月上海成立中华国货维持会，已开始意识到国货的制造和销售关系国家命运，至上世纪30年代国货运动到达顶峰。

从此，国货伴着中国现代化进程，呈现历史风云，蕴含衷肠情结，激起时代浪花。

穿越国货，回眸历史，感受广交会：纵横捭阖，贯穿的正是民族梦想。

壹 响亮的名字叫“中华总商会”

1 港澳两地的生意大佬们接到的邀请参加第1届广交会的请柬，是港澳同名商会机构代为派发的，那响亮的名字叫“中华总商会”。

1957年3月，香港、澳门。热闹繁忙的农历丁酉鸡年春节刚过一个月，人们还沉浸在迎来送往的忙碌之中。但今年的迎来送往中，港澳两地的生意大佬们突然密集谈起了新鲜的话题：去广州看看吧，那里有好生意。

这话题的源头，就是1956年5月广州接连举办的3次华南物资交流会，特别是1956年11月开始到1957年1月才结束的中国出口商品展览会，如波圈扩散，引起了香港、澳门商人们极大的兴趣。紧接着，一份份精致红亮的请柬送到了一些大佬手中，他们更是相互打听：你收到了吗？去吗？

这精致红亮的请柬，就是参加首届中国出口商品交易会的邀请。

面对第一次去内地做生意的正式邀请，一些在新中国成立后还从没回过内地的港澳商人，心中既兴奋又有不安：看到前几次去广州满载而归的同行心有羡慕，但也听闻过各种传言又从未与内地接触过的人，心里却担忧已有的财产会不会“充公”。

“嗨，你看我的财产充公了吗？”一位几次到广州参加物资交流会的大佬对犹豫的工商界同行满脸一笑说，一边还比画着，“唔毋无脑错失机会啦（香港话：不要不用脑子错过机会）。”一句话，说得大家哄笑。

说笑完毕，还有爱好者翻开了流年本：鸡年与太岁相合，运势甚为顺畅。仔细一看：幸运数字是3、5，幸运地点是近水的地方。

再翻开请柬一看：举办、闭幕日期是4月25日到5月25日；由香港中华总商会代发，落款是：中国国际贸易促进会。

数字、地点完全吻合。是巧合，更是吉祥吧。商人们喜笑颜开。

“哈，去！”人们争相转告，顾虑消除。

第1届广交会，1021位港澳客商，接踵而来，相聚一堂。

第1届广交会出口成交1754万美元，港澳占64.33%。

旗开得胜，盆满钵满。

多年以后，回忆这些兴味无穷的情景，从第1届至今届届不落，已年过八旬的香港中华商会常务会董、南北行公所理事长、远大贸易有限公司总经理李欢和澳门中华总商会理事长许世元，无不满怀感慨。

许世元这样告诉笔者：“港澳两地的中华总商会历史悠久，是响亮的名字，我们都以能加入这个商会为幸，能接到商会代发的国家贸促会邀请，更是深以为荣，心中所有的顾虑都打消了。”“不过，那些翻看流年、掐指掰算的传说，是不靠谱的。真正靠谱的，还是国家，是广交会为我们搭建了这么好的平台，带来了无限商机。”喜欢被人称为“欢叔”的李欢，在一旁边笑边补充。

为什么要请港澳两地中华总商会代发请柬？背后有什么故事？

香港中华总商会，简称“港中总”，是香港最具影响力的社团之一，它

香港商人参观第5届广交会上展出的拔丝机

的前身是香港富商冯华川等于1900年创立发起的华商公局，1913年改称香港华商总会，1952年正式定名香港中华总商会。从创立时不足100人，到如今有来自香港各行各业的超过6000名会员。

香港被割据，殖民之下的华人地位低下，国货生存艰难。华商公局的创立，显示着华商的奋争与自立，表达出对国货的深情与信念。新中国成立后，中华总商会是香港第一家高挂五星红旗的华商社团，并广泛号召会员带头购买国货，倡议会员与内地建立联系。

澳门中华总商会的前身是1913年成立的澳门商会，1916年，正式定名为澳门中华总商会。新中国成立后，著名爱国商领何贤连任理事长及会长至1983年辞世。何贤会长是澳门回归祖国后第一任特首何厚铧的父亲。

在对国货的深情与信念中，更有坚定的后盾与支持。

1956年春，受党派遣在香港从商的香港华润公司总经理张平，来广州看望从华润调入外贸部任出口局副局长的舒自清，严亦峻也在座。新中国成立后，华润公司划归对外贸易部管辖，成为中国各进出口总公司在香港的总代理，与东南亚、欧美等地的许多国家建立了广泛的贸易关系。于是，3个人兴致勃勃地分析了外贸工作的新形势，都认为举办中国出口商品展览会适逢其时，他们同时谋划着由此可向中国出口商品交易会过渡。

不久，华润公司被外贸部责成提供海外客商名单。华润公司立即成立了两个小组，一个以总经理张平为组长的“外商小组”负责邀请外国商人，一个以副总经理何平为组长的“华商小组”邀请港澳和海外华商、侨商。第1届广交会邀请客商亦按此办理。华润公司拟好名单，经外贸部和中国国际贸易促进委员会审批后成为正式邀请名单，并以中国国际贸易促进会的名义发出请柬。

因祖国相系，以国货相牵，委托香港、澳门两地中华总商会代发请柬顺理成章。

当港澳两地中华总商会代表应邀出席首届广交会开幕招待酒会时，香港中华总商会副司库叶若林、澳门中华总商会代表叶子如先后讲话，都庄重表达：今后要积极推销祖国商品，利用港澳交通便利的条件，沟通我国和各国的贸易关系。

以中华为信念，国货情结在升华。

2

代发参加广交会邀请函，44年情深意长；手持请柬参加广交会，冲破重重障碍前行。筚路蓝缕，广交会之路连接港澳桥头堡，向世界延伸。

港澳两地中华总商会，承担代发参加广交会请柬这一重任，一干44年。

1951年首次华南土特产展览交流大会时，还是名为香港华商总会的“港中总”，就接获了大会邀请函。爱国商人们心潮澎湃，认定这是促进祖国对外经贸的大好机会，随即通函全体会员，呼吁踊跃参与，也揭开了“港中总”积极参与祖国经济建设的序幕。

剧情波澜起伏。

随着广州先后举办的数次物资交流会、展览会，在“港中总”积极推动下，香港工商界参与的人士越来越多。眼见港人与内地的交往日趋频密，港英政府于1955年起实施限制中国人出入境的政策。参加广交会的华商们，即使手持请柬，要顺利参展也障碍重重。

面对障碍，“港中总”挺身而出，带头与港英政府移民局交涉，要求撤销有关限制。1956年2月，“港中总”许庇尧会长邀约工商界代表，以拜访形式，再次来到移民局，要求撤销出入境限制，但依然困难重重。不久，“港中总”汤秉达司库、叶若林副司库等获20多个社团推选为代表，前往港府辅政司，再次提出有关要求。正气凛然，申明大义，港府终于同意暂停执行出入境限制，却又在九龙火车站前另设办事处签发过境证，限定在此出入内地。

关口打开，要道打通。冲破障碍，“港中总”在不屈不挠中饱含坚定信念与炙热深情。

新中国成立前，曾在香港从事党的地下活动的柯麟，受党的指派，与弟弟柯正平在澳门成立贸易机构南光有限公司，筹集国内急需物资，通过澳门进入广州。“澳中总”与南光公司有着亲密联系，并以在澳门的地位和影响，在澳门当局政治事务中参与意见，与澳督沟通，维护在澳全体工商界和澳门华人的权益。1952年7月，发生了葡萄牙士兵与广东边防部队武装冲突事件。当时，中葡双方没有建立外交关系，葡方只得请“澳中总”的何贤、马万祺出面与中方沟通、谈判。最后以澳门当局向中国方面递交道歉书，承认错误，并保证不再进入中立区挑衅，向我方赔偿解决。

从首届广交会开始，“澳中总”积极组团参与。随着祖国经济发展，要求参团的澳门商人越来越多，每到广交会举行期间，众多的澳门工商界人士甚至一清早便在“澳中总”排队轮候报名，参团赴会。

这是历史的真实写照。冲破封锁，艰难而曲折。严峻复杂的形势，也使我国有关方面对外商采取特殊办法。凡应邀参加广交会的外国客商进入中国口岸出入关时，他们的护照不被盖章，而另用一张纸，在一份海关文件上盖章，以免他们回国后遇到麻烦。

港澳两地中华总商会为广交会所做的贡献，赢得祖国的信赖和赞誉。有关方面高度重视，亲切的关怀融入细节。出席广交会的港澳两地中华总商会客商出入境时，内地海关专在一般通道上层辟设特别通道，以礼宾待遇迎送。广交会有一个“三办”，专门接待侨商和港澳商人，从入住酒店、购买计划物资到出行乘车、出席酒会，给予悉心照顾。那时虽条件有限，港澳客商们对广交会却有着真诚的理解。

在来往中增进信任，在参与共享中收获回报，在融入祖国怀抱中感受温暖，更激发了港澳两地中华总商会参与、支持广交会的热情和行动。两地商会秘书处每年都设专责部门，投入大量人力、物力，负责处理有关申请、审批、发帖各项具体工作。即使在“文革”时期、“非典”肆虐期间，两地代表团从未缺席任何一届广交会，两地“中总”没有放弃代发请柬重任。从几百份到上千份，到改革开放后超1万份，到2000年春交会，“港中总”最后一次代发请帖时，已近4万份。

回首历史，如今的“港中总”会长霍震寰在接受采访时，自豪地对笔者说：“‘港中总’为支持广交会做了大量的工作，也感谢广交会信任‘港中总’，让‘港中总’担任这一历史使命。今后我们将进一步加强与广交会的亲密合作，为民族梦想出力。”

44年终不悔，44年光与热。

港澳两地“中总”还团结引领华商，广泛经销、代理、推广国货，通过港澳转口到世界各地。首届广交会后的1957年8月，“港中总”主动组织东南亚商业考察团，协助宣传广交会的盛况和内地的出口商品。

曾任“港中总”会长的陈有庆博士介绍，在他担任会长期间，“港中总”还透过与各国驻港总领事加强联系，利用世界华商大会等机会，邀请海外商人参加广交会。“正是经常参加广交会，见证了中国对外贸易、改革开放的进程，见证了国家几十年来翻天覆地的变化。”陈博士深情表达。

筚路蓝缕，正是港澳两地工商和各界人士爱国情怀的传承与光大，广交会之路跨过港澳桥头堡，奋力向世界延伸。

3 一个个“中华总商会”花开世界，各国“中总”与广交会“广交天下客”，绵延中国货，弥漫世界情。

放眼世界，一个个“中华总商会”花开世界。

循着这花开的路径，各国“中华总商会”与广交会“广交天下客”，绵延中国货，弥漫世界情。

华商走向东南亚，既传承当年海上丝绸之路的海韵，也焕发近代以来中华儿女经商世界的开拓与奋斗。广交会从一开始就把邀请东南亚国家的华商参展作为重点，这是弘扬历史精神，也是现实的智慧选择。首届广交会参展的19个国家和地区中，东南亚的国家和地区最多。在第100届广交会获得“百届辉煌杰出贡献奖”殊荣的9位功臣中，有泰国中华总商会主席郑明如先生和马来西亚中国经济贸易总商

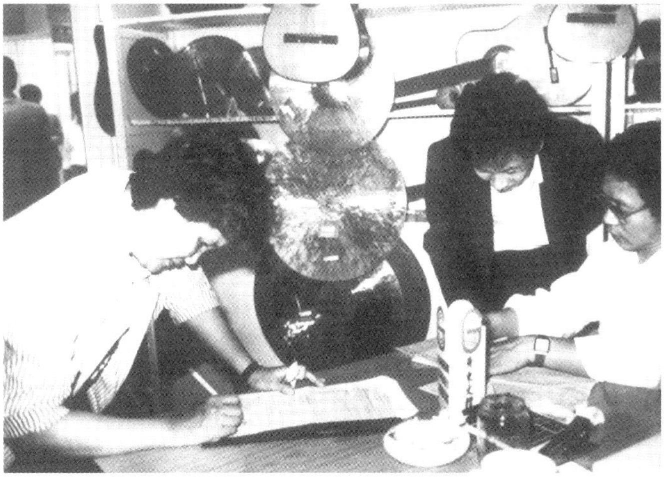

新加坡客商在第12届广交会上签订商品交易合同

会会长杨天培先生。

杨天培先生从上世纪70年代初起，率团参加过50多届广交会。数十年如一日，杨先生为中马两国经济贸易发展尽心尽力。在琶洲展馆接受笔者采访时，杨先生对广交会的感受也特别强烈，评价为“整个中国经济面貌的缩影”。在他看来，“海外商家要和中国做生意，一定不能错过参加广交会的机会，因为这是认识中国并建立经贸关系和拓展业务的最好时机”。杨先生偶尔因事不能亲临，他的公司也一定派代表参加广交会。

成立于1947年的马来西亚中华总商会有17个属会，分布在国内13个州。首届广交会，马来西亚的客商参展踊跃。亲历了40多年广交会，也目睹了广交会发展的马来西亚槟州中华总商会执行董事李永光先生介绍：当年马来西亚政府规定，只有中华总商会推荐的企业才能申请参加广交会。由于广交会能带来无限商机，当时大马的企业为此都非常渴望成为会员，获得商会提名机会。“马中总”因此得到了飞跃发展。

新加坡中国商会前会长、新加坡中华总商会董事李金源先生与广交会有近半个世纪的“不解之缘”。他一直记得第一次参加广交会时，广交会展馆刚搬到海珠广场。那时，到广州没有直航，参展的新加坡客商手续环节繁琐，“新中总”专门创办“新加坡中国商品进出口商会”，担负起代会员及赴会商人申请请帖，以及订机票、火车票、酒店等商务事宜，他称赞广交会已由当初的“唯一窗口”如今成为“综合性展示平台”，“新中总”和广交会一起“广交天下客”了。

泰国中华总商会成立于1910年。1975年中泰建交，“泰中总”即开始发动泰国华商组团参加广交会。郑明如先生1975年就随团参加广交会，亲身了解广交会的情况后，便把广泛动员泰国华商参加广交会列入“泰中总”的重头工作和长远规划，从采购到投资，广泛拓展经贸往来。郑明如先生有一句名言：“我的祖先在中国，对外投资首先要到中国去。”他以“中华总商会”名义在曼谷近郊叻丕府董奔县兴建的“福禄寿城”，是一个融合泰中文化、艺术、历史的综合性建筑群，也是如今中国游客和华侨、华商们访泰的必游之地。上世纪80年代初，他的国泰集团与中、美3家合资兴办的蛇口中泰美“浮法平板玻璃工厂”，投资达1.5亿美元，是当时中国引进的最大外资项目之一。1991年8月，郑明如先生与印尼华商首富林绍良先生、台湾商业巨子王永庆先生发起“世界首届华商会”在新加坡召开，共同为祖国发展献力。

进入21世纪，世界各地的“中华总商会”更是百花争艳。美国中华总商会2003年在洛杉矶成立。2004年，巴西中华总商会在圣保罗市成立。2010年，非洲中华总商会在南非约翰内斯堡成立，会员遍布非洲国家。

正如加拿大中华总商会会长谢英榛先生，从上世纪60年代一名少年起，就随父亲参加广交会的“老广交”所说：“我们与广交会共进步、共繁荣。”

相知广交会，心系中国货，弥漫世界情。

贰

衷肠升华国货情结

1 在香港参加广交会的浩荡队伍里，有特别引人注目的身影，有奋力开创的前行者，这其中有一对特别父子：霍英东和霍震寰。

从参加首届广交会至今，香港无数客商组成了一支浩浩荡荡的队伍，开拓出一条康庄大道。在这支队伍里，在这条大道上，有特别引人注目的身影，有奋力开创的前行者，这其中有一对特别父子：霍英东和霍震寰。

1984年春节，对霍英东这位饱经沧桑、见惯大世面的人来说，却是此后挥之不去的永远记忆，这不仅在于他全程陪同了一位伟人，还在于陪这位伟人散步时，作为现场观众听到的一句话。这句话就是改革开放的总设计师邓小平说的。这年春节前后在广东中山温泉宾馆，一天晨练时邓小平登上宾馆后面一座叫罗三妹山的峰顶，不走原路返回时说的那句名言："向前走，我不走回头路！"

共鸣与感悟，一起在霍英东心头升起。回首人生，霍英东觉得自己也正是这样走着人生的路：为事业、为国家勇往直前，为改革开放、为民族梦想从不走回头路。

中山温泉宾馆，就是他在1978年第一次听到邓小平关于改革开放的讲话后，立刻行动，于1979年投资兴建的内地第一家中外合作旅游企业。在这个富有特殊意义的起点，霍英东心潮起伏。

2004年80岁大寿之日，他喝着甘笋汁，语气沉重地向身边人袒露沉寂于他胸中多年的心结："80岁了，有件事，今天应该讲个清楚，我不是靠走私起家。"

1950年，霍英东冒着港英政府水警船与海盗机枪扫射风险，组织船队穿过汹涌波涛向内地运送"禁运"物资。一年多的时间里，他白天联络、装货，晚上开船，每天只睡三四个小时。这置生命于不顾的不回头，为他赚取了人生的第一桶金、第一个一百万，成为他日后发家的基础，成为他与新中国生死与共的开端。

霍英东感慨追忆：当时确实"没有报关"，但香港一贯是"自由港"，货物自由进出，出了香港水域就更不是港英管辖范围。他真诚地告诉人们，他运载的只是铁皮、橡胶、轮胎、西药、棉花、纱布，从未运过军火。

而这些物资，正是内地急需的，是为新中国经济建设雪中送炭。

7岁失父，12岁到香港，从寒门奋斗而起，从当渡轮加煤工、机场苦力踏入商界，霍英东把事业发展与国家使命担在两肩。新中国成立后，他直到1962年才第一次到广州，他不是香港这支队伍里最早参加广交会的，但他的事业、他的内心，相系着广交会。

1984年至1994年间，霍英东两次共当过4届香港中华总商会会长，卸任后众望所归被推举为永远名誉会长。广州著名的白天鹅宾馆，是霍英东1982年10月与广东省合作创建的中国第一家中外合作五星级酒店，投资费用按当时汇率计算约合9000多万元人民币。这个他自己称"倾注了许多心血，有着非常深厚的感情"的宾馆，在1982年试业，就是为满足当年秋季广交会的需求。

白天鹅宾馆从起步到逐步发展壮大，都与广交会密不可分。如今，很多客商是酒店刚建成时来参加交易会时入住的“回头客”，有六七成是欧美客商。在合作中发展，在共赢中提升，白天鹅宾馆与广交会手足情长，一样不走回头路。

关于白天鹅宾馆的传说很多，笔者听闻过一个至今让人回味的轶事。那时，广州唯有这家五星级酒店的厕所间放有那时人们新奇以盼、如今习以为常的手纸，于是许多市民以上厕所为名顺手牵羊。管理人员一次次向霍英东反映，提出不再放此物，或者宾馆也挂出“闲人与穿拖鞋者不得入内”的牌子。霍英东坚决不允，他说：“要让群众进来看一些新鲜事物，让大家体会一下对自己和国家前途的信心。”

薄薄一纸，深情言辞，折射着胸襟与目光。细微末节之处，足让人们回味改革开放打开国门之初的猎艳与好奇。

白天鹅宾馆创造了“看得见、摸得着”的改革开放成果，增加了各方对改革开放的认识与信心，间接带动了大批港资进入广州酒店业，为广交会解决吃住行这个历史难题带来根本改变。

霍英东也清楚记得邓小平对他说过的另一句话：“白天鹅好。”

霍先生始终关心广交会，1993年10月第74届广交会时，已是全国政协副主席的他专程前来视察。目睹广交会的变化，他常不由自主地忆起上世纪六七十年代参加广交会时吃“任务鸡”的事：“我们都管它叫‘任务鸡’，因为它们是附近农民在广交会前必须上缴的。但那鸡瘦瘦的，好像能从鸡笼里钻出来一样。”说到这里，老人呵呵大笑。

这笑声，是回味，是开怀，是这位见证了新中国发展、亲历了改革开放进程、将真情付与广交会的爱国商界领袖真诚的情怀与欣慰。

2005年4月28日，由霍英东先生投资1.1亿元的广州南沙新客运港建成投入使用，霍先生亲自出席落成典礼。时为人民日报记者的笔者，现场采访了他。他如此感怀："国家有需要，我就会尽力。"

为国尽力，这情怀，在他儿子霍震寰身上传承。

2004年，与共和国同龄的霍震寰被选举为"港中总"会长。从30岁进入"港中总"，25年历练，他对"港中总"的各种会务驾轻就熟。自上任会长，每届广交会，他都参加，并作为大会酒会的重要嘉宾应邀出席。霍震寰多次表示："'中总'不仅要在香港发挥更大作用，在内地拓展业务，还要放眼世界，充当全球中小企业进入内地、内地企业走向世界的桥梁，参加广交会是最好的纽带。"

2013年4月14日，第113届广交会酒会上，笔者采访他时，他动情地讲起一件往事：上任前，上届会长曾宪梓曾约他谈话，对他说："当年你父亲卸任会长时，也约我谈话，他说以后就由你带领'中总'了，'中总'爱国爱港的旗帜，一定不能放弃。今天，我没有更多的话，就把你父亲当年对我说的再转达给你。"

前行路上，棒棒接力。每一棒，有着爱国爱港情怀的传承；每一棒，是民族精神的弘扬；每一棒，是中华梦想的不断追求。

2013年4月14日，霍震寰先生（左）出席第113届广交会招待酒会时，接受本书作者（右）采访

2 肩负引领中国领带生产的重任，铁心跟定国家的“金利来”大王第一次参加广交会。从首届广交会至今届届不落，成为广交会的“铁杆”。曾宪梓和李欢，有着各自的精彩。

说起1975年第一次参加广交会，曾宪梓追忆是与他创办的“金利来”领带相关的。

从白手起家到学会仿制，从免费供应顾客到在香港走俏，“金利来”倾注了曾宪梓大半辈子心血。1970年他正式注册成立金利来（远东）有限公司，第二年建起初具规模的生产厂。这时有内地公司找到他，要他代理中国领带。于是肩负引领中国领带生产的重任，带着收集的各方资料，提供给在上海建立的领带厂，“金利来”大王曾宪梓第一次参加了广交会。

曾宪梓清楚记得，那时参加广交会，吃、住都成问题，要在规定时间内在餐厅吃饭，过了时间就没了。于是每次紧紧张张把生意谈完，就跑去吃饭的地方占位子。点菜更是要等大家坐满了，等到很多人点同一个菜，厨房才用大锅一次做出来。那时还有组织客商参观“工业学大庆，农业学大寨”的活动，让人疲惫。但这并未减少他参加广交会的热情，他几十年持之以恒，从未间断。

这是信念，是他从自己人生经历感悟到的对党对祖国的铁定信念。

曾宪梓1934年出生在广东梅县一个贫苦农民家庭，用他自己的话说是“穷得你们没法想象”。冬天没衣服穿，每天稀饭都吃不到。新中国成立后，一位搞土改的干部看他喜欢读书，把他送到学校，还叮嘱老师对他多关照。靠国家一个月3块钱的助学金，他领了10年，直到1961年中山大学生物系毕业。“我是祖国抚育成长的。”曾宪梓真诚地说。当毕业后没多久他去泰国发展，出境走过罗湖桥时，忍不住一去三回头。那时，他便下定决心：铁定跟着国家，努力创造财富，回报祖国。“这个誓言一直鞭策着我。”曾宪

全国政协副主席霍英东（左三）和曾宪梓（左四）等香港贸易界知名人士出席第74届广交会开幕式

梓这样袒露心迹。

首次参加广交会，虽有种种不尽如人意，但他看到了国家的变化，对国家发展有着强烈热望。1979年初，当广东正按中央指示在讨论如何发挥临近港澳、华侨众多的优势，用特殊政策搞活经济时，应邀出席会议的他率直坦言，用内地是“做了算”、资本家是“算了做”这个人们至今记忆深刻的比喻，提议内地工厂生产一定要心中有数，像资本家一样在投资之前把投资多少、市场需不需要、卖得好不好先算清。他以胆识自称“资本家”、以经济效益作为标准，给人们启发，当时主持广东省工作的习仲勋和杨尚昆都笑称他为“解放牌”。

就在这年10月参加秋季广交会上，曾宪梓受到了叶剑英委员长的接见。因前一年他首次回到家乡，向母校东山中学捐了一座3层楼12个课室的教学大楼。故乡同为梅州的叶剑英元帅对此给予曾宪梓很高评价，鼓励他团结更多港澳台同胞和华侨，支持家乡建设。

曾宪梓牢记在心。1986年的春季广交会上，他与一家进出口公司合作，“金利来”开始进入内地市场，由此他在内地广泛投资。

曾宪梓说他对广交会有深情，是因为从这个平台看到了国家的发展兴旺，也通过这个平台发展了自己，自己的一切都是和国家联系在一起的。他甚至清楚记得1972年他的“金利来”在香港大为投放广告时，就是精心选择电视台转播美国总统尼克松访问北京的新闻时观众最多的时刻，“‘金利来’是跟着国家发展成为‘男人的世界’的。”曾宪梓这样深情笑称。

1986年，曾宪梓被霍英东从香港客家商会调到中华总商会当副会长，2002年任第43届会长。从此，他不但引领华商参与广交会，更是力撑广交会。

在“非典”肆虐之时，广交会客商数量剧减。为消除客商顾虑，曾宪梓配合广交会做了大量工作，向媒体进行正面宣传，并亲自率团出席尽力。正是这样杰出的贡献，曾宪梓在第100届广交会获得“百届辉煌杰出贡献奖”殊荣。

如果说曾宪梓是铁定跟着国家，力撑广交会，李欢则是届届不落，是广交会的笃定“铁杆”。在2009年6月香港南北行公所140周年联欢宴会上，中联办主任助理王如登在致辞时赞扬李欢连续参加逾百届广交会，可谓“广交会第一人”。

其实渊源更早。李欢是从广交会的前期实践华南物资交流会就届届没漏的。2013年5月113届广交会期间，笔者两次与欢叔深谈。欢叔的自叙，也许更为真切。

“今天我就来做个小结吧。很多记者采访我，都问我当初怎么来参加广交会的，他们很奇怪我届届没漏。为什么呢，有什么好处？我过去不怎么说好处，明摆着嘛，通过广交会我生意做大了，朋友多了，爱国爱港爱乡的想法好发挥、能实现咯。

“为什么第1届广交会就参加了呢？说起这个还要翻点古。我本是广东台山莘村人，父母亲是加拿大华侨，父亲是被‘卖猪仔’过去的。有点小钱后，他们回来建房子，我出生后一直在台山。1945年，日本投降，我们转到广州来，同乡间找点事情做，第二年就做到香港去了。开始跟朋友一起搞医疗器械这些东西。我从小念书不多，父母亲对我要求很严，我从不吸烟、不喝酒、不赌。香港花天酒地的地方到处有，但我从来不沾。当时20多岁，特别想学习，就去香港一些爱国学校补上夜校。这样接触的同学、朋友也多，后来就进了一家爱国公司，就是华润下面的五丰行，生意也改行到做食品。到新中国成立后，我食品生意也做了，不久到了南北行公所。

“说起这个南北行公所，是香港第一个华人商会，1868年成立。南北的意思是南北经营，‘南’向东南亚，‘北’靠神州。香港开埠后，作为一个转口港，当时来自内地的货物会经香港运到北部，所以对家国的感情很浓。那时就有人把我们做国货的人叫‘左仔’。但我不怕，当时与华润公司有了接触，还会去听他们组织的时事讲座，学到很多知识，觉得像在一个大家庭里成长。

“由于以前做过医疗器械，抗美援朝开始后内地急需各种药品，我们就开始做进口。但即使买到了药品，由于香港禁运，很难运出。但澳门没有禁，我们就想办法先运到澳门。霍英东先生的船队就在这时发挥了很大作用。澳门有个像华润这样的公司，叫南光公司。这个货就是交给他们。这在那时并不算走私。

“受华润的影响，1951年我就参加了首次华南土特产展览交流大会。当时是由华润发请帖，但不太顺，后来委托香港中华总商会就比较好了。参加首届广交会，南北行是第一个响应号召的。当时南北行主要经营药材、山货、发菜，南北行里又有一些人已经在内地有商业，几个老大后来还是第一任广州市工商联的核心人物。所以参加第1届广交会，最初接待我们的是广州市工商联。

“这就是我参加第1届广交会的来龙去脉。了解到广交会是增收外汇的一个途径，我们就想着怎么为国家多创汇，我们大家都有这个目标，这也是经常在时事讲座中听到的。

“做生意的人不讲政治，但和政治分不开。外国人压我们封锁我们，你不找政治，政治要找你。港英政府限制我们出境，我们去参加广交会都准备两套衣服，出关前是西装，过了关立马换上中山装。但参加第1届广交会，我记得穿的还是西装，隆重嘛。

“那时，东南亚国家参展的客商也是由‘港中总’代发请柬。

由于新加坡、马来西亚当时和我国没有建交，跟英国走，他们政府也限制华商参加。老的华侨可以放你走，认为你老了不会颠覆他们，年轻的就要受到限制。我们就反映情况，后来国家采取不在他们护照上盖章的办法。有时我们还用陪他们到澳门的办法，名义上去旅游，实际上也是去参加广交会。

“参加广交会我确实有收获，既为国家也为自己的生意。茅台酒的出口，最初就是我们从广交会进货在香港推动的。上世纪60年代，我还利用参加广交会的机会，专门去贵州茅台酒厂为他们的生产工艺出主意，我还画过草图，后来的‘飞天’形象设计，来源在这里。国内几大品牌的啤酒，广东的九江双蒸米酒、珠江牌罐头，我都有过好多建议，提升品质、改变包装，才在香港和东南亚好销，我们的生意也好做。做国货生意，就得关心国货，有爱国心呀。这也是我参加广交会届届不漏的真实想法和原因。”

一颗赤诚的心，一腔炽热的情，一生不变的信念。这就是欢叔，这就是从参加第1届广交会至第113届笔者采访他时，如今香港中华总商会常务会董、南北行公所理事长、远大贸易有限公司总经理李欢届届不漏的广交会故事。

身材瘦小的欢叔，内心却有一颗坚强火热的中国心。

酸甜苦辣都曾有过，参加广交会的漫长岁月，在他心中如歌。

3 从以贸易把急需物资运送内地支持抗日战争，到与广交会结下不解之缘，马万祺殷殷深情。从“爱祖国，用国货”，到届届不落广交会，许世元心有不竭动力。

1956年11月，初冬时令的广州还是深秋景色，天空晴朗，树木葱茏。正在广州中苏友好大厦举办的中国出口商品展览会上，一位利索精干的年轻人兴致勃勃地在各种铺位前时而仔细观看，时而与货主深入交谈，还不时掏出一个草纸本记上几笔。这个年轻人，就是时年37岁的马万祺。这次，他是组织带领澳门工商界人士专程来参加出口商品展览会的。

这次出口商品展览会是广交会的前奏，也是马万祺此后半个多世纪参加广交会的预演。从17岁开始涉足商场，马万祺以敏锐商业头脑从在广州办糖厂起步，几经创业起伏，在澳门开办恒丰裕行、大丰银号等公司而享誉商界。从以贸易活动把急需物资运送内地支持抗日战争，到与在澳门地下党组织亲密往来，他成为共产党的真诚朋友。解放战争时期，他在澳门开设一家专门出售解放区土特产和采购解放区急需物资的商贸公司，影响卓著。

早在1950年3月，他应广东省之邀，来广州参加恢复经济建设会议，急国家所急之情澎湃。美国对华封锁禁运之时，他满怀信心地在澳门从事房地产业和工业投资，广泛与内地做贸易，积极推动澳门工商界与内地往来。

正如人们赞誉的，马万祺“富有”的不仅是在财富上，更是在对祖国建设的支持上，从而赢得党和国家的信赖。1979年4月，马万祺率澳门贸易团参加广交会期间，广东省委第一书记、省长习仲勋和广东省委第二书记、广州市市长杨尚昆根据中央指示精神，向他征询创办经济特区意见时，他爽快作答：“我十分赞成。”

改革开放开始，他立即向珠江三角洲投资，满腔热情支持改革开放，把自己的事业和祖国的经济建设紧密相连。

2004年4月，已是85岁高龄，担任全国政协副主席、澳门中华总商会会长的马万祺，亲临广交会视察，表达他对广交会关心、支持的殷殷深情。

这种深情在澳门另一位华商领头人许世元身上，一样鲜明感人。许世元和李欢一样，也是从首届起届届不落的“老广交”。他的不同是立足澳门，以广交会为产品源头，一直把推动国货在澳门占有市场作为支持祖国经济发展的使命。

首届广交会时，刚过而立之年的许世元，主动随澳门中华总商会参会。那时澳门前往广州交通非常不便，交通工具不足，道路泥泞坑洼，当中还有7个渡口要渡轮横渡，往往早上出发，晚上才能到达广州。有时太晚到达，晚饭也没有供应，他们就在各大渡口买茶叶蛋，或从澳门随身携带光酥饼充饥。如今年过八旬的许世元说起这些，心中却有无穷回味："苦中有乐哦，国货源源来，生意隆隆起。"

这是一种情结。许世元是澳门主动不做外国货生意的带头人。为什么会这样？他说是从加入澳门中华总商会得到的启发。从参加广交会亲眼目睹了国家建设需要什么，他深刻理解，通过澳门地区渠道推销国货，对国家建设的贡献能做到事半功倍。

"爱祖国，用国货。"这是许世元的信念，是他生意的出发点。他放弃佣金优厚且经常有机会被邀请到外国旅游的机会，心甘情愿地做利润相对较低、推销难度大的国货产品。他以广交会为纽带，团结了一大批企业，组织了多家联营公司，成立了糖联、油联、豆联等机构，形成了一支浩浩荡荡的国货推销队伍，为国货在澳门打开市场做出了积极贡献。他的做法得到了何贤、马万祺等澳门商界翘楚的器重，1968年他被推选为澳门中华总商会第50届常务理事，后出任澳门中华总商会理事长。以生意实现报国心，成为他届届不落广交会的不竭动力，并荣获广交会"百届辉煌杰出贡献奖"。

回首参加广交会的经历，如今担任澳门立法会议员、中华全国工商业联合会副主席的许世元，对国货更是满怀信心："半个多世纪，我亲眼见证了广交会走向世界一流展会的成长历程。'中国制造'将成为世界市场有创意、质量佳的代名词。"

衷肠升华国货情结。

叁 卷起千堆雪

1 1979年，东方风来春满眼。从开国内先河的第一个音乐茶座，到全国最早的广州西湖灯光夜市，广交会平添气氛，中国大地变化涌动。

浓浓的国货情结，在港澳爱国商人们心中升华，在广交会对外贸易中释放。正是邻近港澳的独特地缘环境和历史传承，广交会获得港澳同胞的力撑，表明广交会地点选择的历史与现实动因。

浓浓国货情结，紧贴时代变化。

稍作回顾，我们已经看到，1979年的春季广交会前后，港澳工商界巨子突然密集感受到了来自北京的强力春风，他们不断接受到邀请来广州参加各种会议，不断被主持广东工作的领导层反复征询。这一切汇向一个主题：用特殊政策搞活经济，在邻近港澳地区设立经济特区。

这些巨子，无论曾宪梓，还是马万祺，一致赞同，齐声叫好。而1978年在北京第一次听到邓小平关于改革开放讲话的霍英东，则已经闻风而动。

一个划时代的变革，骤然来到人们眼前。

第45届广交会开幕前，中外来宾云集在广场上

"1979年那是一个春天，有一位老人在中国的南海边画了一个圈。神话般地崛起座座城，奇迹般聚起座座金山。春雷啊唤醒了长城内外，春晖啊暖透了大江两岸。"

一如这歌词所描绘，中国，春天的故事翻开时代新篇章。

让我们还是从广交会的视角来考察。

1980年的春季广交会，来参展的客商们突然发现，在他们居住的东方宾馆，夜晚不再是寂静无声，忙完一天的生意可以不再独守客房。翠园宫餐厅（现东方宾馆会展中心金色大厅）音乐悠扬，欢歌曼舞，开国内先河的第一个音乐茶座在这里出现了。客商们奔走相告，鱼贯而入。他们一边用餐，一边欣赏文艺演出，参加广交会的心情顿时大变，如同自己充满快意的胸腔里，飞出欢乐的歌。

不只是饱眼福耳福，吃也可以大快朵颐了。冰镇啤酒出现了，可乐、咖啡来了。参加1984年春季广交会的新加坡客商林先生，第一次在广州酒家吃到了108道菜的满汉全席。

随着1982年白天鹅宾馆厕所开先河配备免费厕纸，1984年1月开业的花园酒店，每逢广交会就派专人、专车将服务延伸到交易会场馆，免费接送客商。这是广州第一批广交会免费穿梭巴士。

只要我们把目光稍作扩展，看到的变化就远不只是这些。

广交会周围，各种地摊出现了。全国最早的广州西湖灯光夜市人流涌动，有时彻夜不眠。紧靠广交会流花展馆的流花宾馆西侧、广州火车站对面，日渐兴隆的服装批发市场客流滚滚，来参加广交会的客商一下车，甚至会先到此专程细看一番。

从地摊、夜市到批发市场，为广交会平添气氛，构成广州商贸前所未有的繁忙与盛景。

那时，哪怕一个塑料桶，一把折叠雨伞，一块电子表，一块香皂，一瓶可乐，都是人们争相购买、成堆抢购的稀罕物品。

那一个个鼓囊囊的红白相间塑料编织袋，那一箱箱塞得满满的舶来货，成为一代人挥之不去的购物具象与历史记忆。

涌动在广交会周围的，还有更激扬的浪花。

2

以白天鹅宾馆为标志，广州宾馆、酒店建设风起云涌，波及周边城市，广交会宾客住房难问题逐渐缓和，1987年基本解决。广交会与广州酒店服务业发展，如同两翼，比翼齐飞。

1982年赶着试业迎宾的白天鹅宾馆，为满足当年秋交会宾客吃住需求，作用非凡。人们还清楚记得，那时来参加广交会，酒店不够住，一房难求，夫妇俩同来参加广交会也只得分房而住。马来西亚王兄弟石油有限公司董事总经理李云桢女士曾碰到这样的经历：当年她提前预订了房间，可是忘记注明性别，去登记住宿时，宾馆以为她是先生，又无包房，便安排她和一位先生住了一晚。

白天鹅宾馆是一个标志。宾馆按照霍英东先生确定的自己设计、自己建设、自己经营的“三自”方针，从美国请来酒店管理专家帮助打理，经营理念、管理方式与国际接轨，令人耳目一新。1985年，白天鹅宾馆就被世界一流酒店组织接纳为在中国的首家成员。

这如同浪花飞溅，五彩缤纷。

由此，广州宾馆、酒店建设风起云涌，一大批高中档宾馆、酒店拔地而起。短短几年，来参加广交会的普通客商们，也感觉到广州宾馆住宿档次发生了巨大变化：从打地铺、普通招待所到有空调、彩电、电话、卫生间，吃住一起，娱乐、健身配套，现代化的设施与管理理念一起展示，他们参加广交会的心情也为之大变。如何满足海外客商不断提高的需求，成为广州酒店业发展的新课题。一时间，各种此前闻所未闻的服务方式开始在广州酒店业涌现。

变化最快的，是与广交会流花展馆一路之隔、上世纪80年代初相继开业的中国大酒店、东方宾馆。这两家现代化五星级宾馆并肩与流花展馆相对而立，呈三角之势，给参加广交会的客商们带来极大方便。客商们感受最深的是这两家拔地而起、改造一新的大宾馆的崭新设施与管理理念。

中国大酒店是广州市又一家中外合资高级宾馆，1984年开业。它不仅为广交会提供了方便、舒适的吃住，还有了健身俱乐部，有氧锻炼、器械训练、网球场、桑拿房和室外泳池，一应俱全。客商们可以在酒店商场痛快购物，到大厅邮局办理业务，或在美容沙龙扮靓自己，都无需走出酒店一步。东方宾馆是在建于1961年的羊城宾馆基础上经过全面改造并更名的。它曾经有接待广交会外宾的佳话。1972年11月3日，住在734号房的丹麦外宾遗落一套睡衣、六包香烟，被当班服务员发现，便立即赶到火车站，在火车开动前两分钟，终于物归原主。面貌一新的东方宾馆，传统与现代融为一体，首开全国第一家音乐茶座，引进邓丽君和港台的流行音乐，还第一次在广州的宾馆里有了总统套间。

这变化又一路带动着广州周边城市和整个珠三角宾馆、酒店的建设发展，令参加广交会的客商有更多选择的去处。临近广州的东莞市，宾馆、酒店密集，更有全国地市级城市中最多的五星级酒店群。东莞离广州一个小时车程，每当广交会期间，穿梭于广州、东莞接送客商的大巴，川流不息。

这当年的身后追赶，到如今已是超前行动。当广交会馆搬迁至琶洲新址后，周围宾馆、酒店早已粮草先行，虚位以待。如今，广州已拥有300多家涉外宾馆，一批现代化的五星级酒店更是蜚声海外。长期以来困扰广交会的吃住问题，从1985年开始缓和，1987年得到彻底解决。

大胆引进、不断出新的广州宾馆、酒店建设与服务，因广交会而起，为广交会服务添彩，如同两翼，比翼齐飞。广州市对外贸易经济合作局一位负责人曾这样直言："如果没有广交会，广州酒楼宾馆每年起码少赚一半。"对广交会举办期间几乎所有宾馆、酒店的涨价，更有人坦率认为是广交会附加值的溢出，符合国际惯例。

勃然而兴的宾馆、酒店业，同时又广泛促动了广州和珠三角第三产业的转型、升级和发展，成为全国关注的样本，多元局面，展示蓬勃生机。

1979年，广交会场馆外墙上出现了最早的路牌广告

3 时代机缘降临，广交会周边搞活经济局面精彩纷呈，内地第一家超级商场出现，广州商圈林立，珠三角会展业勃兴，香港会展业受益。透过广交会窗口，已见改革开放大潮惊涛拍岸，卷起千堆雪。

对广州人来说，这是个不会轻易忘记的开端：1981年，也就是1973年广东省外贸工作会议那份文件首次提到美国超市的8年后，广州友谊商店开设了中国内地第一家超级商场。这个只有270平方米的超市，标志着售货方式从封闭走向敞开、自选。而广东省外贸局在国内文件中第一次提到美国的超市，出现于1972年。受广州友谊商店影响，1987年广州南方大厦百货商店开设了24小时便利店，南丰商场、东川商场和新大新公司开架售货面积达70%以上。

广州友谊商店开业于1959年，是广交会的配套商店，当时主要面向外宾和港澳同胞、海外侨胞。从1965年起，每届广交会时在展馆内临时开设“小卖部”，开办有国际托运业务。有一天，美国国务卿基辛格博士来到友谊商店，他看中一套精美广彩餐具，但当时友谊商店没有现货，商店特别帮基辛格博士到厂家订货。办理托运时，工作人员灵机一动，把本来只需要1份的托运单变成了6份。那5份有基辛格博士签名的托运单如今还珍藏在5名老员工手中。

更有兴味的是，当广州友谊商店从1995年第一天起停止使用于1980年4月1日开始发行的外汇券后，广州人为在友谊商店可以买到“进口货”“出口转内销”等新产品，趋之若鹜，喜笑颜开。

开放就是这样有趣地影响着人们的生活细节，生活变化就是这样增添人们的快乐欢欣。伴随广交会，广州开放变化日新月异，搞活经济局面精彩纷呈。

每届广交会举办前后，参展客商自然成为广州商场的大客户，广州各大百货销售都有超过20%的增长。于是，围绕展馆周边，各种产品、货物不由自主汇聚而来，由地摊而商铺，由分散而组织，由农副土产而家用电器、时尚产品，形成热闹不已的展示、推销和贸易。渐渐地，各种正式名为展览、展销的大型展会堂而皇之地相伴而来，化妆品、日用品、家电家具展，崭露头角。

广州，一时成为内地会展产业发展最早的城市之一，数不清的各种会展蔚然成风。

这风向珠三角城市劲吹。深圳商贸集市多年只有一个荔枝节，1999年，简称深圳“高交会”的中国国际高新技术成果交易会脱颖而出。东莞，更是以闻名遐迩的制造基地，上演各种展会，迅速形成“一镇一展”格局。

作为会展经济的附加值，广交会的影响不断溢出。全国各地与广交会合作、承接相关业务的政府、团体、个人纷至沓来，也深深影响着港澳地区的会展格局，推动穗港会展行业合作互补共进。

每届广交会，都有一批批参展客商途经香港，这为香港带来商机，更刺激着香港“亚洲会展之都”的繁荣。进入21世纪，中国展览业以年均20%的速度增长，每年有超过3000场展览会举办，这促进了内地同香港在会展、贸易多种领域的合作，进而凸显“内地因素”。中国加入世界贸易组织后，内地零售链进入香港，参加香港贸易展会的内地买家数量急剧增长，而内地企业又通过香港展会而得到海外订单。正如香港展览会议业协会会长朱裕伦所说：“只要抓住广交会这个契机，加强香港与内地在相关行业方面的合作，各取所长，就可以带动整个香港和内地展览行业的进一步发展，从而将中国的展会做得更大、更强。”他还强调，“我们和广交会一起共谱乐章。”

历史、地缘聚合，时代、机缘降临。透过广交会窗口，已见改革开放大潮惊涛拍岸，卷起千堆雪。

肆

万流归宗岸共一海

1 伴随改革开放奔涌大潮，海峡对岸对广交会的关注与行动，激起浪花。1987年第62届广交会，72名台湾商人参展。两岸贸易，广交会揭开新的一页。

伴随改革开放奔涌大潮，海峡对岸对广交会的关注与行动，激起浪花。随即，外经贸部做出规定，广交会可同来自港澳地区和旅居海外华商洽谈大陆台湾之间的贸易。广交会对台贸易开创新路，台商参展悄然而来。

1979年春，45名台商从泰国转机香港，来到广州参加广交会。但意想不到的事情发生了，这些客商的名单都被台湾“警备司令部”掌握，回去之后每一个人都被叫去问话。按照当时台湾的规定，他们是要被判刑的。但历史潮流无法阻挡。问完话，全部客商又被放走。这是一个迹象，历史从迹象发端。

这个迹象迎来的结果是：1987年第62届广交会，72名台湾商人到会洽谈贸易，其中台湾本岛14家公司的19位客商首次参加广交会。从此，台商参展广交会逐浪高涨。

台海分割后，台湾经济也是从重重困难中起步，1952年台湾人均GNP只有196美元。当年台湾开始执行第一个四年计划，确定了以农业培养工业，以

台湾董事长代表团参加第65届广交会

工业发展农业的方针，继续推动从1949年以来的土地改革，以此作为实现工业化的开端。同时，台湾当局采取了鼓励出口、大力吸收侨外资金、引进先进技术、设立出口加工区等方式，出口导向型发展战略取得很大成效，推动了经济的快速增长，至上世纪70年代初，台湾以亚洲“四小龙”之一而备受瞩目。快速发展的经济需要更大环境，更多机会。随着大陆改革开放的历史机遇，商机在望，经济贸易最先跨过海峡，广交会迎宾而至。

台商空前踊跃。1988年10月，第64届广交会，到会台商达1920人。为方便台商开展贸易，广交会从本届起，专设台湾同胞咨询处。第101届广交会增设进口展区以后，以“创新台湾”为主题的台湾展区赫然推出。多年来，台湾企业是境外参展广交会企业数量最多的地区，广交会成为台商拓展大陆市场的又一个重要渠道。

一个有意思的餐叙会或许更可以作为佐证。2007年10月，海峡两岸经贸交流协会在广州珠岛宾馆举行第102届广交会参展台商餐叙会，商务部、广交会组委会有关领导，台湾相关协办单位及企业代表50余人欢聚一堂。商务部台港澳司司长、海贸会常务副会长唐炜介绍，经过两岸同胞的共同努力，两岸经贸交流规模不断扩大，两岸货物贸易额当年有望突破1100亿美元，两岸经贸交流已成为两岸关系稳定和发展的重要纽带和因素，两岸同胞从中受益良多。参会的台湾厂商们更表示，大陆的市场魅力强劲，越来越多的台商愿意通过这一盛会向海内外展示自己，从而打开广阔的市场空间。

两岸贸易，广交会揭开新的一页。这一页，是时代书写的新篇章。

2

1989年，台湾成立“海峡两岸商务协调会”。会长张平沼自述：“我自始至终秉持‘两岸关系，万流归宗’。”他更借苏东坡诗抒怀：“人生到处知何似，应似飞鸿踏雪泥。泥上偶然留指爪，鸿飞那复计东西。”

在参加广交会的台湾客商人流里，有一个身影引人注目。他就是海峡两岸商务协调会会长张平沼。他从1991年第70届起，年年参加广交会。在第100届广交会上，获得“百届辉煌杰出贡献奖”。

张平沼还曾被时任中共中央总书记江泽民誉为“开创两岸经贸交流先河”的人。在广交会百届来临之际，张平沼亲笔撰文，这篇名为《涓滴成河——见证广交会百届与中国经济之兴起》一文，充满深情与感慨。他的夫子自道，也许更能让我们感受他的炽热内心与同胞情谊：

“广交会百届将至，回首前尘，两岸风云，对中华民族来讲是一件后代子孙不能遗忘确仍在进行中的大事。

“我自始至终秉持‘两岸关系，万流归宗’的意念，推动两岸交流。1998年，一群关心两岸商务的人士力推本人于香港登记注册成立海峡两岸商务协调会作为两岸合作对口并签订合作协议，搭起两岸交流的第一座桥梁。

1998年成立的海峡两岸商务协调会对我来讲，是真正具体落实两岸交流工作的开始。

“1990年春我初次访问广州，和当时的省长叶选平先生有过深度交流并建立友谊，并在他安排下正式接触广交会，也从此与广交会结下深厚友谊。1991年第70届广交会我亲自率团参加庆典与当时莅会的外经贸部部长李岚清先生、外经贸部副部长吴仪女士等领导会晤，就两岸交流前景表示乐观看法，如今回想起来大体都获得印证。

“广交会于1957年成立，1986年开始有对台贸易。1990年当时两岸贸易金额为40.4亿美元，截至2005年已突破800亿美元，增长20倍以上，可见两岸经贸交流是无法阻挡的。

“在广交会百届来临的时刻，我愿以这16年来参与广交会活动所获得的所有成果献给中华民族列祖列宗。

“最后以苏东坡诗‘人生到处知何似，应似飞鸿踏雪泥。泥上偶然留指爪，鸿飞那复计东西’，作为个人珍惜16年来点点滴滴心血的写照，故趁此广交会百届作一回顾，为本会留下历史，也为两岸交流留下见证。”

血浓于水，情深似海。

他在文中还充满信心，直抒梦想之怀：“台湾在40年埋首建设中从‘经济起飞’到‘经济奇迹’，创造前所未有的繁荣。邓小平先生视察南方时发表重要谈话后，中国大陆经济在经历一连串改革开放的推动下，正呈现蓬勃发展之势，挟着人力、资源之优势并结合来自科学管理制度的建立，两岸经济互补共荣关系，正创造举世瞩目之即将来临的‘中国人世纪’。”

中国人世纪，正由全体中国人开创，共时代前行。

3 广交会作为中国制造展示平台，珠三角密集的台商、台资工厂为中国制造增添魅力。万流归宗共一海。从百货、洋货到国货、万货，穿越的不只是历史，贯穿的还有民族梦想。

台湾客商越过海峡来参加广交会，和途经香港试探到大陆投资兴业，几乎是同时起步的。通过广交会，他们感受到大陆的变化、商机，如果把工厂、企业办在大陆，岂不是更为方便，更有利可图？

1987年起，台湾当局正式开放民众到大陆地区探亲与投资，第一批台商来到东莞。

1988年初春，在广东省东莞市樟木头镇创办美华针织礼品公司的老板连阿荣，是到大陆办厂最早的台湾企业家之一。1987年底他曾由第三地转赴大陆探亲，目睹大陆的崭新气象，耳闻招商引资的感人话语，他兴奋不已。他曾到巴西、越南等地投资办厂，效益不佳，正为企业发展寻找新的突破口。在大陆经过一番考察，他最终选定东莞，信心十足："我不再走了，就在这扎根，因为东莞离香港近，离台湾近，产品等货物出入境比较方便。"

那时，台商还不能直接投资大陆，一般是在香港注册公司后以香港公司名义在大陆开厂。

1989年秋天，台湾桃园县商人叶春荣西装革履、拎着皮箱，爬上一辆手扶拖拉机，翻山越岭，颠簸了两个多小时，来到东莞石碣镇。一年后，叶春荣的电子厂在石碣镇开办起来。5年后，他的工厂从当初的200人增加到2000人。

随着参展广交会的台商日益增多，广东已成为台商投资大陆最集中和大陆对台经贸最发达的省份。而在改革开放波澜初涌之时，敏锐的港澳企业家，更是以"三来一补"企业之名，潮水般涌来广东珠三角。

殊途同归。广东作为世界制造工厂基地，声名鹊起。广交会为推动中国制造走向世界，影响深远。

2013年9月11日，在大连2013夏季达沃斯论坛开幕式上，李克强总理在致辞中充满信心指出：这些年来，中国经济的发展从对外开放中获益匪浅。同时，中国已经成为世界经济增长的主要推动力量之一，在应对国际金融危机中也发挥了重要作用。预计未来5年中国进口将达10万亿美元，对外投资将超过5000亿美元，出境旅游人数将超过4亿人次。中国经济转型升级，将对世界经济的繁荣和发展作出更大贡献。

这是中国深化改革的时代新格局，这是中国走向世界的新征途。

从出口到进口，从引进外资到对外投资，中国经济发展波澜壮阔，沿改革开放航向激扬世界。广交会，以开放的大门和敞亮的窗口，展示精彩，演绎华章。

广交会以平等互利、互通有无为贸易原则，也成为对外贸易与推动社会变化发展的基点。从这个意义上说，广交会是做买卖，做生意，在经商中创造价值，在与世界的贸易往来中创新中国商业文明。

货物多寡、品质优劣、价值高下、技术含量、适销与否，决定贸易大小，影响买卖成交，决定生意成败。识货是人生社会经验，产货有生产社会环境。近代以降，中国经济史，中国生产史，中国对外贸易史，艰难曲折，波澜起伏。货，是人们日常生活的必需，因此而意味深长。

从百货、洋货到国货、万货，牵动着中国历史变迁、民族情感。从中国制造到世界工厂，折射着中国现代化的星光闪烁、民族复兴的梦寐以求。

梦萦中华。

透过广交会，穿越的不只是国货。

穿越国货，回眸历史，感受广交会：纵横捭阖，贯穿的正是民族梦想。

第四章

奇葩绽放

1980年，一部名为《客从何来》的电影一经问世，便立即受到观众追捧。歌唱家李谷一演唱的电影主题歌《迎宾曲》，更是广为流传。歌中这样唱道：“花城百花开，花开朋友来，鲜花伴美酒，欢聚一堂抒情怀，新朋老友，新朋老友诚相待，信义春常在。”

这是迄今为止，唯一一部取材广交会的电影，由长春电影制片厂摄制。时过境迁，电影故事人们或许已经淡忘，但《迎宾曲》优美真诚的歌词，热情洋溢的旋律至今让人记忆犹新。这不仅在于这歌词与旋律让人耳目一新，更在于它传达了时代心声：改革开放春风拂面，商场战场激情如炽。

这无疑是一朵影坛奇葩。

汉代文学家司马相如在《美人赋》中以“奇葩逸丽，淑质艳光”，较早形容女性的奇特美丽。如今时尚的网络词语，亦用奇葩比喻奇特少见的人或事。

奇葩，奇特而美丽的花朵。

这是广交会的真实写照：峥嵘岁月，信义如春；激情绽放，朵朵奇葩。

壹

“白美穷”演绎“高大上”

1 客商涌来，首要任务是接待。客商是贵宾，接待远不只是递茶送水。从首届起做接待35个春秋的麦桂环感言：“那时，我们个个是‘五员大将’。用今天的话说，真的是‘奇葩’。”

年过七旬、精神爽朗的麦桂环阿姨微倾身子、安然端坐桌前，向笔者追述往事。35个春秋的职业习惯，从各种世面走过来的当年“老班长”，神情泰然，显示出长期养成的优雅。一怀故事虽如静水流淌，听得出，那流逝的岁月激情仍在麦阿姨心中燃烧。

“那应该是1956年6月23日，我刚满19岁嘛。”麦阿姨一开口，就轻轻抿嘴一笑，十分准确地说起与广交会结缘的日子，“那天广州市劳动局招工，我第一个去报名，当时是要招‘解放台湾展览馆’的保卫人员，就是纠察。我读完了小学，有点文化，个子也不矮，一报名就要了。这个展馆搞了半年，地点就是中苏友好大厦。展馆撤后，接着就办中国出口商品展览会。我就这样从保安员转过来了。

“到广交会做接待，任务大变。我们集中起来学习，印象最深的一句话就是：‘这是对外工作，是代表国家接待世界客人，没有小事。’那时我家比较穷，也没什么华侨亲戚，还没见过一个外国

广交会早期接待员麦桂环

人呢，听了心里七上八下的。”麦阿姨不由嘴角微微一翘，坦然地说：“我第一次在洽谈室里给一个高鼻子蓝眼睛外商端茶时，手也禁不住直抖。”说完，她不禁莞尔一笑：“但几次就好了。那时人手紧，广交会向湛江、河源等地借调来许多‘外援’，她们刚来时，大热天的都紧张得手脚冰凉呢。我就给她们讲‘不光要专心，还要开心点’。一句话说得大家哈哈笑，心情也没那么紧张，脚步从战战兢兢变得轻快稳步了。那时，什么都靠自己摸索啊。就是凭着热情，慢慢上路了。”

这慢慢上路过程，洒满汗水。麦阿姨记得，那时不像现在有教材，也没办过专门的培训班，全靠自己去练。端茶送水的动作，要规范还要大方得体，更要尊重客商习惯。她有闲就一遍遍练，广州热天多，常常一把小手帕在脸上擦得拧出汗水。汗水一擦，她继续练，渐渐摸到了不少门道。给外国客商送茶时先送女士，给港澳客商送则还是先男后女，但给他们的茶不能太满，就是一大半杯，多了少了都不行。一个个细小动作，在她眼里真的都是大件事。

“慢慢地，我们懂了，小事不小，不只是礼貌待客，还要体现出中国人的文化和美德，要大方得体，不卑不亢，这是一个信念。”如今的麦阿姨非常高度地自然表达。

客商潮水般涌来，接待任务日益繁重。年轻好胜的麦桂环热情似火，工作不分白天黑夜，很快，她被任命为服务班的班长，从1957年到1977年，班长一当20年，被伙伴们亲切地称为“大班长”。这大班最多时达60多人，“大班长”麦桂环带着这些十八九岁的靓丽姑娘，有使不完的劲。

“那时真的像有使不完的劲，大家整天乐呵呵的，也很有自豪感。毕竟那时是一份很光荣的事，看到我们来回穿梭的飒爽风姿，羡慕的目光都是火辣辣的呢。”说到这，麦阿姨忍俊不禁。样貌俊秀的麦阿姨，就是当年在中苏友好大厦的广交会上认识如今的老伴黄先生，1959年结为连理的。黄先生开始时做保卫，后做苗圃，二老一辈子工作都相系广交会。

“那时接待工作不是单纯的端茶送水、迎来送往，卫生、擦玻璃、清扫垃圾都要干，开水还是烧柴解决。我们烧好水，用桶抬到各个展馆、洽谈室，从1楼到8楼没有电梯，就一层一层送。擦门窗玻璃，没有现在的器具，要手脚并用。窗户玻璃脏物多，就用脚趾夹住铜丝，坐在窗台上，一点点去磨光亮，姑娘们不觉得累，反而个个兴高采烈。”仿佛回到当年，麦阿姨眼里闪光，“那时我们个个是‘五员大将’：接待员、服务员、保卫员、宣传员、保密员一身兼。用今天的话说，真的是‘奇葩’。”

没想到麦阿姨用上了“奇葩”这词。生活变迁，网络新语，词义趋之，无论哪个角度，“奇葩”之义，令人会心，可谓贴切。遥想峥嵘岁月，她们真的非同一般。麦阿姨接着说——

“为什么会成‘五员大将’呢？那时人手紧，事情多，谁也不是单纯做一件事。接待员，肯定就是服务员啦，但我们各个展馆走，自然就有保卫的职责，发现问题及时报告。端茶送水少不了和客商交流，当然要向客商宣传广交会，宣传国家的大事形势。不能讲的事，绝对不讲，该保密的要保密。广交会上来过多少国家领导人和外国政要，这样的大事谁也不会随便乱说，这是纪律。几十年我们就是这么做的，直到退休，这感觉现在还清晰着呢。”

麦阿姨身子微微一仰，意犹未尽。说完，她不由侧过头来，与坐在旁边一同来接受笔者采访的另一朵奇葩——杨秋萍阿姨相对一笑，俩人会心不已。

2

1961年，广交会第一次从郑州、武汉选招50名服务员，初中毕业正准备考高中的17岁武汉姑娘杨秋萍，从此迈进广交会大门，从普通服务员到处级干部，这朵奇葩与广交会一齐绽放。

麦阿姨一个眼神感染了杨秋萍。如今站在七旬门槛的杨秋萍阿姨像是接过话题，更是为亲历的广交会岁月情溢胸怀，眼中往事闪烁，光华如注。她一样准确记得，自己是1961年8月18日从武汉启程上火车，前来广交会报到上班的。

“那时广交会还属中南外贸局管，1961年第一次在郑州、武汉选招了50个服务员。当时我正初中毕业准备考高中，学校看中谁的档案，就叫谁去面试。不久，考取‘中国出口商品陈列馆保管员’的通知来了。8月18日，我从武汉乘火车出发，来广交会报到，这是我人生第一次远离家门。”

说起这开端，杨阿姨清楚记得不是以服务员，而是以保管员名义被招进广交会的。为什么当初录取通知上写着“保管员”呢，杨阿姨后来也没去追问。“因为那时不随便说为外商服务，说保管员比较中性一点吧。”杨阿姨一句补充，逗笑了大家。这确实不是“坑爹”。广交会那时不在广东就近招人，受着当时政治气候影响，工作人员不能有复杂的海外背景。

有意思的还在后面。杨秋萍是从录取通知上第一次知道中国出口商品陈列馆的，来后才明白这是广交会那时的举办展馆。她又以为是一个很大很大的仓库，去做保管工作。没想到到陈列馆一看，咳，这比她想象中的仓库大不知多少啊，而且也不是做保管工作，是做广交会的服务员。不做保管，却是给人端茶送水，本可接着读高中将来成大学生的杨秋萍，心里顿感失落，十二分不满意挂在脸上。也许，这是当年“菜鸟”们共同的心态吧。

“我这样心情的人，在我们那批人中还有呢。这50人中还有10个男的，他们的想法更多，来一年后就有8个去报名应征入伍了。当时我虽有想法，但没有说出来。那时讲服从组织，心里很明白。也许是看到了我们这批人的活思想，广交会很快就组织我们参加培训，开各种座谈会，提高我们的认识。这培训让我有了转变，对每天讲的‘为人民服务’有了最初的认识。但情绪还是有波动。来后，我第一次参加的，是第10届广交会。开始不是做接待，而是天天去布展，抬木架、扛门板，一天下来，累得腰酸背痛。”说到这里，杨阿姨似乎回到当年，不禁缓了口气。旁边的麦阿姨不由插话：“你后来变化也是最快的。”

“我变化快，还和你的影响有关哦。”杨阿姨侧身笑笑，继续说道，“我来时麦姐就是我的班长，她一天到晚干劲十足，比我大几岁，真的比我懂事好多，像亲姐姐一样安慰我，开导我。有一天，她突然递给我一个红色信封，说：‘你去吧。’我打开一看，是参加广交会开幕招待酒会的请柬。那时，招待酒会也会有我们一两个服务员参加。这是一种荣誉啊。我去了，让我好感动。一个第一次走出家门的小姑娘，在广交会才真正体会到世界有多大，这里的工作有多重要，学知识、开眼界、见世面，哪里还有比这里更好的地方啊。我下决心坚定信念，一定要珍惜，做好工作。”

一个人生转折突如其来，一个新的起点不期而至。杨秋萍说，广交会真是个大熔炉，是所大学校，青春在这里焕发，理想在这里扬起风帆。“现在回想，那时的艰苦其实也不算什么，何况我还是个普通家庭出来的。心里想通了，观念转变了，工作起来真的有使不完的劲。那时就一个想法，不让年华后悔，要让青春发光。别说后来布展的活儿，就是展馆几次搬迁、每届撤展，我们都是抢着活干。有时参展的客商见到我们这么尽力，还特意要送展品给我们。我都会拒绝，一是纪律不允许，二是我清楚这是对我们的尊重，我更要珍惜。”

“菜鸟”就这样接受磨炼，成为起飞的雏鹰；一朵奇葩就这样盛开，与广交会一起绽放。

从17岁到退休，从一个普通接待员到处级干部，杨阿姨心中珍藏许多珍贵记忆，最难忘的是见到周总理：“我3次见到周总理。记忆最深的是1967年春交会前夕，周总理专程来为交易会如期举行做两派红卫兵的工作。那次，周总理还专程到展馆视察，我开的电梯，见到我们服务员，周总理微笑地指着我身边的蓓蓓说‘你是武汉的’。一句话，说得我们心里都暖乎乎的。日夜为国家操劳的总理，对我们一个普通服务员的情况都这样记得，这对广交会是多么关心重视啊。我们还有什么理由不做好每项工作呢。”

在很多人眼里，服务员也许是普通不过的工作。但就是这些普通服务员，让普通有了新的内涵，青春与广交会一齐焕发，为走过半个世纪的广交会，增添出不平凡。

3 不平凡相逢机遇，但机遇相会有准备的头脑。从14岁的“红小鬼”到广交会接待邓小平，赵梅相逢机遇，广交会留下华彩。

年过八旬的赵梅阿姨，说起广交会，没有迟缓，没有停顿，一如她从小至今的快人快语，谈吐直率，话锋犀利。她说这是在部队养成的，在战争中造就的。“在广交会的工作，有点像在部队呢，行动听指挥，说干就干，不讲条件，而且干好。”如今仍保持轻盈体态、笑容可掬的赵梅阿姨，干脆利

中国对外贸易中心（集团）管理部原工会主席兼办公室主任赵梅

落地说。

她对进入广交会的时间甚至精确到了小时："那是1971年5月6日上午8时，我准点到广交会报到。上班嘛，哪能马虎。"好鲜明的个性和形象，赵梅阿姨不变的军人感觉，让我这个也曾经是军人的采访者内心感受冲击。

"我是1934年出生的，1948年解放军打长春时我14岁，部队里有个宣传队，看我蹦蹦跳跳的，就问：'小鬼，当兵吗？'我说：'当啊。'就这样进部队了。然后，'打竹板、迈大步、到南方'。南下广州不久，转业到广州暨南大学和中山医学院工作，后又进了'干校'。从'干校'回来后，发挥我的文艺长处，就进了广交会。"真佩服赵阿姨流畅清晰的记忆。难怪说到当年接待邓小平同志的经历，她那样印象深刻，恍如历历在目。

"那是1973年春天，第33届广交会刚闭幕。5月20日中午，我在值班时，突然接到广东省委接待办的通知：'有重要领导参观广交会，请做好接待服务。'因为中午休息，领导不在展馆，我立即打电话给负责10楼部长接待室的服务员小俞，做好准备。刚放下电话，还没来得及向展馆领导报告，'重要领导'乘坐的小轿车就到了当时在海珠广场的展馆侧门。我飞奔到车前去迎接，当打开车门，不由一惊：原来这位'重要领导'是邓小平同志和夫人卓琳。"

说到这，赵阿姨不由缓了口气，仿佛情景还在眼前。到广交会工作两年时间，她已经先后在接待科、展出组待过，对接待有点经验，但一个人出面接待这样重要的领导却是第一次。那时邓小平同志刚恢复国务院副总理职务，还没有公开露面，来参观是非常保密的，陪同的也只有两三个便衣警卫。她随即调整情绪，迎上精神抖擞、面带笑容的邓小平同志和夫人，恭敬说道："首长好！大姐好！"

听到这，笔者笑问："您在一篇回忆文章里说的是'邓公好'，到底是哪个称呼？"赵阿姨说："是'首长好！'，部队的习惯，叫首长自然亲切。"说完，赵阿姨微微一笑。

"邓小平同志握着我的手，亲切地说：'好，好，麻烦你。'于是，我陪着小平同志走进展馆大厅，从乘客梯上到10楼，准备先在10楼休息一会，再从楼上往下参观。从10楼电梯走出来，小俞已迎候在门口，邓小平同志笑着和小俞打招呼，还亲切地问她多大啦，小俞一时愣住答不出话来，我马上代她回答：'18啦！'进了接待室，邓小平同志走到露台，扶着栏杆远眺了珠江一会，水也没来得及喝，就要去各楼层展馆参观。当时，各楼层已经在撤展了，人来人往，邓小平同志提出不乘电梯，我便挽着他的胳膊，一层层参观。邓小平同志和蔼可亲，一边走一边问我姓什么，还高兴地夸奖广交会，说广交会很有前途。我听了兴奋不已，仿佛忘记是在陪中央首长，一个劲地点头。临走前，邓小平同志握着我的手说：'有机会我再来，下次你再陪我参观好吗？'我激动地说：'一定等您再来！'"说到这，赵阿姨感怀不已，也不无遗憾："前后不到40分钟的陪同参观，一晃而过，当时没有照相的，如今只有这永生难忘的回忆了。"

"文革"还未结束之时，邓小平亲临广交会，虽然接待规格不高，却有赵梅这样机灵、心细的接待员，使一次普通接待，融入不平凡内涵。

不平凡相逢机遇，但机遇相会有准备的头脑。从14岁的"红小鬼"到广交会接待邓小平，赵梅相逢机遇，广交会留下华彩。

从普通服务员到"五员大将"，从"菜鸟"到雏鹰，从日常服务到贵宾接待，朵朵奇葩盛开，这群当年的"白美穷"，出色演绎了"高大上"。

贰

商场·战场

1 布展是每届广交会举行前的庞杂工程，这期间天天像打仗。然而，“先天晚上乱七八糟，第二天早上红旗飘飘”。这形象是广交会人集体塑造的。

都说商场如战场，这是广交会的另一侧影，有着广交会传奇的不同故事。

作为会展，布展是首要重任，也是每届广交会举行前的庞杂工程。说庞杂，是它牵涉的面广，从主办方到参展商，都为此精心谋划，流汗出力。

广交会早期的布展，是靠人肩扛背挑，一块块木板、树条，一颗颗钉子、螺帽，凭汗水苦干出来的，用心布置出来的。广交会展馆多，楼层高，面积大，布展时间长达一个月，少也在半个月二十天。广交会是把布展作为一项工程来抓，有时甚至是当作一场抢时间的战斗。

“这是没办法的事啊，时间紧、任务重、要求高。”说起布展工作，曾任中国对外贸易中心（集团）副主任的崔俊洪老人，满是感慨，“即使上世纪50年代，广交会也有5个大展馆，1000多个展位，

第73届广交会按
国际标准展位布展

到七八十年代，已经是10个展馆，三四千个展位了，到第92届超万个了。每个展位放不同的货品，每个展位的要求都不同，不要说整体设计、分类布置，就是把展位按设计摆放好，让客商满意，也是非常大的工作量，从早到晚，像打仗一样。”

如今年过七旬的崔俊洪，是从部队转业到广交会工作的，习惯用“战场”“战斗”这些词来形容布展的紧张。“打仗讲究一鼓作气，布展也要一气呵成。简易的、前面的不按时完成，复杂的、后面的就跟不上。客商着急，我们更加心焦，布展不按时完成，就要拖开幕时间的后腿，这是不可能的事。”虽然崔俊洪老人2005年已经退休，往事已过多年，如今说起来，他那语气还像当年一样，心直口快，如在现场。

“广交会专设一个展览公司，就是布展工作太多太重，满足这个需要成立的。没有公司以前，是广交会全体工作人员参与，尤其是服务员队伍，这些姑娘、大嫂还是重要劳动力。”说到服务员队伍，崔俊洪对广交会的“半边天”记忆颇深，赞叹也由衷而出，“她们真的顶起了‘半边天’，只要她们分管的事，没有做不好的。”

布展一开始，展馆外车水马龙，展馆里人来人往，人声鼎沸，就像一个大工地，琳琅满目、乱七八糟也是正常现象。崔俊洪回忆，那时打架的事都经常有。为了展位编号、为了赶时间，参展客商相互争抢有利位置，找各种理由要排前。他笑着用“一地鸡毛”来形容：“要让这一地鸡毛有头有尾，全靠大家一双手，团结一条心。姑娘、大嫂们扛展板、抬货物、送工具，样样干。晚上加班加点是必然，通宵加班也是常有的。记得9号馆的班长王爱平，个头高大，抢着重东西扛。她领着全班八九个姑娘，一次忙到凌晨3点多钟，个个累得又渴又饿，她就带着大家去吃点夜宵，最后还把姑娘们带回家住一晚。因为第二天的事在等着，还得继续，还不能迟到，睡几个小时，她又领着大家按时到馆里。”

说起布展故事，崔俊洪对人名、展馆位置一个都没忘记：“9号馆班长严秀华，那天正好生日，家里给她准备了一桌丰盛晚餐。但家人左等右等不见她回来。5岁的孩子偷偷从家里跑到展馆来了，她又没发现，等回到家时才知道孩子去接她了。她急得一扭身又折回来，幸亏孩子被同事收留了。”崔俊洪说到这，口吻里有着疼惜，流露着欣慰：“这支队伍作风过得硬，责任心、战斗力没得说，也赢得了客商‘广交会是值得信任的’这样美好的赞誉。那时大家总结的一句话，说得很形象：‘先天晚上乱七八糟，第二早上红旗飘飘’。”

这红旗飘飘是难忘的历史场景。信任来自信念。这形象是广交会人集体创造的。

随着广交会的不断改革与发展，布展也逐步走向专业化、市场化，此是后话。

2 “人文关怀比商品交易更重要。”多年带团参展的北京交易团团长吴玉田这样说。从“小一条龙”到“大一条龙”服务，广交会一腔情怀，坚定不移。

发出“人文关怀比商品交易更重要”感慨的，是北京市原对外经贸委常务副主任、多年带团参展广交会的北京交易团团长吴玉田。他第一次参加广交会是1963年，细数亲历，他以见证者感受肯定地说，广交会从未间断，交易额、产品数量、参展单位的数量还在不断上升，并没有被取代的趋势，除了中央领导的重视和扶持，本身的、内在的、深层次的原因，还在于广交会是生意人建立互信最好的场所。这种功能确保了广交会的和谐与可持续发展，造就了广交会的不可替代性。

这不可替代，正是广交会半个世纪开创、奋斗、追求的结晶，是全体广交会人信念、真诚、努力的心血。作为交易场所，广交会始终维护外贸信誉，在产品供应极为困难之初，就以诚信、重质先于重量作为会展立身之本。在不断发展中，把一切为客商服务作为工作出发点，使客商在这里获得商机，彼此建立信任，打下基础，发展起步。而广交会人追求的服务与关心，帮助与维护，成为他们内心深处长存的温馨，成为企业成长的温室。

这些温馨倾注在细节里。

老团长吴玉田还记得，1969年他参加秋交会时，身患腰椎间盘突出，送货、布展、谈判，前后两个多月时间，他打了200多瓶输液针，广交会的服务人员对他关心备至，他才能自始至终参展，圆满完成任务。

一位海湾地区的客商曾在广交会旁边一个公园被暴徒刺伤，得到及时抢救，公安部门很快破案，广交会根据他的要求帮他完成了采购业务。周到细微的工作，使这位客商从不理解到感动，在机场临走时真诚地说：“我虽然受了伤，但并没有影响业务。感谢中国朋友，我体会到广交会各方面的紧密合作，以后要争取每届都来。”

很长时间，广交会是完全依靠国家拨款举办。受到历史条件限制，逐年积累的硬件设施不足、软件建设难以跟上的情况多年存在。在没有手机的年代，客商打电话，要和本单位沟通情况，都有各种不便。广交会投入大量资金扩容改装设施，才不断改变这一状况。每届广交会要发出几万份请柬，这些请柬，是由广交会的姑娘们用打字机一张张打印出来的。她们整天围着打字机过日子，直到上世纪80年代才用上了电脑。那时客商办理参展证件，也是耗时多、等候长，只能通过服务员加班加点，满足客商要求。

洽谈生意是劳心费力的事，一天下来，会让人精疲力竭。广交会非常重视客商的文娱生活，邀请各种文艺团体前来演出，组织联欢，组织客商到广州市内和郊区参观游览。“记得有几年参加广交会，每当我们有空的时候，会在室内打乒乓球，在宾馆的草坪上踢足球。每个星期天，所有的客商都会去广州郊区踏青，感受乡间生活，品味当地不同风味的食物。这种形式持续了多年。”巴基斯坦M/S.TAHER M. SHAIKHALI公司首席行政官SH. Khalil Haider在他的回忆文章《见证广交会沧桑巨变》中这样写道。

1998年春季交易会，参展客商们发现，一个新名词让人眼前一亮：“大一条龙服务”。

这是广交会推出的深化服务新举措。在序幕大厅，21个服务项目逐个排开，从“摊位拆改、展具出租、水电报装”等展场服务，到“停车证、汽车进馆证、筹展证”等证件办理服务，到“住宿订房、照相”等后勤服务，再到各客商的现场资格审查、咨询服务一应俱全，各项服务内容、须知、收费标准，明白无误。客商们还发现，服务时间从过去的每天8小时变为24小时全天候了。

第83届广交会“一条龙”现场服务实行24小时承诺制

“小一条龙”变成了“大一条龙”，参展客商们从这静悄悄的变化，感受到广交会的变，在向以人为本的深度和广度拓展。

“置身于广交会，我不仅可以感受到浓厚的商业氛围，更感受到许多人性化的服务。便捷迅速的电子商务，详尽易懂的指示图，穿梭于流花路、琶洲的免费巴士，浪漫的咖啡厅，完备的应急措施，还有充满朝气、热情周到的服务人员，这些都给世界各国、各地区采购商留下美好、深刻的印象。”一位首次到广交会实习做翻译的年轻大学生，这样在她的感言中写道。

从真情服务到人文关怀，从弘扬传统到时代文明，广交会一腔情怀，坚定不移。

坚定不移，是使命在肩。

3 与往届比起来，2003年4月的第93届广交会，更像一场“没有硝烟的战争”：抗击“非典”，举世瞩目；近5万与会人员无一“非典”病例出现，举世奇葩。

“我丈夫就要去参加广交会了，丈夫就是这个小家庭的天。但对于国家来说，他又是一名公务员，必须要履行其职责。二者之间，我别无选择，只能是‘小家’服从‘大家’。但我又确实感到不安和害怕，恳请部领导把我的丈夫平安地带回来。”

这是一封真实的信。2003年4月初，新组建挂牌的商务部赴广交会人员名单确定后，一位要前来参会干部的妻子，准备把这信交给部党组。当然这信后来最终没有上交，她的丈夫也平安凯旋。但这情景，却与上战场前的嘱托无异，有几分“风萧萧兮易水寒，壮士一去兮不复返”的凝重。

2003年4月，在广州这个“非典型性肺炎”疫区举行的第93届广交会，与往届相比，确实是更像一场“没有硝烟的战争”：抗击“非典”，举世瞩目。

经商务部直至国务院领导批准，本届广交会照常举行。这是当时国内唯一一个经特许如期举办的大型国际经贸活动。这不由又让人想起“文革”时期，在周总理亲切关心、亲临协调下广交会才没有中断的往事。

如何打赢这场“战争”？广交会是怎么样保证全体参会人员的身体健康和生命安全的？

“‘今天怎么样？’‘平安无事。’啊！松了一口气。‘有几个不舒服的！’‘怎么回事？’让我们忐忑不安。‘有几个发烧的！’真让人揪心。‘又排除了一个嫌疑！’让我们虚惊一场！不知明天会怎样？我们就这样度过了第93届广交会的日日夜夜。”

时任商务部部长助理、受部党组委派赴广州主持第93届广交会日常工作的郭莉，多年后回忆这场难忘的战斗时，在《非典中的第93届广交会》一文中这样记载着她的“战地日记”。

这场战斗，令全国上下牵挂。在广交会举行的前一天，4月14日，时任中共中央总书记胡锦涛来到广州。他深入考察，与医务工作者座谈，语重心长地对大家说：“拜托各位把防治工作做好，并转达我对广大医务工作者的深深谢意。”说完，他站起来深情地向大家鞠了一躬。战前动员，令人热血沸腾。

战斗打响，广交会如期开幕。

时任中共中央政治局委员、广东省委书记张德江到会调研，商务部吕福源部长、于广洲副部长分别如期前来参加开幕式和闭幕式，卫生部马晓伟副部长带队的卫生专家驻会指导防治工作。以广东省常务副省长汤炳权为组长，卫生部、广州市政府负责人参加的广交会防治“非典”工作协调小组成立了，展馆内卫生、商务等单位联合组成的卫生保障办公室组建了，全程监控大会员工和参展人员健康情况的三级严密卫生防疫组织体系建立了，在展馆和外商入住酒店的医疗保障小组到位了，应对各种紧急和复杂情况的机制和预案准备好了。

从中央到地方，各方面投入了比以往任何一届都大得多的人力、物力、财力，为广交会直接服务的工作人员达6000多人，还不知有多少幕后英雄。

严密布防为广交会平稳进行提供有力的安全保障，各个岗位工作人员坚守一线，新购置的两辆救护车在展馆外日夜待命，医疗专家通宵达旦分析疫情，广交会从领导到员工夜以继日严阵以待。

广州的卫生、保卫、交通、旅游、口岸各部门都行动起来，使客商从入境开始，到住进宾馆、参加交易会，每个环节都有安全保障。

尽管如此，展馆内外仍笼罩着紧张气氛，境外采购商减少，参展商坐立不安。馆内发现发烧患者，救护车和白衣天使一到，周围空气立即趋于凝固。

科学应对，稳定人心。展馆全面消毒，加装3000支紫外线灯杀菌，第二期还配备18台红外线体温检测仪，增加安全屏障。医学专家专对馆内卫生质量、设备安置、应急措施的执行等各项工作“挑毛病”，使各项防疫工作得到科学落实。

使命在肩，恪尽职守。广交会全体工作人员临危不惧，坚守岗位，固守一线，关键时刻顶得上，层层落实责任到人，以缜密措施全力以赴，以无畏气概沉着应战，以必胜信心迎难而上。

万众一心，共渡难关。

战争瞬息万变，硝烟弥漫之中，壮士一去不复返的心情和可能，怎不存在？中国对外贸易中心副主任陈八荣在这时代表广交会接受中央电视台采访，他坚定表示：“防‘非典’工作措施有力，保证展馆内不会发生任何问题。”多年后，他这样追述：“如果我的说

“非典”时期的第93届广交会，展馆大厅内依旧熙熙攘攘

词和实际不同，如果我因患‘非典’离开人世，也算是对广交会的贡献。”

贡献在，没有战斗减员；贡献在，因为众志成城；贡献在，因为克敌制胜；贡献在，第93届广交会圆满谢幕。

15天，大会共报告病例357例（其中发烧146例），6例初诊为“非典”疑似病例，为此隔离多人，最终全部排除。

近5万与会人员，没有出现一例“非典”患者。

扩大战果，广交会一手防“非典”，一手抓“成交”，设立“跨国采购区”，安排4家跨国商首次进驻广交会“定点采购”，增设网上洽谈平台，引导境外企业开展网上交易，广交会3大网站接受全球点击达5900万次，网上达成意向3亿多美元。

但受“非典”影响，本届广交会客商到会和出口成交均大幅下降。来自167个国家和地区的23128名客商到会，比上年春交会和秋交会分别下降80.8%和82.9%。出口成交44.68亿美元，比上年春交会和秋交会分别下降73.4%和77.3%。

在广交会闭幕后的第23天，5月23日，世界卫生组织总部作出决定，取消因非典型肺炎对中国的香港和广东采取的旅行警告。

这是对中国，包括对广交会，举国抗击“非典”成绩的肯定。

捷报频传：6月27日，广州市委、市政府召开全市抗击“非典”表彰大会，中国对外贸易中心荣获“广州抗击非典标兵单位”称号，中国对外贸易中心下属展会服务部和技术保障部荣获“抗击非典先进集体”称号，中国对外贸易中心主任胡楚生荣获“抗击非典标兵”称号，中国对外贸易中心副主任陈朝仁等10人荣获“抗击非典先进个人”称号。

广交会，“文革”时期没有中断，“非典”期间如常举行。历史，值得铭记；奇迹，令人珍惜。

举世奇葩，绽放惊艳！

叁

既问“客从何来”，更为“宾至如归”

1 为什么电影《客从何来》在改革开放波澜初涌的1980年就问世？生活是文艺创作的源泉，广交会的安保工作给人启示。

说起来，《客从何来》的故事并不太复杂。上世纪70年代，某秋季物资交流会开幕前夕，来参会的欧洲联合矿业公司董事麦格利克和美女秘书卡瑟琳入住花城宾馆，展会外事人员冯国柱热情接待了他们。可开幕式舞会后，麦格利克突然发现记有重要经济情报的笔记本失踪了。我公安人员和物资交流会工作人员全力破案，在客商离开花城的前一刻，使用美男计的特务奥斯伯格在机场被抓，麦格利克在即将离站的火车厢里与中方人员握手拥抱，连连称赞“中国伟大”。

生活是文艺创作的源泉。这部电影的编剧就是曾任广交会对外联络处处长、才华横溢的郭伟强，电影顾问是广州对外贸易中心总经理、广交会秘书长郑少康。

说到敌特破坏的事，广交会确实有过先例。1960年春季交易会开幕前夕，在起义路展馆的升旗杆下，就成功拆除过针对广交会的第一颗美蒋特务安置的雷管炸弹。广交会的“老安保”们，有的至今还珍藏着当年安保工作一刻不离身的防爆工具袋——巴掌大的袋子里备有铁条、剪刀等物，这是那个年代他们用来保安全的主要行头。那时，广交会安保工作的重点是防敌特破坏、防爆炸、防空袭、防毒害。

那时没有摄像头，没有网络，是靠人力与智慧来保障广交会安全的。1976年，广交会展馆内开始安置防爆箱；1980年，展馆内首次安装了闭路电视监视器。此后，安置液氮罐防爆设置，增加专业防爆人员，添置防爆器材，设置防爆处置点。进入新世纪，世界安保形势都在发生变化，反恐必不可少。广交会安保措施大规模更新换代，“安检门”“X光机”投入，防爆警犬、搜毒犬等“秘密武器”也进入展馆巡逻。

但秘密武器还要靠人来发挥，责任感与智慧，是第一位的。广东省公安厅副巡视员、曾担任多届广交会保卫办副主任的柯绵华讲述过一个令人捏把汗的细节。第80届广交会开幕仪式前10分钟，“开幕式有人要搞破坏”的神秘电话打来。柯绵华立即报告开幕式现场总指挥、时任广州市公安局副局长的佘安平。细密搜查迅速展开，一番忙碌下来，各卡点均报平安。随着主持人宣布开幕的声音，柯绵华悬着的心还没放下，突然，“砰”的一声巨响，柯绵华悬着的心几乎要炸裂了——原来，是靠近主席台一排担任礼仪任务的一个小学生，手持的一个硕大气球爆了。那一刻，柯绵华一身冷汗都出来了。

安保工作最怕的是万一，以防万一，是出发点。于是，以一万来安保就理所当然。

2008年4月的第103届广交会，采取了历史上最为严密的安保措施，安检参照民航标准，还要求客商出具“无犯罪记录”。这一新要求，引起人们对广交会安全形势的关注。对此，广交会新闻发言人徐兵表示：“广交会的安全无小事，今年是奥运年，加上近来国内、国际形势变化，为了给客商提供一个安全、规范的洽谈环境，加强安保措施已是势在必行。”他解释，本届广交会出台的有关安保措施是一系列的，不是专门针对所谓个人身份的认定。2010年10月第108届广交会处于上海世博会和广州亚运会两大国际性盛会的衔接期，广交会新闻发言人刘建军介绍：广交会计划投入安保力量约4000人，增加安保设备，并全面使用由公安部研制的“验证通”，确保万无一失。

万无一失，是广交会安保工作的缩影。

世人皆知，广交会有“两多两大”：规模大，展馆面积大，名列世界前茅；展品多，人员多，都是以数十万计。“安全第一”，外经贸部原部长石广生曾为广交会亲笔写下这一匾额。外经贸部原副部长、多年分管广交会工作的刘山在说：一个展会举办半个多世纪百余届，没有出现过重大安全事故，这在中国甚至世界上也是极其罕见的。安全第一是广交会成功举办的保证。他记得，每次从北京到广州，下飞机后做的第一件事，就是直接去拜访广东省公安厅厅长、广州市公安局局长，共商确保广交会安全大计。

如此艰辛复杂的安保工作，别说一部电影，就是更多，也有的是故事。今天回首，《客从何来》的故事已时过境迁，但它的艺术再现，却形象地表达了一代代广交会安保人员为“安全第一”的孜孜以求。下文要述的一场反扒战斗，更有令人惊心动魄之处。

2 广交会汇集世界客商，国内外小偷扒手也瞅准机会扑来一试身手。一场波澜起伏的反扒战斗形象证明：这里天网恢恢，疏而不漏。

这似乎也是一种“国际惯例”：哪里有世界著名的盛会，哪里就有各方游客接踵而来，甚至小偷扒手也会瞅准机会前来一试身手。广交会从创办以来，光顾的各种小偷、扒手五花八门，反扒因此成为广交会安保的重要日常工作。

2013年10月19日，第114届广交会开幕后第4天，广州珠江新城一家高档商场，一个戴墨镜、穿黑西装的可疑外籍男子再次出现。当他选购一大批货物，准备在柜台刷卡付帐时，等候已久的广州市公安局民警立即将其抓获，并在其身上缴获两张准备用于盗刷的外国银行信用卡。

这是一个外籍惯偷团伙的成员，他们共5人，在2013年内竟持假护照6次进入中国，在北京、广州等地流窜作案。这届广交会短短4天，他们多次盗窃外商财物，并用所盗信用卡以模仿签名方式盗刷消费。广州警方接获有关报案后，专案组结合现场勘查情况、案发现场及周边视频资料展开侦查，发现一张被盗的外国客商信用卡在珠江新城一高档商场有消费记录。警方立即布控，当嫌疑人再次出现时，民警机智将其抓获。很快，民警联系到已缴获的两张信用卡所属的外国银行，向对方讲明事情原委并留下联系方式，同时联系到两名即将回国的被盗外籍事主，确认了两宗涉及10多万元人民币的案件。

这个团伙成员十分狡猾，盗窃得手后便迅速转移，除这名被抓获的外，另4名嫌疑人已离开广州即将出境回国。广州警方于是迅速办理网上追逃。11月2日，内蒙古自治区二连浩特边检站截获了准备出境的其中3名嫌疑人，刑警随即赶赴内蒙古，将3名嫌疑人押解回广州。嫌疑人交代了在广州的全部作案事实。两天后，另一名嫌疑人在内蒙古自治区另一口岸被抓获。至此，5名获罪嫌疑人被悉数依法刑事拘留。

采访中，谈起反扒安保，广交会的老安保们都有各种不同的亲身经历。广州市警方为此长期不懈奋斗，确保广交会顺利举办，确保参展客商财物安全。

这是发生在1967年4月第21届广交会上的一场波澜起伏的反扒战斗。说它非同寻常，是这次小偷不仅把广交会作为比试身手的擂台，竟还有前来专门偷师学艺的。回忆这个故事，年过八旬、曾任广州市公安局副局长、广交会副秘书长兼大会保卫处处长的姜明安老人满是感慨。老人清晰记得，为保证这一届广交会顺利举行，周恩来总理从北京亲赴广州做劝说红卫兵的工作，有关安保工作便提前介入。当时由于“文革”动乱，广州公安系统瘫痪，广州军区派出1500多人到市公安局各个点帮助执勤，并成立了军管会，姜明安就这样开始结缘广交会。

老人介绍，尽管有声势浩大的安保环境，可第21届广交会开幕后的第3天，就有来自新加坡的一名李姓客商的钱包被窃。他的钱包里有人民币320元、美金580元，以及广交会的进馆证等物。这在那时可是一笔巨款，属重大案件。市局军管会接报，立即组建专案组。

可专案组还没开始工作，同一天，接连又有3个参展的客商失窃。3个失主分别是来自香港、法国和日本的商人，都是被窃财物数额巨大，都有进馆证件。虽然被窃，失主却无一清楚什么人接近过他们。只有日本客商中村行二回忆，在去乘公交时，有个“平顶头”青年上来要强换他随身携带的军用挎包。

于是破案就从寻找这个“平顶头”开始。几经周折，这个“平顶头”被找到，他是一个辍学在家的19岁年轻人。当公安人员来到“平顶头”家时，他家墙上还挂着中村行二那个绣着“为人民服务”

字样的军用挎包呢。但经一番讯问，“平顶头”与中村行二的钱包被窃却无干系。

改变思路，专案组派出经验丰富的反扒干警在广交会周围要点蹲守。两天后，在广州火车站逮住一个现场作案的小扒手。说他小，是他才15岁，身材瘦弱，出生在海口市一个单亲家庭，8岁离家开始流浪，10岁在广州被一个也是四处流浪的老头收留，老头是个扒手，技艺了得。跟着老头两年，小扒手就成了职业扒手。8天前他从武汉返回广州，这次想趁广交会期间寻找同行，提高技艺。3天前他遇上高手，自已的7张10元钞票竟在毫不知情时被一个3人团伙轻易拿去，从而不打不相识。但要拜师，对方提出：3天之内拿来10个钱包。于是小扒手四处作案，今天被逮个正着。

至此，专案组便认定那3个扒手就是对4位广交会客商下手的人，且从外地潜来广州作案。这时从另一路得到一个重要线索：一家街道冷饮店一个叫珍姐的服务员5天前认识3个自称来参加广交会的外地人，并租住了她家的房子。民警立即找到这个珍姐，可她的回答令民警大吃一惊：这3人已经退租离开了。“昨天下午，他们突然来说接到单位通知，要赶回去参加‘文化大革命’。”珍姐说。

这3人真的离开广州了吗？专案组意见不一。一番分析，认定这是扒手们故意设置的圈套。果然如此。这天上午，广交会又有两个外商遭窃。消息传来，各级电话连同指令也不断传来：抓紧破案！

军令如山。重点布控广交会馆。前文提到抓5个洋小偷时，监控视频起到了重要作用，可在40多年前，并无这些设备。但机智的民警们却在广交会展馆发现，有几名从北京来拍摄广交会情况的中央新闻纪录电影制片厂的摄影师，于是专案组请他们配合，把胶片冲洗出来。在珠江电影制片厂，小扒手和珍姐指认出了3个扒手。

喜出望外之时，没想到一波又起。广交会保卫办打来电话，说扒手送来了告别纸条。这是如今的广东外语外贸大学、当年的广州外语学院一个在广交会协助工作的女大学生在裤袋里发现的，上面写着："你们的防范工作做得很好。我们的目标已达到，决定告别羊城。下届广交会再见！"

用怒火中烧来形容专案组刑警们那时的心情，恐怕一点也不为过。经比照分析，条子上的指纹跟出租房提取的一致。

"誓破此案！"专案组刑警们几乎是在呼喊。天罗地网，全面撒开。经与有关方面联系，这3个扒手是从青海某劳改农场越狱出来的逃犯。仅过1天，3个扒手又露面了。这次，他们竟化装成警察登场。

那天下午，刑警车建明装扮成清洁工，在红枫饭店大堂打扫卫生，发现进来两个穿警察制服的男子径直走上了楼梯。他以为是辖区派出所民警前来例行检查。不一会，楼梯上下来两个男子，西装革履，手里各拎着一个皮箱。细一看，车建明一惊：这不是刚才那两个警察吗？他目光再一扫，俩人就是从电影胶片冲洗出来的照片上的人！

老车冲上前去，拔出手枪对准俩人大喝："不许动！"

这时，饭店外化装成卖西瓜小贩蹲守的两个便衣立刻冲了进来，3人合力将他们扣上手铐。也在这时，饭店前停着的一辆出租车旁有人正在扭打。车建明快步上前，一眼认出其中一个就是电影胶片上3个扒手中年龄最大的那个。原来，这家伙见同伴被抓，出租车费都来不及付就要逃跑，被司机拦住。车建明上前一套动作，哪里还有他的逃路。

擒贼擒王，凯旋而归。

这3名罪犯确实都是青海某劳改农场的逃犯，年龄最大的叫宋兴海，曾是"伪满"警察，解放后因偷窃被两度判刑。1968年10月，宋兴海与同监犯焦永、程富星越狱，趁“文革”混乱四处作案。3人在广交会多次作案侥幸逃脱后，还想回马一窃，于是写出纸条，盗得两套警服，计划得手后离开广州去桂林旅游。

然而，他们的如意算盘没有得逞。

广交会这场波澜起伏的反扒战清楚证明：这里天网恢恢，疏而不漏。

3 “安全第一”为广交会护航，历经50余年有惊无险，这一切得益于精细缜密的安保工作，这一切为的是“宾至如归”。

大河奔流，总有泥沙俱下。社会环境的复杂多变，就会使安全保卫工作增添变数，面临不断的挑战。进入上世纪90年代，广交会展馆内外出现的诈骗、伪造证件、倒卖展位、盗抢等案件呈上升趋势，每届广交会经过门卫验证查出的各种违章证件和堵截企图蒙混过关的无证件人员都数以百计。为清楚客从何来，证件关成为展馆安全的“第一关口”。

上世纪70年代前，客商进展馆，都是佩戴纸样或布条识别证，那个被人们亲切称为“鱼尾条”的胸布，上面的文字是油印的，数字是橡皮号码图章印泥盖上去的，这些图章和印油去文具商店购买并非难事，前文所述宋兴海3个犯罪分子，就是从商店买来“褪色灵”涂改偷来的进馆证而混入展馆的。随着科技发展，广交会的证件防伪性也不断提高，从改用贴相片套塑料膜佩戴式证件，到采用国际上通用记名贴相片过塑吊夹，增加多项防伪技术。但浑水摸鱼者也花样翻新。上世纪90年代中期，安保人员就在广州市高第街捣毁了一个专门制作广交会假证的窝点，成为广交会历史上第一个被打掉的假证窝点。

广交会的安保工作，不只是在会展期间实施，随着形势发展，安保内涵有新情况新发展。不法行为对广交会的渗透无孔不入，尤其利用一些企业对展位申办程序不了解，不法分子采用虚假身份注册展览服务公司或使用伪造的公司证明材料，在未取得广交会参展资格也没有展位的情况下，通过提供、出租虚假展位或代理申办展位等手段，骗取钱财。2006年9月，广州市公安局和广交会保卫处在1个月内持续开展打击广交会展位诈骗专项行动，破获合同诈骗案7宗，抓获犯罪嫌疑人9名。

层层把关中，防火关又让人紧绷神经。从事多年防火安全管理工作的广交会保卫处处长朱军杰说，展馆最怕的就是“火”，因为参展货物里的易燃品随处都是。从广交会创办起，防火就一直是安保重点。

广交会前期，洽谈室曾专门配放香烟，免费供应客商。废除此举后，展馆里吸烟现象并未杜绝，一片烟雾缭绕，乱丢烟头的现象屡禁不止。这给防火工作带来压力。如今展馆已是“禁烟区”。从上世纪70年代起，相关的防火制度和设备开始相继跟上，湿式喷淋、自动烟感、手动报警、气体灭火、水幕系统等先进的消防设备，有力提升了防火效果。展馆内也曾出现多次火险，但均被自动喷淋系统及时熄灭。

上世纪70年代，广交会展馆内放置了4个防爆箱，标志着广交会的安保防爆手段和技术开始从无到有。1987年，在广交会展馆序幕大厅贵宾室设置液氮罐防爆设置。到1998年，春交会增加了专业防爆人员，添置了一批防爆器材，设置了防爆处置点。面对新世纪的反恐新形势，警方已在广交会建立起了一套较为完善的反恐工作机制，拥有了车载式X光安检仪等一系列现代化防爆技术手段和装备器材，有能力确保广交会的安全。

每届都深受客商称赞的武警官兵的精心组勤管勤、依法文明执勤和稳妥处置情况，更为广交会平安增添保障系数。一次，一位一直关注广交会安保现场的加拿大客商，专门走到礼宾岗哨位前，掏出手帕要给威武文明的执勤战士擦汗，他感动地说："看到他们，心里踏实。"

辛勤汗水换来欣慰回报。正如广交会保卫处处长朱军杰所说："客商们不仅生意做得顺利，人货安全也称心如意，我们洒下的汗水值了。"

"安全第一"为广交会护航，历经50余年有惊无险，这一切得益于精细缜密的安保工作，这一切为的是"宾至如归"。

肆 友谊金桥架五洲

1 “广交朋友嘛，所以叫‘广交人’。”一句真情表白，是广交会“贸易的桥梁，友谊的纽带”的形象诠释。从贸易、生意到学中国话、娶中国媳妇，友谊在贸易中产生，贸易在友谊中发展。

广交会对世界各国客商的影响，远不只是生意与利益。有这样一个小故事：夏季交易会繁忙的一天下午，一位身材高大肥胖的金头发、蓝眼睛澳大利亚客商，提着一大袋货物去洽谈室时，连袋带人被不太宽敞的门挡住。站在一旁的新手服务员，立即上前帮忙，同时用广州话嘀咕了一声：“睇渠，似只猪嘅（看他，像只肥猪）。”没想到这位客商立马用广州回答她：“唔嗨，就系肚腩大低嘅咯（不是啊，只是肚腩大点啦）。”服务员一听，顿时满脸发红，“唔好意思（不好意思）”一连说了3次。

这位外籍客商，是多年参展没有断过的老客户，不但说得一口流利的普通话，广州话也很“威水”。他幽服务员的这一默，引起了广交会领导的重视，批评了这名女服务员，也从此把员工的外语培训摆到了重要位置。

相当长一段时间，广交会翻译主要被安排在洽谈业务和有关生活服务方面，但人手有限。于是大量的外语专业的大学生来到广交会协助工作，进入上世纪90年代，广州各大学的外语专业学生主动来兼职做翻译的日益增多，更重要的是，广交会自己的工作人员，外语交往能力不断提升。阿根廷共和国副总统丹尼尔·肖利的夫人卡丽娜·拉博利尼女士曾这样谈起自己的感受："在各个展位服务的工作人员素质之高给我留下了很深刻的印象，在这里根本不用担心会有什么沟通上的障碍，因为几乎所有的人都能很好地运用英文同外商交流。"这也许是因为这位夫人的特殊身份，她身边不会缺翻译人员，但她的感受，却是广交会发展变化的一个侧影。

广交会人有句这样的自我解释："广交朋友嘛，所以叫'广交人'。"而广交朋友，第一就是语言能沟通。当然，更重要的是用心沟通，以情相交。

正是有了感情，有了心的相通，一批批外国客商，在广交会交易顺畅，生意兴隆，交上不少中国朋友，不但普通话利索，很多还在广州设置公司，拓展业务，入乡随俗，广州话也讲得很麻利。那位澳大利亚客商就是其中一个。笔者采访埃及年轻外商陈真时，普通话、广州话聊得毫无障碍，陈真一时兴起，竟说出："两个男人裸身坐在石头上，请你打一成语。"笔者不由笑问他做过哪些"以卵击石"的事，如何水滴石穿，获得这般语言功夫。他答："我的中国朋友遍神州，从广交会生意伙伴到爱好旅游的驴友，可以随时呼朋唤友。"他在广交会认识一个年轻的广州女客商，如今已"拍拖"（广州话"恋爱"）两年，说不久就要"拉埋天窗"（广州话"结婚"）了。他还和他叔叔在广州开了一家贸易公司，有时兼做中国游客去埃及的地陪，一年有5个月在中国。他来参展广交会之前在开罗大学学过一年中文，他说他这中文名字就取自中国成语故事"铁杵磨成针"，还有向往武术名人陈真的深意。

为接待方便，广交会从一开始就有3个接待来宾办公室，一办接待西方客商，二办接待日本客商，三办接待港澳华侨。上世纪90年代设立五办，专事推动两岸经贸交流。广交会不仅是贸易的桥梁，也是友谊的纽带，被形容为共和国“最大的外事场所”，对外宣传窗口的意义和作用是十分突出的，广交会人正是以此广交天下朋友。

老广交人陶世桐记得，他与澳大利亚砂糖业务专家Gharles Hvtehings先生结下了深交，业务之余，聊家常、参观游览，直到两人都退休了，情意弥深。陶世桐退休后10年，身患重病住院时，这位专家还带上夫人远涉重洋来广州探望，两次邀他去澳洲相聚，如同一家人。这位专家经常来中国重游旧地，每来必参观广交会。

友谊在贸易中产生，贸易在友谊中发展。美国第一华盛顿集团总裁兼广东美国商会会长Harley Seyedin先生说，他1991年第一次参加广交会后就定居广州，广东美国商会有850多个企业及个人会员，代表500多个来自美国及世界各国在华南地区投资的跨国企业，与广交会保持着密切联系，通过广交会广泛接触中国市场。广交会真正成为他们与中国贸易的桥梁，成为他们与中国友好的纽带。

2

他抱着想碰碰运气的心情第一次来参加广交会，没想到这一碰，不仅生意顺利，更碰上忘年交，有了一位终生难忘的好姐姐。“这些友谊早已超越了商业利益。”他说。

1992年秋天，孟加拉国27岁的Mohammed Ejaz Gaffar先生开办了自己的公司，抱着想碰碰运气的心情，第一次来参加广交会。没想到这一碰，他不仅生意顺利，更碰上了忘年交，有了一位终生难忘的好姐姐。那天他从香港乘坐晚班渡轮，第二天清早到达广州。在抵达码头大厅时，立即被“欢迎广交会来宾”的巨大红色横幅打动，作为人生的首次商业之旅，他顿时感受到了融融暖意。完成所有入境手续后，他乘上出租车来到广交会展馆。

柜台工作人员几分钟就帮他办好了证件。然后根据邀请函附有的广州酒店列表，他挑选了一家最便宜的酒店。但酒店前台接待人员告诉他下午才会空出一个单人间，他便决定继续去广交会展馆看看，等闭馆之后再登记入住。

在展馆里，他像发现了金矿，流连忘返，直到闭馆了才想起入住手续还没办好。正焦急之时，一个悦耳的声音传来：“您需要什么帮助吗？”他回头一看，也是一位参展的客商，英语说得很流利的中国女士。“我要去住宿的酒店，可是我一点不知道怎么走。”他说出了酒店名字。“你跟我走吧，我也要去那个方向。”中国女士说。走出展馆，Mohammed Ejaz Gaffar告诉这位中国女士，他是第一次来参加广交会，完全是路痴。于是，中国女士主动提出先送他到要去的酒店。看到他一副茫然的样子，到达酒店后，她随他一同下了车，帮他办完所有入住手续，并送他到房间，帮他把一切安排妥当，这才放心离开。

“一个素未谋面的女士的善良让我非常感动。从那时起，我对中国人民就怀有一种特殊的亲切感情。我不由脱口而出叫了她一声‘姐姐’”。多年后，Mohammed Ejaz Gaffar这样追忆道。

姐姐关怀他的更多惊喜还在后面。晚上9点，房间的电话响了，是姐姐打来的。她关切地询问他是否已经吃过晚餐，这时他正在想如何去饭店点餐吃饭。这电话，顿让他感到在中国并不是孤独的。姐姐很快到了，带他去了一家附近饭店，并且按他的喜好点了蔬菜、鸡蛋。

"那种感觉真好。第一次到海外旅行的人，尤其当他遇到语言障碍时，他会觉得这是他一生中所遇到的最珍贵的关怀！从那以后，她每天都关心我的消息。她经常过来，如果来不了的话，她就会给我打电话。她帮我用中文写下了一些中国食物的名称，这样在购买食物时我就可以把它拿给餐馆工作人员看。除此之外，她还帮我洽谈生意。这让我感觉就像在家里一样。虽然在那次之后她只参加过一次广交会，但我仍然把她当成我的姐姐。几年之后我还在天津见过她，那时她住在大连。当我从中国回国之后，我告诉我妈妈：你还有一个女儿在中国！"

说起姐姐当年的关怀，Mohammed Ejaz Gaffar话语滔滔。他感动奔涌地说，他在广交会的收获超越了商业利益。"这是一个如此丰富多彩、魅力四射的盛会，广交会结束后我还经常回忆起五湖四海的人们相聚一起的场景。这些人来自亚洲、非洲、欧洲、美洲、大洋洲，尽管他们肤色不同，种族不同，但每个人都热情友善。我觉得，在这里你既能广泛结交朋友，又能通过相互交流增长见识。"

如今，Mohammed Ejaz Gaffar已近天命，他更珍惜这份来自广交会的情缘，终生难忘不期而遇的姐姐。1992年他的公司才起步，如今已在孟加拉国处于行业领先地位，这得益于广交会。当年的流花路广交会展馆，是他心中永远的记忆："因为那里留有我往昔美好的回忆，还维系着我对广交会的深厚感情，以及我深爱的中国人民。"

一朵有情有义的奇葩，在Mohammed Ejaz Gaffar心中永远盛开。

3 “花城百花开，花开朋友来”，“新朋老友诚相待，信义春常在”。《客从何来》的迎宾曲属于电影，更属于“贸易的桥梁，友谊的纽带”的广交会品格与精神。

广交朋友，不仅在广交会，在广交会举办的地点广州，一样感染着普通市民，一样有广交会外溢的友谊纽带，培育的友谊花朵。

在广州市康王路源胜街做了20多年古董工艺品生意的邹永生，见证了广交会的发展，接待了无数广交会外商的他，有着另一种友谊故事。他说，改革开放初期，外国人来中国主要以观光旅游为主，但来广交会的次数多了，他们发现中国原来还有很多好玩的东西和精美的艺术品，现在他们甚至比本地人更了解去哪里可以淘到宝，他也经常会被一些外国朋友对中国文化的热情所感动。

上世纪90年代初的一个傍晚，正当他要关店铺时，一个日本客商无精打采地来到他档口，用求助的眼神看着邹永生不肯离去。因为语言不通，邹永生花了好大力气才明白，这个日本人的钱包丢了，连回香港的钱都没有了，“肚子很饿。”日本客商拍拍肚子示意。邹永生听了，马上买了些面条给他吃。受到感动，信任随之而来，日本客商提出要向邹永生借2000元人民币和1000元港币做路费，并承诺一个月后一定回来归还。

尽管周围的朋友都担心碰上骗子提醒邹永生，但他最后还是答应了这位日本客商的请求。一个月后，这位日本客商果然如约回来还钱，还带来了与邹永生的合作关系，这种关系一直延续到今天。

超越利而生的义，助生意而增利。

如今，邹永生也与很多日本人、韩国人建立了生意关系。他说外国人做生意注重诚信，通过广交会的交往，他们也认识到中国商人是诚信经营的，中国人的友好态度更令他们感动，使他们愿意与中国人建立长久的生意往来。

第76届广交会展馆外景

广交会从创办开始，就有各种文艺演出招待客商，解除他们洽谈贸易后的孤寂。那时看一场演出，还是稀罕的事，广交会是作为政治任务来完成的，这政治任务也深含着一种信义。

诚信为本，是中华民族美德。“民无信不立。”两千多年前，孔子这样告诫世人。诚信是世界守则。英国著名作家斯威夫特说：“诚实永生不灭。”美国第3任总统杰弗逊有一句名言：“诚实是智慧之书的第一章。”

30余年参加广交会，没有间断过的马来西亚砂拉越中国贸易进出口商会主席黄一新这样总结他的亲身感受：“我要特别提起广交会承办单位中国对外贸易中心的服务。他们精心策划和协调，让到访的客商，感到宾至如归，这份细心和周到安排，处处显示了中国一贯的好客、谦虚和宽容的优秀美德。”

一诺千金，诚信的经商美德升华为处世哲学。

广交会从创办开始，以平等互利高扬贸易原则，对“重质先于重量”“信守合同”追求不懈。在这个世界贸易平台，信义为首成为桥梁与纽带，弘扬着民族美德，创新着商业文明。广交互利通天下，广交会以美名与绚丽为逐梦世界增光添彩。

“花城百花开，花开朋友来”，“新朋老友诚相待，信义春常在”。《客从何来》的迎宾曲，不仅属于电影，一样属于广交会，属于“贸易的桥梁，友谊的纽带”的广交会品格与精神。

这是广交会的真实写照：峥嵘岁月，信义如春；激情绽放，朵朵奇葩。

第五章

巨人肩膀

恩格斯在《自然辩证法·导言》中，论述欧洲文艺复兴运动时，深刻指出：这“是一个需要巨人而且产生了巨人——在思维能力、热情和性格方面，在多才多艺和学识渊博方面的巨人的时代”。

2004年圣诞节，美国人萨拉忽然发现，39件圣诞礼物中，有25件是“中国制造”，而回家一看，“中国制造”更触目可见。萨拉暗自吃惊，突发奇想决定从2005年第一天起，带领全家尝试一年不买中国产品，结果日子难以为继，随即与“中国制造”继续友好为伴。萨拉由此在《基督科学箴言报》上发表《离开“中国制造”的一年》的系列文章，并结集出版了她颇具影响的同名著作。

这位名叫萨拉·邦焦尔尼的美国人，是美国著名女记者，她的报道不只是引起美国，也引起世界很多国家消费者的共鸣。

世界需要中国制造，中国制造需要在融入世界中向中国创造转型升级，经济全球化是时代走向。广交会，正是用巨人般的肩膀托起中国企业的孵化器、助推器，成为世界企业发展、共赢的互联网。

无数企业站在这个巨人肩膀上，共推“中国创造”发展，涌现“巨人”，产生新的传奇。

淘宝“人人网”

1 对每个参展广交会的企业来说，它们的目标十分明确：寻找商机，获得出口订单。如蚕吐丝，丝丝结网，随着参展企业源源不断获得出口订单，广交会千丝万缕结起国内企业走出国门的“淘宝网”。

对安徽轻工进出口股份有限公司总裁后传安来说，首次参展广交会，获得参加工作后的首份外销合同，是他一辈子难以忘怀的。

那是1980年10月，这个当过农民、工人，自学了英语，于这年考进“安徽轻工”刚学做业务的小伙子，就被领导委以参加广交会、推销公司纸张的重任。初出茅庐，人生第一次，后传安如负千斤重担。好在全国同行从四面八方相聚广交会，他心里踏实了许多。于是拜师学艺，细看斟酌，精心布置好展位后，一心等待客商到来。可是，一天，两天，一个星期过去了，只有人经过，没有人留步。他心里直发毛，怎么办？请教上海同行，“阿拉”同行告诉他：准备还不够，名片要备好，茶要泡好，合同也不能用手写，要用打字机打印哦。这免费一课，让后传安茅塞顿开，连夜做好各种准备。终于，第8天，一个尼泊尔客商来了，他自称G，但英语口音重，后传安仅能听懂几个核心词。后传安灵机一动，立马端上热腾腾的安徽好茶，又从货架上拿来早已准备好的纸张，一笔一画，一字一句，和客商在纸上交流起来。功夫不负有心人，这样“谈”了一个上午，对方终于准备下单。

后传安兴奋不已，稳定好客商，又忙向天津同行请教有关货物海运问题，又获得宝贵启发，终于各个事项一一谈妥。当夜，他再向上海同行借来打字机，虚心向他们请教如何打字，苦战一个多小时，把合同打好。第二天，G如约前来签约。按规定，他先请组长老范代签，然后再请商户过目签署，合同落定。

当双手捧着买卖双方签字生效的这份合同时，后传安心如大海波涛翻滚，激动得一跳三尺高。人生第一次啊，公司第一单啊，怎能不心潮澎湃。而且，到此时，后传安进公司才一个多月。当客人G告诉他当晚就要取道香港回国，现在要去商店给家人买礼物时，他竟一时毫无反应，事后一想，懊悔不已，以至13年后的1993年，作为企业副总经理带同事出访尼泊尔时，他特地为G一家每人送上一份小礼品，弥补那第一份外销合同签订时未了的心愿。

正是这第一次参加广交会，在广交会获得的第一份外销合同，使后传安迈开了外贸生涯的坚实第一步，他们公司对外贸易踏上了宽广大道。

回首第一次，江苏开元国际集团轻工业品进出股份有限公司副总经理滕晓，又是一番不同经历。1981年4月，他第一次参加广交会，而且是作为江苏省轻工业的唯一代表，他带去参展的商品是烷基苯磺酸。这本属化工产品，但在计划经济年代，出于一盘棋考虑，他们公司是作为特例参加的，这更让他感到此行非同一般。也由于是会外代表，吃住都得自己安排，还没有正式摊位。于是，他每天从住地乘一个多小时的公交车赶往展馆，和两位同事在展馆的走廊“拉客”。那时他也是个20出头的小伙子，刚到公司一年多，外语一

第90届广交会展出了4000多家企业的10万余种商品

般，更没有谈判接待经验。但广交会是个大学校，同行多，有经验的人触目皆是，他虚心向同行请教，眼观六路，耳听八方，硬是凭着热情和不怕碰钉子的闯劲，在无数次的“Hello”之后，终于有一位巴基斯坦客商在他们的货品前停下了脚步。他喜出望外，热情上茶，仔细介绍，客商答应晚上在宾馆继续商谈。一个晚上的深入交流，一步步的友好推进，双方签单了。这个在滕晓看来永生难忘的晚上，他代表公司做成了第一笔外销生意：500吨磺酸，近50万美元的成交额。

“人逢喜事精神爽。满怀着成交后的喜悦，当晚，我们3个人好好地逛了一下广州。夜色阑珊，那一晚我才发现广州是如此美丽。珠江边摇曳的灯火，海珠广场上秀丽挺拔的木棉树，使我们顿生对广州的丝丝爱意。”20多年后，滕晓还这样情深意长地写道。

有了第一笔，有了第一个客户，磺酸这个产品渐渐在巴基斯坦市场做开了。几年间，滕晓的公司发展了四五家客户，对方都争着要做他们的代理，甚至还有客户请江苏省商务处写信推荐自己。如今，滕晓的公司，仅这个产品最高年创汇就达200多万美元，跨入了大公司行列。

如今人们对鲁冠球这位知名企业家并不陌生，他是浙江万向集团公司的创始人。但上世纪70年代末，万向集团是作为一家乡镇企业创办起步的，企业虽选择了外向型发展道路，但那时企业的产品进不了国家计划。随着广交会逐渐向民营企业打开大门，1979年，万向集团第一次通过浙江省机械进出口公司参加广交会，第一次有了外向订单。以后，该公司每年参加广交会，从未间断。1984年的春季广交会上，美国多伊尔公司和舍勒公司两位总裁了解了万向的产品，进而走近万向产品，从广州按图索骥，前往浙江，可那时钱塘江边还竖着“外国人止步”的牌子。杭州市委书记当即拍板，过江手续当天办妥。来到这家乡间小厂，美国客商决定下3万套订单。但定价低，万向将亏损10万美元。鲁冠球最终同意，他说：“3万套我们亏损，等到30万套怎么还会亏？”从广交会走出国门，万向从此如虎添翼。

2000年，万向并购舍勒。传奇就这样产生，巨人就这样成长。

以广交会为平台，万向的产品不断涌向国际市场，从北美到欧洲，再到东南亚、中东、非洲，出口40多个国家和地区，逐步建成按国际惯例运作的具有世界名牌的跨国集团，走向世界，网联世界。

如蚕吐丝，丝丝结网。随着参展企业源源不断获得出口订单，广交会千丝万缕结起国内企业走出国门的“淘宝网”。

2 东方不亮西方亮，南无路径北有道，广交会互联世界，充满商机，意大利企业家马可先生如此笑称：“广交会是我喜欢的‘珍爱网’。”

广交会不是世界创办最早的展会，但有世界最大的展馆，而且专业与综合俱备，给采购商留下的选择空间也大。挪威采购商NilsT.Tonnessen在本国经营一家贸易公司，他从世界各国进口商品然后批发给各个零售店。他1990年起开始与中国人做生意，广交会一直是他寻找新的合作伙伴和联系老客户的重要场所。他介绍，他去过米兰、伯明翰、马尼拉和中国台湾、中国香港等国家和地区的展会，但每次在广交会停留的时间最长。

“为什么？”NilsT.Tonnessen眼珠一转，径直回答：“我投入的时间就代表了我对每一个展会的重视程度。”

这重视正是珍爱，应了一句生意行话：东方不亮西方亮，南无路径北有道。广交会平台大，货品多，选择的范围自然广泛，他在广交会的每年的采购量在世界各国展会中总量稳居第一。

广交会从第3届开始，已有进口贸易，第101届起正式增加进口交易后，2007年开始设立进口展区。由于国内旺盛的需求和办展专业化水平逐步提高，欧美地区企业参展的热情日益高涨。第108届第一期进口展区展览规模为1.5万平方米，设立机械设备、小型车辆及配件、电子信息及家电、五金工具、建材及厨卫设备、原材料等6个产品区。第二期进口展区展览规模为5000平方米，包括日用消费品、装饰品及礼品类、食品及农产品、医疗设备及医药保健品、个人护理用品、纺织品及服装鞋类等6个产品区。本届进口展区还首次设立品牌展区，通过提高装潢档次，提升参展效果，鼓励发达国家品牌企业积极参展，吸引了如中东地区最大的冰箱制造企业力马提克、俄罗斯最大的打印机制造商SUN Innovations等10家知名品牌企业和韩国、美国、意大利及中国香港、中国台湾等30余个国家和地区的300余家企业参展。进口馆的设立对于海外公司进军中国市场，收窄中国贸易顺差大有助益。

来自美国华盛顿地区的参展商Wilson表示，中国市场广阔，美国企业尤其是中小企业非常想走进中国市场，但往往不得要领，影响力巨大的广交会设立进口展区，无疑为美国企业进军中国打开了一扇重要的大门。

与海外客商踊跃参展相呼应的是，国内采购商对进口馆亦充满浓厚兴趣。专程从河南赶来参会的采购商杨瑞军说：他所供职的外贸公司以往进口渠道并不太顺畅，很多时候只能通过网络寻找项目和产品，对产品往往缺乏直观认识。而进口馆的设立给了他们与诸多海外企业面对面谈生意的机会，进口渠道的打通让他们已经开始考虑增加进口业务的比重。

随着中国进出口贸易的渐趋平衡，持续高企的中国贸易顺差已大幅收窄，而广交会首设进口馆更是体现了中国实施平衡贸易战略的决心和诚意。

欧中友好协会主席、法国知名企业家Pierre Provenzano介绍：很多法国企业，特别是中小企业就是通过参加广交会，找到并筛选了一批高素质的中国合作伙伴，它们在获得现代化生产工具的同时，对双方合资办厂和从法国进口产品也很感兴趣。他特别提到，很多法国知名的品牌企业，如乐华梅兰、家乐福、欧尚等，在广交会还拥有了自己的采购场地。

特意取上中国人民十分熟悉的意大利历史名人马可·波罗名字一部分的意大利企业家马可先生，提起这位最早到中国的意大利先驱，幽默地告诉笔者："不过他可没有参加广交会，我这个马可参加广交会已经30多届了，从来没有断过。"不仅他自己，他的儿子也在

采购商正在试用广交会网站PDA版免费下载服务

他带动下来中国做生意，他说他在中国找到了最好的工艺品、最好的工厂。

“这么多年来，我养成了一个习惯，在展馆走的时候，经常竖起耳朵，看看有没有自己的国人。现在几乎在每个展位，都能听到意大利语。”这么有心，完全发自马可的内心，他坦诚地说：“现在很多意大利小商家也敏锐地嗅到了广交会的商机，批发商来了，许多许多零售商也来了。”满头卷发的马可有着鲜明的意大利人性格，悦耳的意大利语像他展喉唱起的悠扬意大利歌剧一样，雄浑高亢：“我公司的意大利职员都会说点汉语，广州、上海分公司的经理更是能讲一口流利的普通话，可以用中国话和中国企业谈生意，中国企业主往往很高兴，我也觉得充满乐趣。”

贸易在其中，快乐在其中，率性的马可幽默再现，竟用上了一个刚学到的中国婚恋网站名，笑称：“广交会是我喜欢的‘珍爱网’。”

3 因珍爱而来，不论在主台起舞，还是在边缘伴舞，企业沾边广交会都能淘到宝，有所斩获。“我们追求的就是个个可以获益的‘人人网’。”广交会人说。

如同开卷有益一样，“参展有益”是每一个走进广交会展馆的人的共同感受。

青岛金王集团总裁陈索斌永远记得，1993年他以2万元资金，带领5个职工，从手工作坊式企业开始创业，从名不见经传到如今已是被美国沃尔玛、德国麦德龙等世界500强集团连年评为全球最佳信誉公司、引导世界时尚消费潮流的一流企业。而企业的成长发展，是1993年参加春季广交会，在不到1平方米的展位上，接到第一张订单，从此起飞。

“第一次见到一个非常大的订单，我印象非常深。是英国一个客人的，当时他第一张订单是给我们50万美元。”陈索斌记忆清晰地告诉笔者，“从那以后，我们每届广交会必参加，我们企业80%的客户是在广交会上结识的。”他强调：“我们在广交会上，展示我们自己商品的同时，更主要是来检验我们是否能够真正达到我们自己认为达到的领先水平。广交会就能给我们一个明确的答案。”

一张50多万美元的订单，使金王集团的产品从此走向世界。目前，金王集团每年出口创汇5000多万美元。以平均净利润计，金王集团还曾有3个蜡烛等于1台冰箱销售效益的佳话。这也是他们从广交会获得启发，借助中国科学院一项专利而创造的佳绩。

青岛金王还是第一家在美国开采页岩油气项目的中国企业，他说：“其实，页岩油气项目的相关信息最早便是从广交会上获得的，然后经过深入接触，最终获得进入美国市场的机会。”作为“老广交”，陈索斌十分珍惜广交会这个平台：“企业在广交会上能够获得全球海量的信息和无限商机，广交会是企业的宝库。”

从当年不到1平方米的展位，到如今每届超过100平方米的专位，从当年两三个产品到如今1万多种产品参展，青岛金王真的是在广交会淘宝淘金，成为金王。

当年地处北京市大兴县偏僻山村的金陶洁具有限公司，曾有“带着一个马桶盖参加广交会”的轶闻。公司董事长马海峰记得，那是1997年秋季广交会前夕，得知公司被批准参加广交会后，公司上下动员，迅速赶印了2000份产品宣传册，每份宣传册上赫然印着马桶盖，在广交会展馆内外广为散发。没想到这别出心裁的举动，引起了一个美国客商的兴趣，一番察看交谈，当场签下1000个的订单。“如果不是广交会，我们恐怕还在大兴那山疙瘩里养在深闺人未识，更别说迈出国门。”马海峰这样感慨。从广交会走向世界，如今“金陶”已是年营业额超5000万元的国内外知名新型民营科技企业。

不论在主舞台起舞，还是在边缘伴舞，企业与广交会沾边，走进展馆，几乎都有所斩获。1989年，还是浙江乡镇企业领头人的茅理翔第一次来参加广交会时，苦于没有入场券，他站在门外细心观察门卫，茅塞顿开，以商人的精明，开着一辆汽车躲过检查而入门。可进了门，谁也不注意他当时生产的电子点火枪产品。他灵机一动，打着点火枪，用仅懂的几句英语大声吆喝招徕客商。这种多少有些戏剧化色彩的表演，令茅理翔赢得了一张2万美元的订单。这可能是广交会历史上最富农民色彩的戏剧表演，他因此也获得了一张几十块钱的罚单。但是广交会对于这家当时叫飞翔的企业起到的作用却是巨大的，因为他的这番表演和拿到的订单引起了宁波一家外贸公司的注意，他的小厂第二天就成为广交会的座上客，他因此在广交会上拿到了8万美元的订单。如今，他已是闻名遐迩的浙江方太集团董事长。

不只是企业，每届广交会举行，都有世界各地、四面八方的人来学习、来参观，哪怕来看热闹，他们一样满怀兴趣。在每届广交会期间，展馆内外全国各地的大学生前来兼职做翻译是一道长盛不衰的风景，笔者所在大学的留学生们说，他们把广交会当作会“老乡”、见世面的最好大课堂。

广交会副主任兼秘书长王志平，在接受采访时，这样满怀兴味追述：“我出国招商遇到很多驻外大使、参赞，去了之后我们一般都会聊到广交会。聊起来，他们中很多人第一次做正式翻译都是在广交会，因为他们都是上世纪六七十年代读大学的。那时候正是‘文革’时期，很少有外国人来，只有广交会这个地方每年有两次密集的外国人来，所以他们都是从学校里到这儿来第一次见外国人，第一次和外国人说话。中国第一任WTO大使孙振宇，曾任外经贸部副部长，也是老广交。在广交会的一次联谊会上，他对我讲，有一个年轻人，上世纪70年代初大学毕业后，第一次走上翻译台，给出席广交会的外贸部领导当翻译，这年轻人很紧张，多次来广交会做翻译后，慢慢在这里学会了做翻译。他讲的其实就是他自己。像他这样经历的人很多，外贸部、外交部都有。”

进馆有益，沾边有获。这是广交会追求的。广交会人说：“我们追求的就是个个可以获益的‘人人网’。”

希望孵化器

1 **精心打造，温情培育，从特色产品到专业人才，从不同行业到各种中国制造，广交会温暖平台打造出希望孵化器。**

对内蒙古自治区机械设备进出口公司总经理黄平军来说，公司自建立以来，30余年届届不落参加广交会，成为他心中温暖的记忆。

他介绍，公司通过广交会这个平台，与自治区机电企业共同奋斗，努力开辟国际市场取得了卓越成果。他如数家珍道来：已将自治区机电企业生产的风力发电机、注塑机、灌装机、机床附件等数百种产品推向国际市场，并通过这些客户关系，为全区电缆厂、牧机厂、绝缘材料厂等引进了各厂急需的先进设备、生产线，促进产品更新换代，取得良好的经济和社会效益。“我公司的业务员全部经受过广交会的长期锻炼，并成长为中坚力量，对公司的发展、壮大起到巨大作用。”黄平军这样概括总结。

黄平军的总结形象说明，广交会是孵化器，从产品到人才，在这里孵化成长，为茫茫大草原的内蒙古企业带来希望。

参加过15届广交会，曾任内蒙古交易团秘书长的王学强更从全区角度告诉笔者：全区参加过广交会的人达几万人次，分布在自治区各地的各个行业，成为推动和发展自治区外经贸事业的主力军。

从1957年首届广交会开始，内蒙古自治区政府就组织内蒙古外贸专业公司组团参加，参展规模由最初的组团观光、几个展位，发展到第100届的56家、115个展位；参展人员由最初的十几人，发展到第100届的350名正式代表；出口成交额由最初的组织供货几百万美元，发展到近几年的3亿美元以上，约占全区全年外贸出口的20%。

2006年10月第100届广交会上，内蒙古自治区主席杨晶专程前来考察自治区的部分与会企业，指出要充分利用广交会这一平台，积极推进内蒙古外向型经济和对外贸易的发展。他特别要求，在羊毛羊绒制品等部分特色产品外贸形成规模和气候的同时，要使内蒙古更多的企业和产品走进广交会，并通过广交会走向世界。

从遥远的天山南麓走来，新疆巴州孔雀河畔的库尔勒香梨、若羌红枣，在广交会香甜飘荡，刚一亮相，采购商就闻香而来。可很久以来，这西域果类珍品却是养在深闺人未识，本世纪初进入广交会后，很快就被安排进入品牌展区，几届下来，成了“会展明星”，进而迈向“成交大户”。在广交会，新疆自治区是以资源优势产品和特色果品大出风采的，由此，对全区“积极组织参加广交会”的要求，2006年被写进了自治区政府工作报告。

为利用好广交会的孵化效果，安徽省在第108届广交会上，专门组织全省23家孵化企业参展，省进出口孵化促进中心还安排专职孵化工作人员深入现场，全面开展对企业的帮扶工作，针对企业反馈的问题，及时帮助企业详细分析市场，指导企业通过技术创新及成本控制方式降低成本，增强产品的国际竞争力。现场练兵，立竿见影，23家孵化企业累计实现成交4440万美元，比上届增长11.2%。其中，黄山创联洗涤用品公司作为孵化企业首次参加广交会，该公司推出了全球唯一的物理型洗涤球产品，作为无污染环保型绿色时尚家居用品的代表之一，深得欧美客商的喜爱。该公司负责人表示，通过广交会这个平台，已经与法国欧尚超市及国际一些知名企业建立初步合作意向。

“广交会上的湖北思考”，这是近年来湖北省扶持中小企业、提升出口水平的亮点。他们思考了什么？思考后有什么新举措？效果如何？

对刚起步的外贸企业来说，如何找到客户，如何对接市场，如何培养外贸人才，是共同面临的问题。针对企业实际，紧跟新兴的电子商务潮流，湖北省商务厅与中国国际电子商务中心湖北代表处共同合作，很快搭建起两大外贸公共服务平台——湖北外贸经营主体（孵化中心）在线交互培训系统和湖北省国际电子商务应用平台，并依托广交会，边培训边实战。2013年10月第114届广交会上，湖北商务部门不仅组织421家企业参展，更组织60多人的观摩团，对具备出口资质却没有出口实绩的中小企业进行引导。几天下来，襄阳襄州进出口公司就通过电子商务平台获得了第一笔订单。公司总经理高家宝参展前根本没想过第一桶金是通过网络挖到的，这激起了他的强烈兴趣，一边在线上找客户，一边观摩广交会，摩拳擦掌，成果不断扩大。

湖北省具有出口资质的企业1.3万家，而实际有出口业务的只有3000家，近万家企业还处于“开口未出口”的状态。湖北省商务厅公平贸易处副处长王汉兴奋地表示：广交会电子商务展示了孵化中小出口企业的新希望，“我们现在着力推进的就是，将来的老板，只要做一件事情，那就是上网轻点鼠标”。

“广交会上的湖北思考”，值得回味。

2 **从看不到一个大工业城市一件“大”的商品到超千万美元的大品种，从农副产品唱主角到机电成为出口主导商品，广交会引领企业发展不止，成为展示国力的综合平台。**

1984年，对东北工业重镇沈阳来说，是一个崭新的开始：这年7月，沈阳成为国家社会与经济发展计划单列市。1985年4月，沈阳市即首次直接参加第57届广交会，成交额超1000万美元。这首次突破，令人惊喜，沈阳市政府和沈阳外贸人乘势而为，为参展第58届，全市充分准备会前选派外销员代表、成交计划、出口展品样品以及邀请客户等工作，又一炮打红：成交额超6000万美元，是首届的6倍。

然而，不比不知道，一比吓一跳。通过走访、了解，沈阳外贸人发现，他们的所有出口产品中，没有拳头产品，没有骨干大品种，没有名牌，成交额是靠几百种“芝麻”商品完成的。

“这与沈阳这个大工业城市的地位很不相称。”多年后，从首次起多年参加广交会的原沈阳市对外贸易经济合作局外贸处调研员史向锋，这样清晰回忆。于是，以强烈的责任感，史向锋奋笔疾书，写出一篇题为《在广交会看不到我市“大”的形象》的文章，以个人名义署名，发表在《沈阳日报》。没想到，短短一文，反响强烈。沈阳市领导和市外经贸局领导高度重视，沈阳市政府在1986年对本市外经贸事业滞后于经济发展亮出黄牌，多项鼓励出口措施也随之出台。

广交会是一面镜子，也是课堂，随处可见比照、发现，也充满激励。另一个沈阳外贸人、10多年来连续参加广交会并担任沈阳交易团秘书长的张臻，这样回顾：“广交会期间组织的各种论坛、报告会、座谈会、专题讲座等活动，也非常有吸引力，参展者都愿意在繁忙的工作中挤时间参加，因为这些会议能给人‘洗脑’，专家、学者、成功的企业会为大家提供启迪，使人的视野更开阔，思想更深邃，通过学习和交流获得更大的提高。”

有了“洗脑”，有了平台，产生了激励，创造出成效。到1999年，沈阳市出口商品品种超过1000种，并且形成一批出口骨干、拳头品种。其中，东北制药总厂出口的药品、沈阳机床集团出口的数控机床、沈阳雪花啤酒、沈阳出口服装等产品都是超千万美元的大品种。

从小到大，从无到有，“广交会的催化剂作用功不可没。”奋笔疾书的史向锋，再次言之凿凿。

这种历史性的变化，在机电行业更有深刻印证。

从读钢铁学院机械系的大学生，到任中国机械进出口总公司副总经理，梅浩林从1974年起，先后作为机械交易团副秘书长、秘书长、团长参加广交会，从而更深刻感受到中国机电产品出口的历史演变。

新中国成立前3年，没有机电产品出口，至首届广交会前，中机公司3年累计出口仅6814万美元。第1、2届广交会上展出的机械产品少，人们不会忘记，那展出的机车、机床，只是象征性地展示形象，要有订单，谈何容易。中机公司系统独家经营机电产品出口18年，到1971年才突破年出口1亿美元。

改革开放带来机电产品的出口春天。1978年上半年，国务院批准一机部成立公司，中国机械设备进出口公司同年开业，拉开机电出口大幕。随着改革开放深入，广交会机电馆展示的机电出口商品日益增多，逐步形成新局面。机械团、设备团、国防工业部门公司组成的新时代团，其他生产机电产品的部门公司和地方省市公司也纷纷参加，民营企业参加，新的生力军加入，机电馆不仅成为产品和技术出口的舞台，而且成了中国机电产品优化发展的展厅，不断显示中国改革开放的伟大成果。

梅浩林深有体会地总结：“广交会以出口为中心，优化产品结构和参展主体，代表了中国外贸形象，使机电展的专业性和现代化水平有了很大提

第78届广交会展出的长征系列火箭和东方红卫星模型

高，对提高企业出口竞争能力和快速、健康地扩大机电产品出口起了积极的促进作用。”

1999年，广交会上的机电产品出口超过纺织品，成为第一大类出口商品。机电行业是高新技术含量高的行业，被称为综合国力的代表之一。回顾这一历史变化，梅浩林深情感慨：广交会“成为展示综合国力的平台”。

3 世界在变，新兴经济体接踵而来；广交会在变，倒逼外贸企业转型。这转型，是“中国制造”向“中国创造”的升级。

2012年4月的第111届广交会上，人们发现，巴西、俄罗斯等新兴经济体国家组团参展，下单规模可观。其中巴西最大的3家建筑工程商携30亿美元订单采购建筑工程产品，另外45家巴西大型电子家电买家借参加香港电子展会之际，也等待掘金广交会。

世界在变。由于欧美市场预期较弱，这年第一季度贸易表明，我国对最大贸易伙伴欧盟的出口下降1.8%，对美出口下滑1.7%。而第一季度与俄罗斯和巴西双边贸易总值分别为214.9亿美元和180亿美元，分别增加33%和11.5%。市场普遍认为，在欧美受金融危机影响、内需下降的情况下，以金砖国家为代表的新兴市场将成为我国出口新的增长极。

这届广交会，巴西最大建筑商PDG是第二次参加。工程部总监费尔南多·柏泽缇接受笔者采访时表示，上年来到广交会实现可观成交后，今年毫不犹豫再次参展，“中巴的合作规模越大，有关支付等问题的阻力就会越小”。除了建筑建材，巴西咨询公司“投资中国”CEO马沙杜也透露，能源、农业、机械等行业是中巴合作的契机。

变化显示新的机会与未来。中国与新兴国家在资源方面形成互补。巴西与俄罗斯都具备丰富的资源，前者依赖的是本国优越的地理位置形成的丰富初级产品，后者拥有富裕的矿产、能源。中国在对外贸易中主要给这两国提供优质廉价的工业制品。从多样性、差异性和互补性角度看，金砖国家内部可以形成一个新的经贸循环。于是，国内中小企业对开拓巴西等新兴市场跃跃欲试。

面对这一新形势，广交会也在变。在2013年4月的第113届广交会上，主办方针对新兴经济体，采取了精细化招商手段，还首设激励机制，推介新兴国家参展商，邀请更多采购商到会，并选定俄罗斯作为国际市场论坛的主题。

这届广交会，还首设“出口产品设计奖”，借鉴国际著名展会鼓励产品创新的经验，通过产品创新性、美感性、品质、功能性和环保性五方面标准，提升参展企业的品牌设计，推动外贸转型升级。

这是作为外贸风向标的广交会，在倒逼外贸企业转型。以贴牌加工、价格取胜、规模扩张、资源消耗为代表的外贸发展模式难以为继，自主研发品牌，不仅前景看好，更是跻身世界品牌舞台的立身之本。这届广交会出口展区中，共有品牌展位11806个，占展位总数的20%。通过品牌，特别是自主研发品牌来导向，引领与倒逼双管齐下，广交会促进的外贸企业转型，成效日益突出。

这转型，将持久艰辛，却是富有意义的“中国制造”向“中国创造”的必由之途，希望之路。

叁

淬火大熔炉

1 第一次不成功，第二次又发现不足，一次次总结提高，山沟里终于飞出了金凤凰。“广交会是大熔炉，经历淬火，炼出好钢。”广西三环集团企业总裁陈诚真情感言。

身处广西北流大西南的广西三环集团，是如何通过广交会，一步步转型升级，创出世界品牌的？前国务委员吴仪为什么称赞他们是“深山里飞出的金凤凰”？他们为什么会一举夺得英国威廉王子婚礼用瓷及婚礼礼品用瓷订单？

用企业总裁陈诚真情的话说，就是：“广交会是大熔炉，经历淬火，炼出好钢。”

广西北流，因宋代以来盛产陶瓷而被誉为“陶瓷之乡”。三环企业始建于1987年，从60万元起步。在前任总裁陈显彬的带领努力下，不断增强自主创新能力。1988年4月在香港国际陶瓷展览会上，三环展品被香港特首夫人选定为官邸接待用瓷。1999年7月，在北京质量认证成果展上，时任国务委员吴仪称赞三环是“深山里飞出的金凤凰”。但如何走向世界，三环仍经验不足。2001年，三环第一次

第92届广交会陶瓷展区

参加广交会，却是一个不足两平方米的“搭车摊位”。比肩而邻，虽一腔热情，却未获一张订单，用陈诚的话说是“不成功”。

“这不成功，是我们自己的不足。”陈诚坦言，“和所有参展企业一样，我们曾经也期望过参加广交会能有很多订单。但亲历其中，才发现，不能够按照纯粹生产企业想当然的东西去参加广交会。参展一结束，我们就认真总结得与失，从当年11月总结完后到来年4月，一直认真筹办，第二次就有了期望中的效果。但从中我们又发现自己的不足，比如我们得到了很多客户的认可，但是不懂得怎么合理安排去把握机会，出现有力使不出的感觉，后来又重新总结。”

一次次回顾，陈诚心得点点滴滴在心头：“第三次、第四次，也就是2002年秋季和2003年春季广交会，我们就针对性地对市场需求、产品目标进行定位，迎合市场和客户需求，但当时也还只是一个雏形。现在回想，正是通过这个雏形，利用产品桥梁和广交会平台，我们认识了大量客户，尤其是我们原来只是纯粹做来料加工，到后来做自己的原创品牌。在第四次之后逐渐从OEM（代工生产）到自主品牌创新，不断摸索、总结，逐步转型升级，终于路在脚下。2005年产品进入日本，2006年就打入了欧盟和意大利、西班牙的市场，这对我们是创纪录的。2005年我们销售的产品，以深圳到东京的距离计算，一个个产品连接起来，可以走7次。”

不积跬步，无以至千里。转型升级，水滴石穿。“接了这么大的订单后，我们的产品就陆续被整个市场的客户认同，因为这个市场是透明的，大家有目共睹。这么多次，没有出现空运（欠货），没有大的质量事故、货不对板等情况，客户好评就来了。”陈诚心中喜悦伴着切身体会，“通过广交会这个平台，我们不仅接到了大订单，更让我们成长，锻炼了自身。最深的一个感受，是知道每一个国家的需求是不一样的，每个大客户签约之前都会做验厂报告，要照顾他们的需求。这其中，我们几次对产品、客户和市场重新定位。客户重新筛选，把市场相关数据和可靠依据有效地链接起来科学分析，产品分为生存产品、发展产品和战略产品，还有大礼包，都有针对性，不断调控。”

在众多采访中，像陈诚这样耐心讲述、缜密分析、细致总结的并不多见，给笔者留下深刻印象：“做企业就要打造精细化的细分工作，这是广交会给我们的宝贵启示。从最初参展的定位雏形，到现在这样细分，是通过广交会这个平台跟客人沟通了解才知道的。很多东西，不是想当然就能达到目的，误认为这个客户就是我的VIP客户，如果没有数据作依据，是非常危险的。我们通过与客户沟通了解，学到了企业管理的经验，提升了自己。我们公司决心每年参加广交会不低于一定的摊位，现在多年保持20个了，不仅仅把它作为一个窗口，也是作为战略定位。每年有3个展会我们都是要参加的：广交会、法兰克福和纽约的展会。”

由此及彼，从里到外，陈诚的思路清晰分明。从广交会走向世界不同展会，陈诚都有比较、分析、心得："世界第一展现在还是法兰克福，美国芝加哥展、纽约展跟广交会不相上下。相对来说，广交会更有优势，因为美国是立足本土，我相信广交会如果能够吸取其他展览的经验，会有更大的突破。比如说从以前的一期到细分成三期，也包括七八年前分出的进口展区，我觉得都是一种很好的探索，也是我们希望看到的。广交会在不断成熟，企业也跟着广交会在发展。"

正是在这样不断学习、不断提升、不断发展中，三环这只"金凤凰"越飞越高，越飞越远，先后获得"中国创名牌出口产品企业""广西50强"等殊荣，2004年首届中国-东盟博览会上，三环的餐具、茶具被指定为宾馆接待与会嘉宾的专用品。2011年，在当时欧盟以及中国、波兰、斯里兰卡等国家500多家企业参与的英国王子婚礼瓷器竞争中，一举夺得王子婚礼用瓷及婚礼礼品用瓷订单。

飞出山沟，放眼世界，三环目标更加坚定，思考也更加远大。

陈诚真情坦诚："电子商务有强项，广交会是一个平台，这个平台需要调整，跟上时代潮流。电子商务发达，也不可能代替实体展会。中国不可能不靠实业发展经济，只是它的渠道和模式会有变化。希望广交会的服务功能能够细分，更有效地传达给需求方。"

广交会作为大熔炉，企业经历淬火，炼出好钢。从广西三环集团的发展壮大来说，这是颇为贴切的。

2 多年的惯例不适应了，简单的订单不重要了，面临的竞争激烈了。“广交会的宝贵就在于你可以因地制宜，‘鱼’和‘熊掌’兼得。”宁波“老广交”俞丹桦这样抒怀。

“没有一个中国外贸人不知道广交会，而亲历广交会更是每一个中国外贸人的追求和难忘经历。”曾任浙江省外经贸厅副厅长、担任过15届浙江交易团团长的邬建荣这样深有体会地说过。一个有趣的细节，他更是常记在心。

那是1998年秋，第84届广交会期间，一次由时任外经贸部部长石广生主持召开的座谈会上，邬建荣就如何应对亚洲金融危机、止住全国外贸出口下滑情况谈到浙江经验时，他总结为抓“实广深”。一位在会领导把这话告诉石部长，引得部长惊讶问他：“你怎么把我石广生也抓了？”邬建荣不禁幽了一默：“‘实’，是实实在在地贯彻部、省领导的指示，落实政策，落实措施；‘广’，是实施多元化战略，扩大经营主体队伍，拓展多元化市场；‘深’，是深化改革，挖掘潜力，提高产品质量档次，深度开发传统市场。部长是石广生，我们当然要按照‘实广深’的要求来抓好工作。”石部长听了哈哈大笑。多年后，邬建荣仍感到：“这笑声中我听得出部长对浙江外贸在逆境中稳定发展的赞许。”

此言不虚。商海沉浮寻常事，逆境顺境相伴随。广交会是孵化器，但石头毕竟孵化不出小鸡，温度、条件、环境，内因、外因，缺一不可。关键是，这一切，如何融为一体，互创条件，适得其所？

“每年分配给浙江展团的展位总是不够企业用，到广交会上看一看，很多非浙江展团的展位上其实都是浙江企业的产品。这些产品在广交会上能露面，就是因为浙江企业通过各种非正式的途径获得了展位，通常是以花钱买展位的方式进入的。”浙江恒逸集团外贸部总经理关明，曾任职于浙江省外经贸厅而带领浙江展团多次出席广交会，他这样感叹。

广交会从开始，就是按一定比例把参会的名额分配给各省外贸系统，并由地方来分配参会企业的名额。至今，省级的外贸系统都有按产品种类而划分的外贸公司。计划经济年代，由外贸公司组织企业产品参展，获得订单后再由企业组织生产出口，由外贸公司完成出口和收汇流程成为一种惯例。1995年以前，国内赢得外贸机会的窗口主要还是广交会。

改革开放打破计划经济一统天下局面，惯例不适用了。不从属于传统经济体制的私营经济出现了，这些更有活力的经济单位进入市场之后，同样存在着寻找外贸机会的诉求，这种诉求使它们同样不惜代价地试图冲破体制障碍，挤入外贸机会众多的广交会，这种矛盾导致了各种关于广交会展位的故事出现，后文要提到的浙江飞跃集团董事长邱继宝翻越墙头的事就不足为怪了。这种想尽办法进入广交会展馆的事，数不胜数。浙江作为中国民营经济最为发达的省份之一，这种矛盾显得格外突出。当然，以轻工和纺织为主要产业的浙江企业，也正是通过广交会，获得了最初也最集中的走出国门商机。

对中小企业、在成长发展中的企业，拿到订单是大事，是生存；而对大企业来说，如何通过广交会做强、做品牌？

浙江宁波市的企业家们，以一只象征品牌的“红苹果”出奇制胜，“鱼”和“熊掌”兼得。

这“红苹果”是机敏的宁波外贸人从广交会上获得的启发。“万商云集的广交会，是推介产品、展示形象、宣传的大舞台。”1990年春季第一次参加广交会，担任过14届宁波交易团团长的俞丹桦，这样说起缘由，“宁波外贸人更是把广交会当作对外宣传最重要的窗口。从1990年秋交会起，宁波交易团就开始在广交会会刊封面推介宁波出口品牌的广告。从2001年春交会起，我团又在展馆内外打出‘欢迎选购宁波商品’的广告语。有心人会发现，广交会宁波团的广告牌上都会出现‘红苹果’。这是宁波外贸发展文化

"UFO"飞碟特装

的重要组成部分。我们规定，凡获得商务部重点支持和发展的出口品牌企业，都可以在宁波团宣传画中得到一个'红苹果'。"

正是这"红苹果"，作为宁波品牌产品象征，作为醒目的广告形象，宁波企业，不论大小，不论国有民企，只要是品牌，就通过广交会这个独特平台，得到了更多展示，获得了更多参展客商关注，从而"鱼"和"熊掌"兼得："如果把广交会'广揽业务'比作'熊掌'，那'广交朋友''广结客户''广为宣传''广搜信息''广泛成交'等，就是那肥美的'鱼群'。广交会的魔力大概就在于'熊掌'和'鱼群'兼得吧。"俞丹桦这样深有体会地回顾。

也正是这样与广交会一起因时而变，宁波出口企业的客户，有70%是在广交会上结识的，一般贸易订单的1/4来自广交会，宁波一跃成为全国重要的外贸出口城市。

宁波人的有心，还体现于俞丹桦在"非典"期间的第93届广交会，记下3万多字的团长日记，因其史料价值被中国国家博物馆作为重要文物永久性收藏。

不是熔炉淬火，哪有如此好钢。2006年4月14日晚，伴随广交会一路发展而来的宁波市，协办起了第99届广交会开幕招待会，主题是"阿拉宁波"。

因时而变，因地制宜，这一场盛宴，让人们觉得，"阿拉宁波"和宁波"红苹果"一样，味道好极了。

3 人民币升值，原材料、劳动力成本上涨，台商在大陆设厂赚取加工费优势渐微。台湾企业抱团参展，借势广交会转向拓展大陆市场，依托助推器，柳暗花明又一村。

2007年10月19日，第102届广交会期间，中国国民党荣誉主席连战偕夫人方瑀首次出现在广交会上。在琶洲展馆，连战一行兴致勃勃参观了出口展区的部分展位后，直接来到进口展区内的台湾片区。当得知这届广交会上进口展位中数量最多的是台湾客商展位时，连战高兴地表示，经过两届广交会的精心培育，进口展台湾展区已成为融通两岸经贸交流与合作的一个重要交易平台和一座重要桥梁。他希望参展的台湾客商明年继续到广交会来做生意。

这届广交会上，海峡两岸经贸交流协会与台湾地区5家行业协会携手合作，共组织101家台湾企业参加本届广交会进口展，展览面积1233平方米，排在进口展区的首位，比上届增加1.44倍。本届台商展位统一“着装”，使得台湾特色更加突出，展品更是集中体现了电子信息、机械设备、五金工具等台湾地区优势产业的特点和水平。面对火爆的成交盛况，参展台商纷纷表示：借广交会“金字招牌”展示产品、宣传形象、直接洽商，效果好于远赴欧美参展，“下届将继续参展，扩大展出面积”。

2005年的第97届广交会期间，曾一度受阻的台湾农特产品展如期举行，

第97届广交会开幕招待会暨“海峡两岸正春风”主题晚会

台湾农产品得以首次踏足大陆市场。此后，台湾产品在广交会亮相范围不断扩大。但随着2008年世界金融危机出现，加上人民币不断升值以及原材料、劳动力成本上涨，台商到大陆来投资设厂已没有太大优势，台商参展面临新的突破。抱团参展、扩大大陆市场，就成为他们应对金融危机的良策。

2008年10月第104届广交会上，台北市进出口商业同业公会业务组企划科专员陈志宏感慨：如果广交会三期均设进口展就好了。原来，台湾团是每届广交会进口展区最大的参展团之一。他介绍，台湾还有很多很棒的产品，希望广交会以后三期都设进口展区，“这样我们就可以带来更多的商品，分类设展也更便利”。

多年参展，台商通过广交会而广泛、深入了解大陆市场，捕获大陆商机的目光成熟。“相信中国能够挺过难关，在欧美出口量下降的情况下，扩大大陆市场是我们应对全球金融危机的良策。”一位台商如此表示。于是，既通过广交会扩大外贸出口，又通过这一平台，调整市场策略，台商从设厂赚取加工费为主开始转向以拓展市场为主。

这是一种远见。参展台商分析，两岸直航后，极大方便了其日程安排，虽人民币升值影响外贸出口，但人民币可自由兑换的开放一样带来新机遇，未来能避免汇率风险，这为台商拓展大陆市场创造了非常好的机会，因此愿意投入更多资源，转攻人民币值坚挺的大陆内销市场。

海阔凭鱼跃。对台商来说，广交会正是这样商机无限的商海。

商海沉浮平常事。历经风浪，依托广交会助推器，柳暗花明又一村。

巨人肩膀上

1 从翻墙进入广交会被抓到外经贸部副部长亲自打电话邀请参展，飞跃集团董事长邱继宝感怀：广交会激扬起中国经济多元发展浪花。

这是改革开放大潮奔涌激起的浪花，是广交会又一个经典故事。

1999年，浙江飞跃集团董事长邱继宝接到时任外经贸部副部长陈新华亲自打来的电话，邀请他参加秋季广交会，共商中国缝纫机发展大计。可是谁能想到，11年前，邱继宝第一次参加广交会，竟是翻墙进去的。刚翻过墙，他就被保安逮住，被罚50元钱，外加罚站半个小时。

凭借浙江生意人的精明与勤奋，补鞋匠出身、只有初中文化的邱继宝，随改革开放而起，1986年用四处做生意赚来的钱外加300元贷款，在台州老家办起了椒江第二工业缝纫机厂。那时，国内缝纫机市场已被四大工厂把持，海外市场更没有中国人的份。邱继宝却一心想找老外做生意，于是想去广交会看看，发生了翻墙一幕。

他这一翻，翻开了广交会参展客商新的一页。

当然这是改革开放翻开的历史新篇章，邱继宝因改革开放的历史机遇而起，又是凭借改革开放的深化扩大而进，勇气与胆识迸发，使他与历史机遇相逢，激起浪花。

计划经济时代，外贸体制高度集中统一，能够从事进出口贸易的，都是政府指定的公司。随着社会主义市场经济发展，1993年，广交会取消了30多年来以专业外贸总公司为主的组团方式，实行省市组团、按交易团设馆，“清一色”国有局面打破，各种经济成分企业加入合唱大舞台。

1999年第85届广交会，全国4家私营生产企业首次参展，从此民营企业参展比例一路飙升。2005年第97届广交会，民营和外资企业的成交量超越国有企业，占广交会成交量的50%以上，成为出口生力军。

多年后，在应邀参加百届辉煌“老广交”座谈会上，有人再次向邱继宝问起他翻墙的往事时，他风趣说道：“这时候不要再问我这个事情啦，问我是怎么通过广交会的平台来创牌的吧。”

企业家的情怀，深刻展示出民营企业已经借助广交会这个平台，从最初用几个展位打通出口渠道，实现发展壮大，走向自主创新和创立品牌的全新阶段。而他那当初翻墙的一跃，却历史性地成为他与企业由此“飞跃”发展的剪影。2006年第99届广交会上，飞跃设在

第82届广交会新增的信息产品展区

琶洲的特装展区访客络绎不绝，成交订单和意向订单均创历史新高，打响了“中国制造”名声。

“虽然那次与广交会失之交臂，但对飞跃来讲具有深远意义，正是这一次激发了我开拓海外市场的信心。”回首飞跃发展经历，邱继宝这样坦诚抒怀，他强调，“可以说，是广交会推动飞跃走向世界。”如今，飞跃集团已拥有核心技术和自主知识产权的50多个系列500多个品种的成套设备，获得300多项国家专利，年产能力达500万台，成为世界最具竞争力缝纫机品牌之一。

从国有“清一色”到民企同台共舞动，广交会在历史变革中不断拓展大舞台；而从大豆大米唱主角到机电产品后来居上，广交会在与时俱进中不断开创新机遇。

广交会初期，出口的农副产品占中国出口产品的70%，我国出口的商品主要以大米大豆等初级产品为主。随着中国经济产业结构的不断升级，广交会参展产品品质也越来越高。1999年第86届广交会，机电产品成交量首次超过轻工艺品，居成交第一位，到2006年4月的第99届，机电产品成交额已占广交会总成交额的四成。

为了推进外贸增长方式转变，促进出口商品结构优化，上世纪90年代以后，机电产品、高新技术产品、高附加值产品和日用消费品逐步成为广交会畅销的主导产品。2004年，广交会在新老两馆同时分期举办，并开始设立“品牌展区”，对我国企业争创世界名牌发挥重要示范、推动作用。

这个变化，是中国经济发展的轨迹，是改革开放的历史推动。

瞄准世界变化，融入世界潮流，广交会带动并引领中国企业走出国门、走向世界，发展路径分明而坚实。正如飞跃集团董事长邱继宝感怀的：广交会激扬起中国经济多元发展浪花。

2 市场瞬息有变，广交会力促品牌导向坚持不变：一茧蚕丝创新的LILY品牌，成为亮相于世界时装之都的第一个中国自有服装品牌；一面皮革“顶新”，成为“拉动世界的精彩”。

一根蚕丝，凝聚创新，织出一片世界：款式多样、色彩缤纷，内敛中不失俏丽活泼，个性设计搭配自由多变，以LILY品牌为龙头的专题展示，通过强烈的视觉冲击吸引络绎不绝的客商和参观者。这是上海丝绸集团股份有限公司在2004年4月第95届广交会展示的服装专区情景，引起人们特别关注。

这关注中最意外的，是法国知名女装销售公司TERNAY S.A.S的目光。会后该公司总裁亲自到上海洽谈，签订合作合同，顺利通过代理形式将LILY系列服装打入法国以及欧盟各国的百货公司和专卖店。两个月后，LILY女装运抵巴黎，中国第一个自有服装品牌亮相于世界时装之都。

说意外，其实顺理成章。从中国最初的蚕丝公司做起，第1届广交会时，上海丝绸集团股份有限公司的前身上海市丝绸进出口有限公司，就携丝绸织品前来，此后届届参展，伴随广交会一路不断创新前行，从当初一家专营丝绸的专业外贸公司，发展成为拥有众多生产基地、12个出口业务部门、5个控股子公司、2个海外机构以及科研开发中心，具有从面料开发、织造生产、印染整理、服装设计到生产出口一条龙服务的出口服装企业集团。

更重要的是，他们透过广交会，洞察行业风向潮流；凭借广交会，应对行业瞬息变化；依托广交会，展示自身推陈出新。立足巴黎一年，第98届广交会上，出新的LILY又大获好评，俄罗斯、保加利亚等国客商接踵而来，要求代理销售，LILY在国际时装舞台再展风采。

2005年，根据WTO《纺织品与服装协定》的规定，全球纺织品配额体制结束，中国纺织品出口一时出现井喷。于是，美国和欧盟对从中国出口的部分类别纺织品和服装产品继续实行配额限制，直到2008年底。这种变化，使中国纺织品出口企业经历了抢订单、抢出口到货品滞留香港、开工不足种种曲折和困难。作为经济晴雨表，广交会敏锐反映出变化。而上海丝绸集团股份有限公司已伴随广交会走向成熟，未雨绸缪，加大研发力度，推动产品升级，进一步提高产品附加值，LILY品牌在广交会立于不败，订单不减反增。

随着国外客商对LILY整个系列的认同，提供这个品牌整个系列样衣进行市场宣传和推销的要求也随之而来。“广交会促使公司在品牌产品的经营许可、加盟代理等问题上进一步研究，迅速建立起一套国外客商代理、加盟的谈判体系与制度。”回顾企业发展，上海丝绸集团股份有限公司董事长徐伟民，把广交会对他们的又一次促动、影响这样坦言相告。他强调：“广交会伴随了每个外贸公司的成长，凝结了国家对企业的关怀和支持。”

让我们继续浏览这座城市。上海顶新箱包有限公司，是在20世纪最后一届广交会获得半个展位，虽然展位并不起眼，但就是这半个，使这家企业签下50万美元的订单。对一家刚刚起步的企业来说，这无疑成为生产的风向标、前行的导向仪。由此，公司迅速调整战略，正式踏上了全球战略之旅。

“通过广交会，我们的客户如滚雪球般越滚越大，出口额成倍增长，企业飞速发展。”公司总经理王向军兴奋地描述，“广交会不仅令我们的企业从小变大，而且也促成了我们经营思路和发展战略的改变，即由单纯的接单销售转变为品牌经营，而这个转变正是我们能够在激烈的竞争中立于不败之地，并且越来越强盛的关键，是我们活力的源泉。”

现在，顶新公司已经发展到拥有4万平方米厂房、20条生产线、1100多名技术工人的规模。

越回顾，王向军对广交会的引领、导向越是充满感怀：“感谢广交会，它为我们提供了一条走向国际市场最有效、最便捷的路径。广交会让我们的事业更加精彩。”

这精彩，正如该公司那句广告词：顶新箱包，拉动世界的精彩。

3 从30年前一家亏空企业，到如今跨入世界500强，海尔集团总裁张瑞敏感慨："我们是依托广交会发展壮大的。"巨人肩膀上产生巨人，历史在升华。

这是饶有意味的历史演绎：如今已进入世界500强的海尔集团，是1984年在亏空147万元、整个生产陷入停顿的青岛电冰箱总厂基础上建立的。当年35岁的张瑞敏以青岛家电公司副经理的身份接手这个烫手山芋时，治厂从制定"不准在车间大小便"的规定起步。

迅速起步的海尔，不到两年时间，在国内冰箱市场供不应求的情况下，便以创名牌为战略目标把目光瞄准了广交会。1986年他们委托专业外贸机构参展，获得只有一张桌子的小摊位，张瑞敏一布一木参加布展，面对这一张桌子的小摊，他心中开始放飞理想。从此一届不落，海尔集团如今参展已是超过500平方米展位的"海尔馆"。张瑞敏感慨："从当初的一个展位，到今天的海尔馆，广交会是我们进军海外市场的最佳贸易平台，我们是依托广交会发展壮大的。"他满口表达："再忙也要参加广交会。"

果然，2001年4月第89届广交会，作为海尔集团首席执行官的张瑞敏，乘公务专机前来参展。他包了海南航空公司的专机，辗转青岛—巴基斯坦—孟加拉国参加国际商务活动后，在忙得不可开交中，闪亮登场，成为广交会历史上首个乘包机前来的参展商。张瑞敏向采访他的记者感怀地说："我们对广交会一向很重视。我们的海外战略就是从这里开始实施的，当年许多'老外'从这扇窗口慢慢认识我们。去年秋天，我们在广交会上做了近5亿美元的生意，是国内家电业成交额最多的企业之一。广交会真实地记录了海尔集团开拓国际市场创世界名牌的发展历程。"

循着张瑞敏的话，我们看看海尔如何依托广交会发展的轨迹：

广交会历来讲究质量取胜。当年青岛电冰箱总厂从引进德国利勃海尔电冰箱生产技术而成立，就在"琴岛—利勃海尔"冰箱销售势头喜人之

第99届广交会上的“海尔”特装布展

时，一位用户带着刚买的却有一道划痕的冰箱到厂里要求换货。在换货的过程中，工人们发现仓库里共有76台冰箱存在各种各样的缺陷。张瑞敏一听心想：今天容忍了这76台，明天就会有人生产出760台这样的产品来。冒着风险，他当即决定全部砸掉这些冰箱，并抡起大锤亲手砸下第一锤。“从我做起，提高产品质量”从此成为海尔人的至高追求。两年后，海尔参加广交会；3年后，张瑞敏带领海尔人荣获了中国冰箱行业的第一块国家质量金奖。

2003年10月第94届广交会，海尔集团推出了分别代表高科技和新领域趋势的11大类30个系列116个型号的高新技术产品群。

第98届广交会，海尔集团已占据家电区最佳位置，500多平方米的展区汇集海尔适销全球100多个国家的260多种新产品。一系列产品成为本届广交会最瞩目的明星产品，来自美国、英国、中东等国家和地区的外商竞相订购。

第101届广交会，海尔集团携欧亚美高端冰箱精彩亮相，借力广交会进驻欧美主流渠道。

乘势而进，2010年4月第107届广交会开展当日，海尔绿色高端家电产品登场即受追捧，“超级空间法式冰箱”收到来自多个国家客商的订单，其中包括德国、美国等传统高端冰箱的输出国。海尔高端冰箱在广交会上首次掀起一股“逆向”出口热潮，折射出中国家电企业整体实力和国际地位全面提升，海尔冰箱由此完成从销售全球化到生产、研发全球化，再到品牌全球化的跨越。

随着中国加入WTO，随着迎接全球金融危机的挑战，海尔国际化战略大步迈进。“既然要‘与狼共舞’，你就必须成为‘狼’。几年实践证明，广交会在这方面可以帮上我们很大的忙。”张瑞敏再次如此感慨。

进入互联网时代，海尔通过解决方案和管理模式的破坏性创新，与用户进行设计、生产、服务全流程交互，为用户量身定制个性化的智能家居体验和引领美好生活解决方案，以开放平台模式，整合全球一流资源，构建创新生态圈和商业生态圈。

2012年10月，第112届广交会上，海尔以一部手机就可掌控红酒储存信息的高端酒柜展现物联网创意，并在微博上启动“中国好创意”征集活动，成为本届广交会的“亮点”。2013年4月第113届广交会后，海尔与阿里巴巴合作，共建网络物流平台，一时与广交会平台形成了有意味的竞争。

海尔市场部一位负责人表示：“海尔通过广交会完美实现了走出去，走出去之后，现在海尔正在‘走上去’。”

“走上去”说明：从最初为了生存推销、出口发展，到创立世界名牌、创意未来，广交会不仅是海尔进军海外市场的最佳贸易平台，它更是站在广交会巨人肩膀上，创新超越，成为巨人。

人们发现，尽管张瑞敏公开表达过“再忙也要参加广交会”，但从2002年开始，在广交会上越来越少见到他的身影。“海尔已经建立一个自主的海外贸易渠道，但公司依然会参加每年的广交会，一是出口成交，二是交一些新朋友，三是展示形象。”海尔出口部的一位负责人这样透露。

对于海尔集团而言，参加广交会已不再是其出口的主要目的。巨人肩膀上产生了巨人：历史在升华。

此又是后话。

第六章

改革华章

这是中国改革开放又一个新起始。

2013年11月，党的十八届三中全会召开，为全面深化改革吹响号角："经济体制改革是全面深化改革的重点，核心问题是处理好政府和市场的关系，使市场在资源配置中起决定性作用和更好发挥政府作用。"

在人类历史长河中，有一个不竭动力，就是改革。从这个意义上说，人类文明史也是一部改革史。

19世纪晚期，法国考古学家在两河流域南部发现珍贵的楔形文泥版文书，其中两个椭圆形泥版记载了一个重大事件：4300年前（公元前23世纪），苏美尔城邦拉伽什在乌鲁卡基那当政期间，推行了一场深刻的社会、经济改革。这是人类历史有文字记载的首次改革。

《易》曰："革去故也，鼎取新也。"从商鞅变法，到被列宁称赞为"中国十一世纪的改革家"的王安石，改革在中国历史长河中波翻浪涌。

广交会以开放立身，循改革发展，高扬改革旗帜，不断创新局面，铸写华章。

壹

改革天地宽

1 这一字之增，却是广交会迄今历史上最重要的一次改革，从第101届起，广交会正式更名为“中国进出口商品交易会”。改革辉煌，华丽新局；敞向世界，迈步新程。

第101届广交会正式更名为“中国进出口商品交易会”前，在北京召开的专题新闻发布会上，商务部副部长高虎城就这一增加的“进”字，庄重指出：增加进口功能表达了中国政府积极推进中国经济融入全球化进程的态度，表达了中国政府积极改善贸易平衡的决心。

高虎城还特别指出：这是迄今为止广交会发展历史上最重要的一次改革。这一变化符合国际展览业的发展规律，将进一步丰富广交会的内容，扩大广交会的影响，提高广交会的国际化程度，有利于更好地借鉴国际先进经验，提高办展水平。

顺应潮流，加快改革，广交会这一华丽扩容表明：中外企业能够在广交会实现共同发展，合作共赢。

第101届广交会首次举办的进口展全部安排在琶洲展馆21号馆，

展览面积1万余平方米，标准展位629个，参加进口展的有来自36个国家和地区的314家企业，包括6个最不发达国家的7家企业。这是一个有意思的开始：广交会的世界平台意义和作用，日益显现；更加开放，有利世界；深化改革，顺应世界潮流。巨人的肩膀，挑起世界重担，希望的孵化器，为世界带来新的希望。

人们还特别注意到，来自美国、德国等国的出口商首次与会。在中国人购买汽车进入大众化时代，进口展区的豪华轿车占据了最显眼的中央位置，德国大众的“甲壳虫”、奥迪A8W12等，不少是刚刚投入市场的车型。开馆才3个小时，就有10多位中国采购商团团围住美国华盛顿客商南茜·易，与她洽谈进口业务。南茜·易一边整理中国采购商留下的名片，一边兴奋地介绍，她的公司是一家以开发海洋生物为主的保健品公司，这次参加广交会的主要目的就是在中国寻找经销商。她肯定地说：“现在，越来越多的中国人开始认识到保健品的价值。”她对客户很有信心。

尽管中国进口不断扩大，但出口增长更为迅猛，2006年贸易顺差达创纪录的1775亿美元。中国正受到欧美贸易伙伴特别是美国的巨大压力。因此，从一开始，广交会就有意识特别邀请与中国贸易顺差较大的国家出口商来参展。进口展区的招展工作借鉴国际展会通行的招展方式，实行市场化运作，采取委托代理招展和企业直接报名参展相结合，分别与国内外11家机构签订了本届进口展区招展代理协议，并鼓励境外企业直接向外贸中心报名申请参展。

进口带来的变化，远不只是简单的商品进入，更是经济交流与生活方式，包括观念与思维的交流与碰撞。

本届广交会对保护进口展区的知识产权予以特别重视，会前就专门制订了《进口展区保护知识产权工作预案》，要求所有参展商与组展单位签订保证不侵犯知识产权的承诺书，加强巡查，对相关投诉进行重点查处。同时修订了《广交会涉嫌侵犯知识产权的投诉及处理办法》，明确各参展企业的参展责任，向各交易团、商会、协会下发了列入广交会知识产权“黑名单”的展品目录，尽量将侵权行为消灭在萌芽状态。

在开放中提升，在改革中进步，广交会这一个“进”字，是上进，是广进，是扩大开放、深化改革的大步迈进。改革辉煌，华丽新局；敞向世界，迈步新程。

2

在走向世界中学习世界，在不断改革中促进发展，从改善导向系统到对境外“客商”改称“采购商”，广交会与国际展会通行做法不断接轨。

数字是符号，是秩序，是容量，体现着内容与变化、趋势与发展。广交会是数字的集成，会展届数、展位数量、参展人数、成交数额，无不在数字中体现变化与趋势。

这是广交会又一次有意义的数字变化。

1993年10月的第74届广交会，所有参展客商手持的展位票，面目焕然一新：数字、编号的标示形式变了，馆号、楼层、通道都有了，整个展馆的导向系统，以全新面貌展现在人们面前。

这截然不同的一个变化，是广交会着力改善的导向系统。这一改，改变了几十年的老传统。

按传统的方式，广交会展位编号，一直是从头至尾，一个个往后排队，抽号多少就是多少。但问题出现了。每个展馆的位置是有限的，你的号是150号，在该展馆的最后一个，且在顶层。可151号，又到了另一个展馆，而且是首层。首层当然比顶层好，省很多事，来谈交易、观看的人也多。于是，150号就有意见了：我不是排在前面吗？怎么还不如后面的位置好？尤其是，这号数成百上千，一个展馆到底是多少号止，下一个馆又从多少号排起，虽然有标图张贴在门口，但要一个个去找，有时一头雾水。纠纷往往就这样发生了。头一次来参展的客商，还以为是欺生呢。而抽到幸运号的贸易团，则会开瓶饮酒庆幸一番。

围绕这导向系统，客商们提出意见，反应强烈。但约定俗成，游戏规则已施行多年，就这么习惯了，成自然了。

改革势在必行。随着时间推移，广交会人不断走出国门，他们目标明确，去有影响的国际展会，学习、考察、借鉴，提升自己，改革发展。

说起这出国考察学习，曾任外贸中心副总经理的崔俊洪感受多多：“改变导向系统，我们一直在酝酿，一直在找更好的方式。但怎么改，人家是什么样子的，与国际怎么接轨，心中确实没有底。到了国外，特别是看了法兰克福的展会，让我们大开眼界。我特别注意到他们的导向系统，编号形式，馆号、楼层、方位，数字加字母，一清二楚。这给我们很大启发。真是不看不知道，一看吓一跳，差距感受到了。广交会本来就是对外开放的，走出去学习、借鉴，是题中之意，改革也有了参照，心中有数。”

在走出国门考察不同国家的各种展会、展馆中，广交会人有了比较和参考。改变编号形式，改善导向系统，学习他人长处，适应形势发展，成了重要的行动开始。

提起这变化，广交会人清楚，真改变了，也有人不适应，有过不同意见。作为规则，沿袭多年了嘛。但变化已经开始，哪怕一朵小浪花，也让人们刮目相看。突破习以为常的规则，正是从改变开始。

这开始，体现出新思维，有了现代展会的强烈意识。客商方便了，效率提高了，赢得更多赞赏。如今，在琶洲展馆，展馆区分、展位序列、导向标示，整个系统简明清晰，符合国际惯例，加上网络查询、图例指引，一个现代文明展馆的全新形象，跃然眼前。

与国际展会接轨，对广交会如此庞大的机构与历史形成的国家级展会，改革必然是个渐进过程，是点点滴滴的积累。一个数字变化，一个名词吸收，需要相应程序，需要观念推动，需要持续行动。2003年第94届广交会，又有新变化。从本届开始，采用国际展会的通行做法，将“客商”“海外来宾”的称呼改为“采购商”，将“来宾证”改为“采购证”。

一词之变，一证之改，历史意味扑面而来。

广交会参展客商胸前佩戴的标志，曾几何时，被他们视为身份的象征，视为人生经历的珍品。那时，能参展广交会不是每个人都有的荣耀。早年，广交会客商胸前佩戴的是一纸粉红色的“鱼尾条”。这张小纸条，还曾有过土红色、粉红色的变化，标上姓名、编号和参展行业名称，下端被剪成一个鱼尾形状，故被这样形象称呼。后来纸条改为鱼尾形缎质来宾条，1990年第68届广交会时才改为国际通用的贴有本人照片的胸卡式来宾证。无论纸质、缎质、胸卡，别在胸前，都令客商们兴奋不已。许多客商此后珍藏，在经意与不经意中向人出示，引以为豪。“老广交”回忆，广交会还曾有过专门的纪念章，采用别针佩戴。据说有一次，工作人员给一位外国元首佩戴时，好久没有佩戴上去，此后又改用孔针。

细节就是这样具有意味，是真实，是历史。它的变化，更是生活轨迹，时代踪影。

当今天我们习以为常广交会采购商们胸前的佩戴，并不在意一个称谓、一张证照的形状时，实际上，却是广交会穿越历史的无声变革，融入世界与国际展会通行做法的不断接轨。

悄然变化，裹挟风雷。

3 一个重大改革裹挟风雷继起，这就是16字方针的组展改革方案，经过3届试行确定，不断调整完善沿用至今。广交会改革在向突出发挥市场作用中深化。

生活轨迹的变化，是时代变革的前行，在探索中提升。

一次裹挟风雷的变革，一个触及外贸体制改革的重大举措果断推出，这就是被称为16字方针的“省市组团、商会组馆、馆团结合、行业布展”组展改革。

1992年邓小平南方谈话，掀起又一次改革大潮，外经贸领域改革不断深化，外贸行业的垄断逐步被打破。一手抓成交，一手抓改革，成为这一年起广交会的显著特征，广交会沿袭了几十年的由外贸总公司组团组展的方式，成为改革攻坚重点。经国务院批准，广交会改革试点方案出台，1993年4月第73届广交会，试行由外贸总公司组团改为省市组团，按团设馆，并放宽了企业参展条件。

改革从来不是一帆风顺的。试行的按团设馆，是由各交易团分别设置综合商品馆，但这一做法带来明显问题：布展缺乏整体性，重复无序，不仅加剧了恶性竞争，更不利于外商选购和洽谈，本来就已紧张的展位更加紧缺，行业协调困难，影响了广交会的整体效果。

要不要改革？改革如何推进？面对全国各行企业纷纷获得外贸经营权，外贸出口渠道多元化，全国各地各种“小交会”风起云涌，甚至还出现了“广交会还要不要办下去”的怀疑。

这与其说是怀疑，不如说是广交会改革裹挟风雷，面临十字路口。

1994年4月第75届广交会，国务院副总理李岚清在外经贸部部长吴仪陪同下视察广交会并作重要讲话。李岚清肯定了广交会的改革，认为经过几届改革，引进了竞争机制，这是与过去的明显区别。他坚定地说：广交会要长期办下去，但要越办越好，不断总结经验，不断改革提高。

一颗定心丸，一个主基调：长期办下去，不断改革提高。

广交会人充满信心，广交会改革坚定向前。

面对新问题，外经贸部派员前来调研，组织专题座谈会，就组展方案广泛听取省市、商会、企业等各方面意见，最后形成了“省市组团、商会组馆、馆团结合、行业布展”的16字组展方针。

这16字方针，与第73届开始试行的“省市组团、按团设馆”8字做法相比，是重大改进与提高：具体明确了组团单位各地外经贸委（局）、组馆单位商会以及承办单位中国对外贸易中心的主要职责，清晰了行业馆、商品展区设置，摊位分配、参展单位资格审查办法；内涵比试行的8字做法丰富、具体，明确了组团主体、组馆职责，规定了不同分工、界限与约束。特别是参照国际惯例，按商品类别设置展馆区，能集中展示名优新特和高科技商品，有利于提高广交会整体水平和档次，也方便客商采购，促进了管理与协调。

16字改革方针的实施，受到各方称赞，国内外人士普通认为广交会改革的路子走对了，希望这种组展方式坚持下去。

改革是走前人没有走过的路子，既要勇气，也要智慧，还需要坚持。16字方针所包含的内容随着形势的变化在不断调整完善。2008年10月第104届，16字又调整为“宏观指导、地方组团、行业协调、专业办展”新的组展体制，这进一步推动了广交会提升服务水平，与世界先进展览业接轨。

改革牵一发动全身。外贸人都明白，这次改革最大的突破，是更好发挥市场作用，打破了长期以来的外贸专业总公司组团特权。这在我国外贸体制和政府主导型展会的改革进程中，是浓墨重彩的一笔。

“广交会的改革是难能可贵的，值得大书特书的。这并不完全因为其改革的成功，还因为其改革的勇气”，“‘追求完美，止于至善’的精神”。商务部国际贸易经济合作研究院副院长兼中国会展经济研究中心主任、中国会展研究会常务副会长沈丹阳，这位从1986年起以多种不同身份，近30年不间断地参与过广交会的各种相关工作，从多个不同视角目睹了广交会发展历程的见证者，曾这样行文阐述。

迈向市场，广交会改革在深化中发展；不断追求，广交会以更大的改革勇气谋划新篇。

贰

抓住决定性因素

1 这是一次凝聚勇气与智慧的锐意改革：以时间换空间——广交会分期举办，与时间赛跑，与空间争雄。

以邓小平视察南方和中共十四大为标志，中国改革开放事业步入新的历史时期，这就是社会主义市场经济趋向的体制改革，社会主义市场经济的确立。

随着这一历史跨越，中国对外贸易迅猛发展，外贸经营权下放，企业外贸经营遍地开花。巨大的市场需求，对广交会是机遇，更是挑战。尽管广交会是全国最大外贸出口平台，但面对蓬勃发展的企业出口渴望，展位总是不足，竞争日趋明显。

怎么办？向哪里找展位？往何处要空间？

时间已经固定，会期不可无限；空间总是有限，巧妇难为无米之炊。

改革是时代大潮，改革是发展动力。广交会人心里清楚，唯有改革才是出路；广交会人下定决心，以改革突围，向改革要生机。

目光盯向展期。

广交会展期已几经变化。1982年4月第51届广交会时，外贸部提出对广交会进行缩短展期、缩小规模的改革，即两届会期均由以往的一个月缩短为20天，每个交易团一年只参加一次广交会。

回顾历史，可以看到，在全国各行业发展变化中，外贸系统的变化调整是最为频繁的，也是变革最繁杂的之一。这是中国地域广阔、地区经济发展不平衡，对外贸易工作繁杂的内因造成，也是中国经济走向世界步伐日益加快、世界经济对中国经济影响广泛深刻的外因所致。随着改革开放发展，全国对外贸易渠道越来越多，在国外设立外贸机构、派小组出国推销出现蓬勃局面，举办专业小型交易会，1976年才14个，1981年增加到24个。而广交会展馆条件和地方接待环境依然有限，就出现了1982年这一首次尝试的缩短会期、缩小规模改革。

这一改革引起不同反响。由于规模缩小，广交会到会客商大大减少，随之广州市的宾馆、饮食行业营业额也显著下降，参展的企业普遍赞成缩短会期，但不赞成缩小规模。在内外一致要求下，经国务院批准，从第52届起，广交会又恢复各交易团都参加的、一年两届的综合性模式，但时间仍为20天。

改革没有平坦的道路，改革总是摸索与探寻。这次改革结果证明，缩短会期是可行的，而缩小规模则适得其反。改革是为了获得最佳方案，广交会缩短会期和扩大规模的改革不断交替进行。

1989年4月第65届起，广交会会期由20天缩短为15天。1993年4月第73届，会期缩短为10天。但仅此一届，第74届起又恢复为15天。2000年4月第87届起，会期由15天缩短为12天。

几经调整变化，探索改革成果明显。但随着形势发展，特别是2001年我国加入WTO，越来越多的中国企业欲走出国门，参与国际竞争，虽然广交会被绝大多数国内企业视为开拓国际市场最经济、最便捷的舞台，但展位供不应求仍将许多企业挡在大门之外。

广交会展位巨大的供求矛盾催生了展位倒卖市场，且愈演愈烈，2万多元

第91届广交会分期举办后，客商下单的速度明显加快

的展位一度被炒卖到了30万元，引起社会关注。综合性一直是广交会的突出特点，但综观国际上品牌展会，无一不是专业化办展。综合性展会大多是经济发展早期阶段的产物，随着经济发展，综合展都实现了向专业化方向转变。显然，表面的供需矛盾，反映的是深层的发展挑战：如何适应国际专业化办展趋势，如何顺应市场化时代要求？

创新改革的激情心中奔涌，分期举办的动议浮出水面：抓住机遇，展馆扩容，以时间换空间。

但顾虑也相随而来。“分期以后失去了综合展的特点，时间会分割为两段，还叫不叫中国出口商品交易会？这个已经沿袭了45年的综合展，海外采购商能否在同一时期采购到所需商品？分期还面临短时期内撤换展，我们能否按时保质保量完成大量撤换展技术工作？除了这些担心和顾虑外，还有一些曾经同我共事的好友提醒我：‘这次改革成功了倒罢，如果万一有个闪失，这45年的牌子砸在你手里，可不是小事。’”中国对外贸易中心原主任、担任多届广交会秘书长的胡楚生，回忆当年亲历的这场分期改革，对自己面临的压力这样追述。

既然认准，就没有回头路。“我们派出7个招商宣传小组分赴世界各地，广泛深入宣传展期及展区设置的调整变化情况。与此同时，我们内部精心组织筹划在4个工作日内有秩序地快速撤换展，成立现场指挥部统一指挥日夜作战，保证换展成功。这些想法最后得到了原外经贸部领导的支持和肯定。”回首这场改革，胡楚生心有欣慰，“由于有了领导支持信任和大家齐心协力，第91届广交会分期后展位增加了一倍，由第90届的8100个增加到15600个，参展企业由4769家增加到8307家，成交额由133.6亿美元增加到168.5亿美元。分期办展改革取得了成功。”

锐意改革，功成一举。

回顾这奋力一举，同样亲历了这个艰辛过程的中国对外贸易中心副主任、任多届广交会副秘书长的慕新海这样说道：“分期改革对广交会的承办单位中国对外贸易中心来讲，既是一次机遇，更是一大挑战。最大的挑战就在于：在短短四天半内，要完成7000多展位的撤展和另7000多展位的布展，来得及吗？外贸中心经上下认真讨论，一致认为，背水一战，可以圆满完成任务，不负全国外贸企业的众望。”事后果然如此，通过周密部署，制定精确到小时的详细撤换展时间表，明确职责，成立了坚强的现场服务指挥部，统一指挥，协同作战，换展成功了！中国对外贸易中心在108个小时内实现了原来两个广交会规模的撤换展重任。“在这108个小时内发生了许多惊心动魄的故事，恐怕连战斗在第一线的中心员工自己也无法一一细数。”慕新海感慨不已。

故事无法细数，但第91届的分期改革，在慕新海心中，作为“广交会发展史上的一个重要里程碑”而意义重大。

与时间赛跑，与空间争雄。这一改革不仅使广交会始终处于紧缺的展位数扩大了一倍，而且符合国际惯例，使广交会既保持了综合展的传统优势，又适应了专业展的发展趋势，受到广泛称赞。

2008年10月第104届广交会，展期再次变化，由1届两期调整为1届3期，每期展览时间由6天缩短为5天，撤换展时间为4天，3期都在琶洲展馆进行，流花展馆不再使用。通过拆分3期，扩大规模，更多的企业获得参展机会，并根据海外采购商的习惯和国际展会的通常做法，按采购目标和展品用途重新设置展区，与国际展览展区分类接轨，进一步提高专业化水平。

改革如潮，激情奔涌，广交会勇往前行。

2

瞄准市场，明确定位，深化体制改革，强化服务职能，政府主导与市场作用相结合，广交会迈向市场化的脚步越来越有力。

广交会整体搬至琶洲，会展改为3期，展馆、展位规模空前扩大，环境条件走向世界一流。但这并不意味着广交会从此可以高枕无忧，相反，它的改革更为迫切，导向责任更加重大。

随着中国加入WTO，随着中国成为世界第二大经济体，随着经济体制改革成为全面深化改革的重点，广交会如何在坚持国家外经贸政策导向，强调优化参展企业和参展商品结构，注重商品的相关性和发展前途，体现市场调节关键作用等方面更为重要具体。改革不断深化是时代要求，也是广交会自身发展提升的不二选择。

市场是竞争，是选择，也是自由发挥，更需规则引导。

广交会是典型的“政府主导型”展会，注重市场、讲求实效、适应潮流、促进发展，就是改革的必然方向。

从1997年秋交会起，广交会实行展位分类管理，设立保证性展位、招展展位和分配性展位。实行展位分类管理，对推动广交会优化出口商品结构、培育名牌出口商品产生了积极的推动作用。第99届广交会首次推出具体量化的分配性和招展性展位申请与安排标准，这是推进改革的又一举措，适应了中国外贸企业结构越来越多元化，生产企业、合资企业和民营企业异军突起的趋势。2005年，广交会又修订企业参展资质标准规定，进一步优化参展企业结构和参展商品结构。

2008年8月，“广交会改革暨第104届筹备工作会议”在大连举行，受到国内外广泛关注的广交会改革方案浮出水面，政府简政放权，推动广交会适应市场发展是最为突出的内容。

商务部作为主办单位不再参与展位分配，主要负责审定广交会中长期发展规划及相关制度，指导各方开展工作。展位分配权下放给地方，由地方商务主管部门安排本地区企业参展。广州外贸中心作为广交会承办单位主要负责制定广交会发展的中长期规划，实施办展方案，负责营销推广、展会服务和信息发布等具体工作。

与此同时，商务部制定并对外发布了《中国进出口商品交易会出口展品牌展位数量安排办法》等4个管理办法，统一标准、规范操作，建立制度性安排，以切实体现公平、公正、公开的宗旨，提高展位安排和使用的透明度，形成各方共同参与监督的有效机制。

这一改革，有力提升了对出口商品结构调整的引导、示范和展示作用，通过扩大高新技术、高附加值和品牌系列产品的参展规模，调整压缩传统不需看样成交或低附加值产品的参展规模，具体业务清晰。这次改革在与上级主管部门密切配合、不断优化管理服务上，使展会运作体制改革向市场化纵深发展。

面向市场，改革不止。从这一轨迹，我们可以清晰看出，从创办到现在，半个多世纪，广交会伴随中国政治、经济、社会变化，曾披上强烈政治色彩，打下深刻历史烙印。如今，它的国家形象工程色彩渐淡，迈向市场的脚步却更坚定有力。

3 理顺千头万绪，结合计划与市场，忍痛割爱中坚持，焦灼煎熬中导向，处理“馆外馆”的阵痛新生，折射广交会改革的坚定决心与前瞻目光。

使用过GPS导向仪的人都有感受，确定目标，手指一点，便可放心前行。然而，现实生活的导向，企业发展的引领，却远不是这样一指完成的。生活不是程序预设，企业发展更难电脑控制，广交会为企业转型导航、产品升级指向，是在千头万绪中理顺关系，结合着计划与市场逐步推行，有时甚至要忍痛割爱，饱受诟病。广交会处理“馆外馆”的一波三折，可以窥见一斑。

“九五”期间，广交会展位从第78届的4528个增加到第88届的7503个，增长近66%。然而，相对于全国16万家“三资”企业、3万多家拥有外贸自主权的生产企业和1万余家各类外贸公司的需求而言，这仍是杯水车薪。

炒卖展位现象因此屡禁不止。在利益驱动下，在出口刺激下，当年流花路广交会馆四周的“馆外馆”见缝插针，展位炒作蔚然成风。而馆内一些订单不理想的企业，竟也拿出正规展位加入炒作行列，展位轮番被炒，像一些工程转包一样，几经转手，一个9平方米的标准展位最高炒至30余万元。到上世纪90年代末、本世纪初，“馆外馆”达到巅峰状态，第89届时的“馆外馆”面积竟首次超过展馆内面积。

面对“馆外馆”，有人欢喜有人愁。欢喜者当然是千方百计搞起“馆外馆”的既得利益者，包括不惜代价弄到馆外展位虽本大利更大的出口商们。但愁的是“正道者”们，市场管理者们，更是广交会的主办者们。那混乱秩序，无序交易，竞相压价，扰乱的不只是广交会交易，还有国家级展会形象，包括中国外贸发展的路径与方向。

媒体批评报道针锋相对，直言广交会成了“国家级大排档”。

如何看待“馆外馆”？怎样处理“馆外馆”？

挖潜增位，竭尽全力，但不解渴。整治“馆外馆”，打击“馆外馆”，但野火烧不尽，春风吹又生。

出现“馆外馆”、炒作展位，也许并不只是广交会现象，却是广交会最大的“成长烦恼”之一，深蕴着计划经济与市场经济的矛盾纠结。这同样是中国社会主义市场经济的“成长烦恼”。这“烦恼”还有另一面：“馆外馆”的开设，不只是为谋利的个别人、个别企业，还有行业商会出面组织更大的馆，掀起更大的阵势，还名曰“发展对外贸易”，“适应市场经济”。

乍一听，这不无道理；细一想，这也能说得过去。谁能对“馆外馆”的巨大商机视而不见，谁不懂得市场经济需要自由竞争？将“馆外馆”撤去，似有无视市场需求之嫌；不予制止，“馆外馆”身份不明，扰乱市场。

何去何从？

考验充满煎熬，行动需要理智。在煎熬中改革，在理智中应对。

早在1980年10月第48届交易会上，广交会就根据国务院“不允许会外交易”的指示精神，制定了相关若干规定。

1996年10月第80届广交会举办前，广州市政府专门下发了《关于清理交易会会外展场的通知》，并成立了会外展场清理小组，清理、取缔临时搭建展场、露天展场和街边摊档，开始了地方政府参与的整治行动。

2000年3月，外经贸部印发《关于今后三年进一步改革和完善广交会的若干意见》，明确指出：展位分配面向多元化经营主体，打破参展资格终身制，对倒卖展位的企业，一经查实，取消其参加广交会资格两年，并数倍扣罚所在交易团分配展位数。从此，打击、治理与引导、保证、鼓励，多管齐下。

2001年4月，第89届广交会期间，外经贸部发展司在1号馆8号会议室召集北京、上海、吉林、甘肃、广东等11个交易团代表举行座谈，就如何完善广交会摊位分配办法、组展模式，摊位实行招标的可行性等共商改革大计，对广交会兼顾向精品展过渡和一般性商品参展问题出谋划策。

兼顾与过渡，正是问题症结，然而却是两难选择。

广交会创办之初，我国出口商品以新小为主，农副产品居多。随着发展，品牌、机电、高新技术、高附加值产品出现，但并不成为主导。而作为国家级展会，这是必须培育的，坚定引导发展的。近年来，为了给信息产品、家用电器、生物技术产品、医疗设备等高附加值、高技术含量产品腾地方，广交会先是忍痛割爱草柳，之后又苦心压缩陶瓷。广交会深知这些消费性很强的传统商品很有国际市场需求，更了解现阶段这类劳动密集型产品关涉我国广大农村剩余劳动力的生计问题。因此，每一次馆内压缩都会促成以经营特艺、陶瓷为主的“馆外馆”热卖。但是，长痛不如短痛，广交会唯有忍痛割爱眼前利益，让大路货走开，才能提升档次品质，力促企业转型升级。

细究下去，还会发现，空间有限是直接原因，现行展位分配制度的不合理，是更深层原因。广交会摊位，一直沿用行政手段分配，由大会分给各省市，再由各地分摊，条件是企业的进出口实绩和经营规模等等。但在实际中，往往造成拿得到摊位的不一定需要，需要的企业却又拿不到摊位的现象。

物以稀为贵。巨大供求矛盾留给广交会的，不只是压力，同时还有百里挑一，精选参展商的权力。权力往哪里用？“九五”以来，广交会又添了一个考察指标：效益。效益，优化我国出口商品结构导向的作用耀人眼前。

既然是导向，就有超前性，理想与现实总有一定距离。如果成交和导向相撞，当然导向优先。本世纪初，经济改革发展中还有一个流行词叫“抓大放小”，这或许是兼顾的又一内涵。

中国外贸出口由数量增长型变为质量增长型，中国从贸易大国变为贸易强国，本非一日之功。广交会见证了中国经济结构和增长方式的转变，也与国家一同分担着转变带来的焦灼与阵痛。也正是在这一过程中，广交会开始了从“国家级大排档”向国际精品博览会的升华。

改革，在焦灼与煎熬中奋进，在执着与阵痛中新生，兼顾与过渡，成为一种智慧。这智慧，是应对挑战捕获机遇，以坚定目标展示前瞻。

如今，即使搬迁到了琶洲馆，展馆面积排世界第一，广交会展位供需矛盾仍然存在。要知道，“世界制造工厂”有多少企业想向世界推销自己的产品，有多少期待在广交会这个市场成为现实？无疑，广交会摊位分配机制不可能不是敏感问题。近年来，广交会每年都在压缩行政性分配摊位指标，扩大招展摊位和保证摊位的比例。改革，为的是导向，为的是发展，为的是市场，为的是明天。

明天，新方案在启动，新改革在到来。

叁 转型向升级

1

品牌是产品综合品质的体现和代表，是低附加值不断向高附加值两端延伸的“微笑”。广交会坚定不移引导品牌参展，力求助推中国品牌在走向世界中笑得更好。

如果一个产品摆在展区，顾客三过家门而不入，或者被人熟视无睹，又或者顾客一来就大砍其价，那是什么产品？货主心中是什么滋味？当这一产品突然变身，在琳琅满目的展品群中抢人眼球，或者顾客流连忘返，又或者价格由货主说一不二，那产品给人又是什么感觉？货主心中又是什么滋味？

这就是一般产品和品牌的区别，是品牌的价值，品牌的魅力。

主营树脂工艺品的纽威（厦门）轻工有限公司，就经历了这样一个从一般产品到品牌的过程，而这个过程是参加广交会10年的一个华丽转身。公司总经理蔡泉云介绍，该公司第一次参加广交会是上世纪90年代初，那时他们的参展产品，与相邻为伴的大多展品一样，清一色标准货架，样品堆在一起，一看就像地摊货。“在这样的情形下，我们仅仅是以国际低端市场产品的中国生产工艺品厂的形象出现，接触的是来自发展中国家的低端礼品进口商。”不用说，这心中的滋味不好受。

纽威公司坐不住了。但如何改变？从哪里奋起直追？“从第90届开始，广交会出现了全新的面貌，规划出特装展区和名优特展区。”蔡泉云说，“广交会的改革也给我们的发展带来了一个转折性的契机。”这让他们转型，知耻而后勇，被逼奋起向品牌拼搏。几年工夫，纽威公司“从中国生产的低端工艺品厂的队伍中脱颖而出，开始从货架式的展示转向以企业品牌形象的设计展示”。又是几年卧薪尝胆，“第95届广交会全面启用新馆，并首次设立了品牌展区。广交会的形象和规格有了历史性的提升，我们也有幸进入了品牌展区，完全以品牌形象为中心设计点进行企业形象展示。”紧接着，纽威公司代表行业参加“英国2004年中国名牌欧洲展”，并在2005年2月入选“2005—2006年度商务部重点培育和发展的出口名牌”。

这时候，蔡泉云的心里是什么感觉呢？他开怀一笑：“已从被客商选择的角色转向选择客户的角色，从与客商讨价还价地销售产品转向今天由我们定价销售，从无品牌生产到贴牌生产再到开始以自己的品牌生产销售，并授予一些发展中国家经销商代理权。”

味道真是好极了。这是品牌的滋味，这是广交会改革力抓的导向口味：通过品牌优化外贸结构，通过品牌引导企业生产转型升级，通过品牌引领“中国制造”迈向“中国创造”。

对品牌的展示与导向，是广交会从举办之日起的努力方向，只是限于历史条件，在一个时期内难以尽如人意。自第82届起，广交会将摊位细分为保证性、保持性、分配和招展摊位4类进行管理。其中保证性摊位专门用于培养有志于在国际市场创立中国名牌的企业。也是从这届起，广交会保证性展位逐届增多，第88届保证性摊位已达447.5个，外经贸部所列的“重点支持和发展的名牌出口商品”尽在其中。

曾任广交会新闻发言人的中国对外贸易中心副主任刘建军对此有这样的解释："优化外贸结构是一个品牌战略，期望通过这样的方式倒逼企业不断创新，不断提高外贸出口的竞争力。"

倒逼，是一种策略，是改革深化的创新路径，是更具推动意义上的导向，对企业转型、产品升级有着深远的影响和指导意义。

广西玉柴机器股份有限公司海外事业部钟晓军回顾他们的品牌之路，这样说："作为自主品牌，玉柴发动机销量在国内几乎是最大的。广交会可以让很多海外客户知道中国有这个品牌。广交会采取优化外贸结构的举措，不但能带来更多的优质参展商，同时也激励公司的自我创新和开拓。"

品牌内涵丰富，创立时间漫长，需要人们认识接受，展示推广是不可或缺的环节。广交会为此不断扩大重点展区的特装布展范围，开展优秀布展评选活动。这种评选，是又一种品牌引导与强化方法，通过评选引导企业加强自身包装与品牌宣传。对科技含量高的展区，如医保馆，广交会不惜自掏腰包，加大投入。既当孵化器，为品牌加温；更做导向仪，为品牌引路；还是展示平台，为品牌建起世界舞台。这一切，为的是让中国制造笑得更好。

中国是一个商标大国，但也是一个品牌弱国。培育、引导中国品牌走向世界，对广交会自身品牌建设也是重要举措。作为中国展会品牌，广交会正迈向世界一流，打造世界顶级品牌。如何实现从里到外，从骨子到精神的世界品牌本质与风采？是携品牌、展品牌、成品牌的演进与创造。

为"中国制造"向"中国创造"转型，为"中国创造"向"世界创造"升级，广交会任重道远。

笑到最后，才是笑得最好。

2 “国法”与“家规”利剑高悬，广交会为保护知识产权不断亮剑，剑胆琴心，获“全国展会版权示范单位”牌匾。

作为智慧与创造的凝结，与品牌相关的一个关键词语就是知识产权。

知识产权，是权利人对其所创作的智力劳动成果所享有的专有权利。既是专有，自然不容许剽窃、侵权，要受到“国法”“家规”保护。

1997年4月，第81届广交会首次设立了保护知识产权的专门工作机构业务办条法组（后改称知识产权组），由外经贸部条约法律司派人驻会，专门负责查处侵权案件。交易会期间，受理专利侵权诉案62宗，商标侵权诉案47宗，这成为国内企业较早的知识产权合法维权案件。那时，许多人对“知识产权”一词还在说长论短上，企业对贴牌生产兴趣不减，相关维权与投诉初露头角。曾有这样的真实情景：早期一些穿着仿冒品牌衣服、鞋帽的人到国外旅游，被正宗厂家逮住，不但要求脱下穿戴，还被罚款。被罚者一脸茫然：我是买的啊，我们那不都这样吗？不仅仿冒、假冒，在上世纪80年代初，甚至“水货”都冲击过广交会。广交会让参展企业知识产权自我保护意识觉醒，明显增强。

1998年4月，第85届广交会制定《广交会期间投诉处理办法》，成立相关投诉接待站，受理知识产权（商标、专利、版权）等投诉，视情节轻重按有关管理规定处罚，由投诉人依照相关法律、法规通过法律解决。这届共受理和处理投诉101起。

知识产权概念在17世纪中叶由法国学者卡普佐夫提出，比利时著名法学家皮卡具体定义为“一切来自知识活动的权利”，近代专利制度产生。1967年世界知识产权组织在斯德哥尔摩成立，并签订《世界知识产权组织公约》，“知识产权”一词便逐渐为国际社会普遍使用，1974年世界知识产权组织成为联合国专门机构之一。

1980年中国专利局成立，1998年更名为国家知识产权局。1980年6月3日，中国成为世界知识产权组织成员国；2001年12月11日，中国加入世界贸易组织，这是我国知识产权保护水平与国际接轨的里程碑事件。

保护知识产权，中国“国法”分明。《中华人民共和国民法通则》中规定了知识产权的民法保护制度，《中华人民共和国刑法》中确定了中国知识产权的刑法保护制度。此外，《中华人民共和国专利法》《中华人民共和国商标法》《中华人民共和国著作权法》《中华人民共和国发明奖励条例》等单行法和行政法规都对相关的知识产权做了规定。

根据我国和阿尔及利亚在1999年的提案，世界知识产权组织在2000年召开的第35届成员大会上通过决议，从2001年起，将每年的4月26日定为“世界知识产权日”。设立这一特殊日子，旨在全世界范围内树立尊重知识、崇尚科学和保护知识产权的意识，营造鼓励知识创新和保护知识产权的法律环境。

营造环境，引领前行，广交会保护知识产权行动坚定不移。

2001年4月，第89届广交会发布打击专利、商标侵权行为的“两个公告”，开始建立“侵权黑名单”制度，进一步加大对侵权的查处力度。紧接着的第90届广交会，制定《中国出口商品交易会保护知识产权管理暂行规定》，进一步完善相关措施，第92届起执行更具操作性的《涉嫌侵犯知识产权的投诉及处理办法》。这一体现广交会知识产权保护工作勇于探索、敢于改革精神的《办法》，被人们形象地称为中国会展业知识产权保护的第一部“家规”。

“国法”与“家规”，利剑高悬，广交会保护知识产权锋芒毕露，剑胆琴心。

在中国加入世界贸易组织前夕，第90届广交会期间，外经贸部与国务院发展研究中心共同举办了“WTO与中国经济——广交会国际贸易

2001年10月，泰国前总理、WTO候任总干事素帕猜在“WTO与中国经济”国际贸易论坛上发表演讲

论坛”，包括泰国前副总理、WTO候任总干事素帕猜和中国外经贸部副部长、中国加入WTO首席谈判代表龙永图在内的一大批国内外知名人士与会，这是广交会举办的最高层次的国际论坛。大会为即将到来的中国经济发展转型、挑战与机遇，加大保护知识产权力度、营造更好环境，着力加速。

2005年，国务院办公厅在《开展保护知识产权专项行动方案》中这样明确指出：要“总结推广中国出口商品交易会保护知识产权的经验”。

从2002年春季广交会首次实施“举证责任倒置”原则，到2005年首次实行知识产权问责制度，广交会在保护知识产权上不断亮剑，意在帮助外贸企业“用创新赢得尊重”。

当第101届广交会首次设立进口展区时，广交会专门制定了进口展区保护知识产权工作预案，强调要求所有参展商与组展单位签订保证不侵犯知识产权的承诺书，从要求自查自纠，到接到相关投诉后按大会规定作为重点案件处理，法理相济。大会还与广东省知识产权局一起举办宣传活动，向所有参展企业发出保护知识产权倡议，热血柔情。

言必信。4月19日，广交会做出一则最重的处罚侵犯知识产权决定：取消宁波昌伦电器有限公司连续6届参展广交会的资格。该企业被诉明知故犯、恶意侵权查实。同时，还有两家企业被连续4届取消参展广交会的资格，一家企业被大会通报警告。

行必果。人们为广交会这一坚决行动拍手称快。宁波方面高度重视，相关领导表示将加强对企业的分类指导，坚决杜绝出现类似事件。

这是一个强烈警示信号：作为中国较早在展会中设立知识产权维权机构的广交会，已经形成有力的组合拳，利剑在握。

这更是一个分明昭示：保护知识产权，广交会有能力，敢行动，因为改革在深化。

2009年5月5日，国家版权局版权管理司授予广交会“全国展会版权示范单位”牌匾。这是全国展会行业首次获颁此项称号牌匾。

3 从“商务信息检索系统”“在线广交会”到“网上广交会”，广交会顺应时代潮流，电子商务追求不止。

这是一个有意思的细节。

“记得那是在第94届广交会期间，一天中午，有人向我们展位分发洽谈预约单，我当时纳闷：还有送上门来的生意？看到我满脸迷惑，来人解释道：他们是‘网上广交会’网上洽谈平台的管理人员。职业敏感使我意识到：广交会除了现场洽谈外，还可以通过网络做生意。”

这是复合罐制造商厦门非矿进出口公司经理罗增勇多年后的回忆。春江水暖鸭先知。罗增勇的职业敏感很准确，这正是广交会改革的又一重大举措：顺应潮流，从现场到网络，从实体到虚拟，广交会适应时代需求，大力推广网上交易，向永不落幕的广交会迈进。

“网上广交会”是第93届为应对“非典”而大力倡导建立的电子交易平台，不仅在当届缓解了“非典”的冲击，而且作用日益明显，凭借其虚拟与现场紧密结合的独特优势，发挥着对现场广交会的有益补充作用。

罗增勇也没想到，此后他对“网上广交会”多长了个心眼，不想竟堕入“情网”，一发不可收拾。他们及时登记，并特别注意了申报方法，因此在查询栏目上他们公司排在所有同类产品企业的第一位。众多欧美国家及中东地区的客商，从网上查询后就直接找到了他们的展位，羡煞四周邻居。不久，他们正式申请成为“网上广交会”的VIP客户会员。不到半年，一位俄罗斯客户通过网上的“贸易撮合”认识了他，罗增勇抓住这一良机，给对方寄目录打样品，很快成交。第一个集装箱货到达俄罗斯的港口时，恰逢2005年圣诞销售旺季，产品刚一面市即被抢购一空，客户不得不追加订单。

“厦门非矿”是依托“网上广交会”成功、发展的一个代表案例，罗增勇回顾的也只是“网上广交会”的一个简短历程，而广交会的“网上追求”，伴随改革，一直在探索、发展中。

1991年，当电脑对很多中国人来说还很陌生的时候，广交会在第69届首次推出并使用“导向系统”“商务信息检索系统”和“综合服务系统”，尤其检索和服务系统的开发使用，给中外客商开展贸易活动带来很大方便，显示出广交会向现代化管理和现代化服务迈出了新的一步。但那时数据库中储存的商品信息不多，仅占大会6万余种商品的1/6左右，远远满足不了客商的查询要求。

客商的不满足，正是广交会的追求；适应时代的要求，正是广交会改革的动力。从此，电脑与网络运用在广交会上逐步推广，1995年10月第78届上，河北、安徽、青岛3个交易团试行电脑办证，次年参展交易团实现全部电脑办证。

在第69届基础上，1996年秋季，第80届广交会开办了“在线广交会”，电子商务开始闪亮登场。

2010年10月第108届广交会，上线运行的客户联络中心开通30个座席，通过中、英、俄、法、西5种语言，提供人工和自动语音应答的全天候服务。

采购商正通过“网上广交会”进行网上交易

2005年10月，在第98届广交会上，商务部中国国际电子商务中心（CIECC）携手全球IT领导厂商HP公司，首次将两个装饰一新的“灵动商务体验中心”开进广交会现场，为参加广交会的供应商、采购商提供免费上网及打印、复印、扫描、数码成像等高效办公一体化服务，让客商感受简单、便捷、生动的IT应用体验。此举不仅帮助广交会上的众多供应商、采购商拓展寻找无限商机的机会与交易空间，更为IT信息服务商、IT基础架构厂商们演绎了一个“科技助力广交会”的经典案例。

2012年4月第111届，广交会与佛山市昶汇投资有限公司签署了电子商务平台合作备忘录，计划联手打造“中国最大规模的商贸电子平台”。这一商贸电子平台，将以区域品牌为引领，服务中小企业，创建“电商”特性的“e市场”核心业务，围绕核心业务，以开放、分享方式，吸纳国际贸易服务链条中保险、货代、银行、物流等各环节的电子商务平台参与，用“云服务”的形式为客户提供便捷、安全的全流程电子商务服务，向打造永不落幕的广交会迈出重要步伐。

向前的步伐，总是充满艰辛，总是伴随挑战。如今网上交易与电子商务遍地开花，日新月异。要想让人堕入“情网”，要想独占鳌头，要想一网打尽，功夫既在网上，也在网外。

网如何结？网如何撒？既是网上世界，就不只是广交会的问题，也是世界的问题。

逐梦世界的广交会，网上世界期待你的新风采。

多彩正能量

1 “扩容”与“细化”，是广交会的两个轮子，功能增强，影响扩大，机构发展，附加值增加，不断做强。

广交会有两个转动不已的轮子，这就是“扩容”与“细化”。

“扩容”首先体现在容量上。广交会展馆历经4次迁址扩建，如今建筑面积达到110万平方米，规模与德国汉诺威、法兰克福和意大利米兰等世界级展览中心相差无几，在世界单年展规模上更是独占鳌头。

“扩容”不只是量的增加，也是质的丰富。从单一出口到进出口双向贸易流通，广交会体现买卖的全部含义。50个展区，涵盖15大类商品，以独具一格的“中国特色”，吸引着世界各地的采购商。99万户采购商数据库，与98家海外工商团体的深入合作，打造出享誉世界的会展品牌。广交会对地方经济的拉动效应达到1：13.6，大大领先于世界知名展会的水平。

与这一“扩容”同步的是“细化”，这就是展会向综合性和专业性结合的变革。综合性一直是广交会的特色，进入21世纪，世界知名展会的专业特色给了广交会启示，在不断积累经验中，广交会的专业展“细化”趋势显现，与综合展共融。不断“细化”的布局，使广交会每一期展览都能接近专业行业展的水平，利于各类参展企业寻觅专业买家。正如曾任中国出口商品交易会副主任兼秘书长、中国对外贸易中心（集团）董事长的任光斌所说："现有的食品土畜馆、轻工工艺品馆、纺织服装馆、五矿化工馆、医疗保健馆、机电产品馆等展馆，随便拉一个馆出来就是很好的专业性展会。"而在"细化"方面，任光斌介绍，广交会抓住改革机遇，在他任职期间，先后3次分流安置了700多名富余人员走向市场。同时，积极稳妥的人事、分配和劳动制度及其他配套改革，调动了全体员工的积极性，使企业初步建立了良好的市场运行机制。

走向市场过程中，有必要回顾广交会自身的体制变化。从创办开始，简称为广交会的中国出口商品交易会受广东省和国家商务部（原外贸部，1982年曾更名经贸部）双重领导，以广东省为主。外贸方针、政策和交易业务归商务部负责，交易会经费由商务部拨给并负责审批、决算；人员调配、对外接待安排和保卫工作由广东省负责。每届广交会举办期间成立大会领导委员会，负责大会全盘工作，大会设秘书长1人，副秘书长若干人，另设若干办事部门，由正副秘书长负责主持和管理交易会日常工作。秘书长一般由一名副主任兼任。办事部门负责人的配备和人员组成，体现交易会受中央有关部门和地方政府双重领导及分工管理的体制。

广交会的常设机构，也即承办具体事务机构，最早是1957年3月经国务院批准成立的中国出口商品陈列馆，是商务部驻广州特派办和广东省外贸局属下的一个处级建制事业单位。为避免交易会期间和闭幕后名称混乱，1968年4月，"中国出口商品陈列馆"名称取消，统称"中国出口商品交易会"，闭幕后常设机构以"中国出口商品交易会办公室"名义对外。1979年4月，机构改制为企业，更名为"广州对外贸易中心"，1986年又更名为"中国（广州）对外贸易中心"，

1988年7月再改为集团性企业，名为“中国对外贸易中心（集团）”至今。

这是广交会自身体制“扩容”与“细化”的一个方面。从1989年开始，国家完全不用拨款办广交会。自1979年4月，经国务院批准，由事业单位转制为企业。此前，国家每年拨款用于筹办广交会，最高的年份达1000多万元。转制后，10年经营发展，累计营业额达21.5亿元。

从综合展到融合专业展，从事业单位到企业，从公司到集团，广交会“扩容”与“细化”的两个轮子快速转动，功能增强，机构发展，影响扩大，附加值不断增加，显示的正是广交会不断做强做大的历史。

2 “提升”与“优化”，是广交会的又一对轮子，丰富内涵，增加品质，不断丰富自己。

“参加一次广交会胜过几次出国考察。”多年参加广交会的山东菏泽珠峰木艺有限公司董事长李志轩这样感叹。他回忆，每次参加广交会，他们企业从领导到技术员、业务员、参会人员，都把参展作为锻炼提高自己的课堂、阵地和战场。企业还通过广交会，招聘了十几名大专生，充实到企业关键岗位，实施现代化企业管理制度，使企业管理水平上了一个大台阶。

这正是广交会影响的又一种价值。这价值来自广交会服务的“提升”与“优化”。

“届届都叫广交会，但我们追求每届都有不同的服务创新。”曾任广交会秘书长、中国对外贸易中心主任的王俊文这样介绍：改名进出口商品交易会后，广交会优化服务项目步伐加快，启动“广交会产品设计与贸易促进中心”、推出“展会服务指引系统”、推出CantonBee智能展会服务系统，形成一系列新的服务亮点。

海外商会服务点正在接待外国采购商

优化服务，以客为先。广交会近年来优化服务的核心内容，就是坚持以客户为导向，用先进理念和科学手段来完善展会服务工作，用专业化、规范化的服务推动展会进步。对现代展会，健全的现代化服务机构必须先行一步，广交会理念明确，从这个流程可以窥见一斑：第105届广交会组建了客户服务中心，超过650名员工组成一线团队，为采购商和参展商提供“一站式”贴身服务。第108届广交会投入近千万元创建了客户联络中心，由客服热线统一受理参展服务咨询、采购商邀请以及各类投诉等服务申请。第109届客户联络中心推行“端到端”现场服务流程，客户满意度为92.11%，比第108届有所提高。第110届广交会开通现场服务远程受理功能和客户联络中心子网站，提供在线服务。

优化服务，以什么为标准？有什么样的章程可循？广交会既强调先进理念，又运用科学手段，在注意与国际一流展会接轨的同时，突出自我个性。《参展商手册》作为广交会服务标准化和系统化的第一步，汇总了各个服务环节，细分为出口展、进口展、参展须知和服务指南4个单元。第109届，广交会深入推进ISO9001质量管理体系建设工作，建立服务标准，全面梳理现场服务流程，高标准开展各类现场服务，并完善相关评估和监控，打造与世界一流展馆相匹配的展馆运营体系。中国对外贸易中心（集团）党委明确以参展商和采购商为“展会的生命线”来深化服务，建立起基本服务、增值服务和高端创新服务3个层面、适应不同客户群体需求的“金字塔”式广交会配套服务体系，并通过各基层党组织以评选“服务之星”等岗位建功活动为抓手，努力提高办展能力，打造一支业务熟练、素质优良、服务一流的团队和客户服务中心的服务品牌。

第109届广交会专门设立创意展示点，来自法国、荷兰、澳大利亚、俄罗斯、美国等国家和地区的设计机构、设计师和潮流趋势专家应邀出席设计展示、设计论坛、联谊会和设计服务对接等一系列活动，帮助本土外贸企业向高附加值的“微笑曲线”两端延伸。借助“外脑”，广交会首次推出了“产品设计与贸易促进中心”，为境外专业设计资源和参展企业搭建产品设计与开发的合作对接平台。第114届，首次评选出2013年广交会出口产品设计奖（CF奖），进一步实施精细化管理，丰富智能化、信息化手段，创新服务理念。

借助“外脑”，又体现在广交会的“老采邀”“多采邀”工作中。对多年坚持参展的采购商老朋友，广交会真情回报，坚持邀请。采访中，中国对外贸易中心国际联络部总经理刘铨东告诉笔者：“我们坚持‘老采邀’‘多采邀’，证明广交会不变的宗旨，创新的追求，成为世界一流展会的执着努力。”

展览、交易与讲座穿插，这是广交会借鉴国际一流展会经验，不断追求的个性化服务特色。第111届广交会举行了设计趋势研讨会等8场活动，其中国际产品营销论坛为首次举办，力图帮助企业加强品牌和营销渠道。从本届开始还定期举行国际市场论坛，为企业提供最新资讯，帮助企业应对贸易摩擦，引导中国企业加快转型升级步伐。多年来，各种讲座、论坛、研讨，让参展客商大开眼界，大受启发。“智慧广交会”，分享过一场场思想盛宴，人们对如今的广交会如此盛赞。

“智慧广交会”，以“提升”与“优化”服务，成为广交会的又一对轮子，丰富内涵，增加品质，不断丰富着自己。

3 “文化”与“文明”，是广交会的润滑剂。半个多世纪的凝聚、升华，形成鲜明的“广交会精神”品格。改革是方向盘，广交会四轮驱动，润滑催化，精神激扬，骏马奔腾。

展会正如火如荼进行，展馆里一队红衣灰裙的工作人员队伍引人注目，她们手持终端扫描参展商和采购商证件上的条形码，基本信息立即显示，经确认后与现场拍摄的展品图片一起迅即上传至广交会电子商务平台。通过登录电商平台，采购商和供应商目测开始，眉目传情之间，双方一会就建立起了“恋情”；一番验明正身，瞬时“闪婚”，终成“眷属”。这情景，最快时平均每分钟有39组成功配对，高峰时每分钟配对达200对。

这盎然兴味的成功速配，是2013年10月第114届广交会重点打造的电商平台服务品牌，品牌后面是工作人员的辛勤汗水，是这届广交会服务再创新绩的努力，是广交会一切为了成交、一切服务客商的企业文化的传承与弘扬。

说起广交会企业文化传承，郑少康，这位即将迈入100岁门槛的老人，在严亦峻之后接任广交会秘书长历任33届，以见证一个世纪的深邃情怀，追忆1985年时任中共中央总书记胡耀邦给广交会的亲笔题词“广交互利通天下”时，这样说道：“7个刚劲有力的大字，金光闪烁，阐明了广交会的性质、办会宗旨、贸易原则，指明了前进的方向，是广交会成功之路的科学概括，具有重大而深远的意义。”

广交会1957年最早一批72位服务员之一、年近八旬的黎翠湘老人，1958年春季广交会时曾是国家主席刘少奇前来视察的接待员，她说广交会的传统很坚实。“那是一种精神。”她追述，“争先进，做好，做到更好，是广交会从一开始就定下的规矩，对服务的要求。”

老人向笔者讲述一个细节：一次参加布展，她带领全班忙了一个星期没有正常休息。开展前那个晚上，领导检查时看到有一个标牌不规范，急了。领导一边说一边就自己动手拆起牌来，我们还能等？找工具、换牌子，正了又正，看了又看，完全满意才罢手。这时快凌晨了。回到家，两个三四岁的孩子一脸泪水睡在地上。“为了交易会，那时都是这么干，人很有精神。”黎阿姨爽朗地说，“广交会特别注意员工要有一种精神，1959年广州出了个英雄人物向秀丽，她舍身救火为国牺牲，广交会把她的事迹广泛宣传，作为我们学习的榜样。记得我们跳橡皮筋时大家还一齐唱‘向秀丽，顶呱呱，熊熊烈火也不怕，英勇牺牲为国家’。”

时代精神，核心价值观，从黎阿姨口里追忆的这两个词语令人动容，令人感受到广交会企业文化的文明内涵。说到这，黎阿姨的丈夫梁锦文向笔者补充道：“一直以来，广交会在布展时都注重宣传，突出国家成就、时代精神，从物到人，导向明确。”他回忆建流花新馆时，为赶1974年的春季展会，这年的春节他和很多员工都是在工地度过的。“那时我们人人有种信念，说到的要做到，而且要做好。”梁老动情地说。

梁锦文和黎翠湘两位老人，是广交会大家庭中一对有名的夫妇。广交会有许多这样的家庭，他们一辈子工作在广交会，把青春与人生融入广交会，这种“争先进，做好，做到更好”的传承成了他们的家风家训，他们说从小教育孩子就是从广交会的故事说起，就是要有一种精神。

对广交会的精神传承，曾任中国对外贸易中心（集团）党委副书记兼纪委书记的王景泰对笔者也是一番感慨。这位已年过七旬的老人，新中国成立初从湖北革命大学毕业后，机关、当兵、农村工作队走了一大圈，后任广东省陈郁省长秘书。也正是在这位老革命身边，王景泰开始感受广交会。从 1967 年第 22 届起，陈郁任广交会领导委员会主任共 12 届。王景泰说，老省长对广交会的那种殷殷之情，就像他当年领导工人运动、指挥广州起义、延安大生产的拼命干劲、献身精神。“陈省长一句话，让我终生不忘。他说‘广交会肩负国家使命，我们必须以无上责任心和光荣感做好每一件工作’。”王景泰这样深情追忆。离开陈郁省长身边，1974年王景泰进入广交会工作，这种无上责任心和光荣感成为他的工作指南，也是开展工作的精神指引。他说：“广交会的思想政治工作，始终以国家需要、时代精神为导向，从当年周总理等党和国家领导人的关怀、要求上，我们受教育受鼓舞，从叶季壮部长等一代代部领导的指导、谋划上，我们边干边学，从陈郁老省长和广东省、广州市领导的重视、支持中，我们感同身受，从举国办广交会到广交会融入世界，这一切，我们不能不把历史使命、时代精神摆在首位，作为激励全体员工的精神力量。”

如今，走进中国对外贸易中心（集团）行政办公大楼，迎面就是企业文化的醒目表述：汇万象，展天下。愿景：成为世界会展行业的领军者，坚定核心价值观，传承创新服务责任。

企业文化折射着企业精神。历经半个多世纪的成长发展，广交会培育、形成了自己独特的精神品质，这就是鲜明的“广交会精神”：勇于创局的强国富民使命追求，敞向世界的平等互利文明创造。

“文化”与“文明”，是广交会的润滑剂。改革是方向盘，广交会四轮驱动，润滑催化，精神激扬，骏马奔腾。

发展华章，改革创写。

第七章

丝路海韵

法国汉学家沙畹在他1903年的著作《西突厥史料》中最早认为："丝路有海陆两道"。1967年，日本学者三杉隆敏在其《探索海上丝绸之路》一书中，第一次提出"海上丝绸之路"概念。

海上丝绸之路，出现于秦汉，鼎盛于唐宋，式微于明清，其具体路线由广东、福建沿海港口出发，经中国南海、波斯湾、红海，连通欧洲、非洲。与陆上丝绸之路一样，这是中华民族的精神闪耀，是中华灿烂文明的世界开创与光大弘扬。

对唐朝海上丝绸之路的贸易盛景，刘禹锡有过这样的诗句描绘："连天浪静长鲸息，映日帆多宝舶来。"而韩愈更具体写到了贸易现场："货通狮子国，乐奏粤王台。"

为什么是广东？说到海上丝绸之路的重要起点，人们会这样发问。如同面对广交会，人们也会发问：为什么是在广东？而探寻改革开放最早杀出的血路，人们更会追问：为什么还是在广东？

海纳百川，有容乃大。这是大海的雄伟气概与开放胸怀，是大海的不竭活力与永恒韵律。从丝路海韵，我们探寻广交会历史与现实的悠长旋律与回响，透视中国改革开放的历史与现实动因，感悟中华文明绵延的历史传承与时代弘扬。

壹

一线相牵的文化密码

1 2007年，世界上船体最大、保存最完整的远洋贸易商船“南海Ⅰ号”在广东省阳江海面被整体打捞出水。沉睡800多年，它不掩镂刻的海上丝绸之路荣光。越过惊涛骇浪，丝绸一线韵律流淌世界。

2007年12月27日凌晨1时18分，端坐在16个气囊上的“南海Ⅰ号”沉箱，在两根钢缆的牵引下缓缓登上临时码头，在广东省阳江海面成功登陆。28日，它被迎进阳江市海陵岛十里银滩建造的广东海上丝绸之路博物馆，结束海上行程。

往事越千年。

沉睡海底800多年后，这艘世界上发现年代最早、船体最大、保存最完整的远洋贸易商船，以惊世身姿，不掩镂刻的海上丝绸之路荣光，闪射出中国海洋文明的夺目光辉。

1903年，法国汉学家沙畹在他的著作《西突厥史料》中最早提出：“丝路有海陆两道”。1967年，日本学者三杉隆敏在其《探索海上丝绸之路》一书中，第一次提出“海上丝绸之路”概念。

2007年12月22日，装有“南海Ⅰ号”古船的沉箱整体出水成功

海上丝绸之路，是陆上丝绸之路的延伸和开拓。广东作为海上丝绸之路最早的重要出海港之一，一线历史，勾勒出中国海洋文明的独特行程。

岭南是南岛人种的发源地，先秦时代称之为百越民族。秦灭六国后，开始着手平定岭南地区的百越之地。公元前214年，任嚣为主将，赵佗为副将，率领50万大军完成平定岭南的大业。秦在岭南设南海郡、桂林郡、象郡三郡，并以南海郡为中心逐步发展起繁荣的岭南经济圈。秦末，岭南地区由赵佗统治，史称南越国。公元前202年汉立国，汉高祖为实行休养生息政策，与南越国议和，两国得以发展经贸。当时岭南地区主要出产丝绸类纺织品，赵佗为寻找重要的军需物资，开始谋求海上路线通往西方国家，开展贸易。

1983年6月，南越国第一代王赵佗的孙子赵眜，号称“南越文帝”的王墓遗迹，在广州市解放北路象岗山上考古发掘。出土的墓葬中，有希腊风格银器皿以及南越国宫殿的石制希腊式梁柱，证实秦末汉初海上丝绸之路已经诞生。岭南地区向西方输出丝绸以换取各种物资，并且有希腊工匠来到中国参与了南越王宫殿的建造。

两汉时，海路西达印度、波斯，南及东南亚诸国，北通朝鲜、日本。汉武帝灭南越国后，凭借海路进一步拓宽了海贸规模，中国商人运送丝绸、瓷

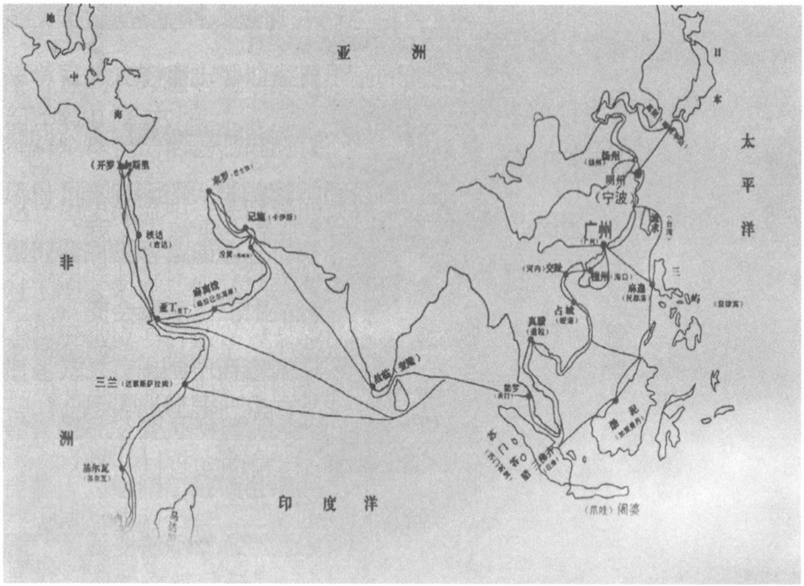

“海上丝绸之路”路线图

器漂洋过海，扬帆马六甲海峡，经苏门答腊来到印度，再远航经红海前往埃及，经波斯湾进入两河流域，航向欧洲。

中唐之后，西北丝绸之路阻塞，华南地区经济日益发展，海上交通大为拓展，海上丝绸之路走向繁盛。

宋朝先后在广州等地设立市舶司专门管理海外贸易，广州规模最大。在当时中国与南洋和波斯湾地区的6条定期航线中，最著名的一条航线叫“广州通海夷道”，广州起航，越南海、印度洋、波斯湾、东非和欧洲，途经100多个国家和地区，全长共14000公里，是当时世界上最长的国际航线。从此，广州成为当时闻名世界的中国对外贸易第一大港，成为世界东方大港。唐代大诗人刘禹锡曾为珠江的“大舶参天”和“万舶争先”壮观贸易景象赋诗道：“连天浪静长鲸息，映日帆多宝舶来。”唐代大文豪韩愈更具体写到了贸易现场：“货通狮子国，乐奏粤王台。”

明清两代实行海禁政策，但广州却是中国海上丝绸之路唯一对外开放的贸易大港，其贸易比唐、宋两代更为发展。这空前的世界性循环贸易，一直延续到鸦片战争前夕，通江达海的广州一派外贸繁荣景象。

这景象影响了外国商人对在广州做生意的感受。1830年，英国议会对在广州进行贸易的商人进行调查后得出结论说："绝大多数在广州进行贸易的商人都一致声称，广州的生意几乎比世界其他一切地方都更方便做。"英国人威廉·希克则发出了广州珠江的商船可以与伦敦泰晤士河相媲美的感叹："珠江上船舶运行忙碌的情景，就像伦敦桥下泰晤士河，不同的是，河面的帆船形式不一，还有大帆船，在外国人眼里再没有比排列着长达几英里的帆船更为壮观的了。"

壮观的历史，启迪未来。越过惊涛骇浪，丝绸一线韵律流淌世界。

2 从"哥德堡Ⅰ号"到"新哥德堡Ⅰ号"，从粤海关到十三行，从"中国留学之父"容闳到广州"留交会"，开放、开创、开拓的海上丝绸之路文明，在广东绵延光大，走向新时代。

这不是历史的巧合，却比巧合更具历史滋味。就在广东阳江发现"南海Ⅰ号"沉船前的1984年，远离中国万里的欧洲瑞典，一次民间考古活动发现了同样沉睡海底、见证了海上丝绸之路兴盛的商船——"哥德堡Ⅰ号"残骸。从1986年开始，经过近10年的考古发掘，打捞上来400多件完整瓷器和9吨重的瓷器碎片，这些瓷器大部分具有中国传统的图案花纹。更让人吃惊的是，打捞上来的部分茶叶色味尚存，至今仍可放心饮用。于是，哥德堡人将一小包茶叶送回了它的故乡广州，供广州博物馆公开展出。而历史仿佛重演，"哥德堡Ⅰ号"的考古发掘，直接导致了当年船主东印度公司的"新生"："哥德堡号"基金会和新东印度公司相继成立，以"哥德堡Ⅰ号"为原型建造的“新哥德堡Ⅰ号”（又称“哥德堡Ⅲ号”）仿古商船，沿着先人的航线，重抵中国广州。

2005年10月2日清晨，“新哥德堡Ⅰ号”正式远航中国，2006年7月18日抵达广州港，7月21日下午驶入广州内河，广州市民在洲头咀江面举行了“龙舟激扬迎古船”欢迎仪式，晚上又举办了名为“哥德堡号—广州之夜”盛大焰火晚会，欢庆“新哥德堡Ⅰ号”和瑞典国王王后到访。

作为大航海时代的瑞典著名远洋商船，“哥德堡Ⅰ号”曾3次远航中国广州。1745年1月11日，“哥德堡Ⅰ号”最后一次从广州启程回国，船上装载着大约700吨的中国物品，包括茶叶、瓷器、丝绸和藤器。8个月后，在航行到离哥德堡港大约900米的海面时，不幸触礁沉没。

但历史没有沉没。“哥德堡Ⅰ号”见证了历史，“新哥德堡Ⅰ号”承接了历史，中瑞人民的创举，续写着海上丝绸之路新历史，广州成为历史与现实的交汇点。

随着海上丝绸之路对外贸易的不断发展，由清政府指定的专营对外贸易垄断机构“广州十三行”，随着1685年粤海关的设立而成熟定型。“十三行”并非固定的实际商行数字，泛指不断演化而成的对外贸易专业商行，又叫“洋行”或“洋货行”。

1757年开始，清政府实行“一口通商”，广州成为唯一的对外通商口岸，对外交往更加频繁。伴随“广州十三行”，海上丝绸之路贸易繁盛激荡，到1840年鸦片战争前夕交响般压轴，而余韵不绝。“十三行”具有亦官亦商的职能，对官府负有承保和缴纳外洋船货税饷、规礼，传达官府政令，代递外商公文，管理外洋商船人员等义务，在清政府与外商交涉中起中间人作用，另一方面，它享

2006年7月18日，“新哥德堡Ⅰ号”抵达广州港

有对外贸易特权，所有进出口商货都要经它买卖。初为牙行性质，后也自营买卖。自1820年伶仃洋面鸦片及各项商货走私贸易兴起之后，多数行家营业亏损，资金欠缺，负债很多，常有倒闭。《南京条约》规定开放五口通商，废止“十三行”独揽中国对外贸易的特权。1856年，“十三行”处所更被英法联军的炮火付之一炬，从此退出历史舞台。粤海关旧称广州海关，地址与“十三行”相邻。第二次鸦片战争后，广州被英法联军占领，1859年10月，粤海关逐渐被洋人把持，直到广州解放。

与粤海关和“广州十三行”紧邻的，还有颇具历史意义的“天字码头”。1840年民族英雄林则徐前往虎门销烟，就是从这里乘船前往虎门的。

虎门销烟是中国人民抵御外来侵略坚强抗击与奋争的开始。在近代中国半殖民地半封建社会积弱与屈辱的飘摇风雨中，海上丝绸之路趋向衰微。

历史昭示：开放，是社会发展、国家走向富强的康庄大道；开放与闭关，是一国兴衰的象征。

在屈辱与奋争中，一代走出国门、留学异国，求索民族复兴之路的先行者迈开了历史步伐。

1847年1月4日，广州黄埔港，美国阿立芬特兄弟公司来华运茶叶的商船鸣笛起航，一个眉目清秀、个头不高的年轻人，身负行囊，与熙熙攘攘的人群一起登上了这艘远去美国的货轮。这个年轻人就是被誉为“中国留学之父”的容闳，与他一起赴美留学的还有他的同学黄胜、黄宽，他们3个都是广东人。7年之后的1854年11月，容闳从耶鲁大学毕业后，怀抱教育救国理想，从纽约乘船启程归国。1855年春，又是在广州黄埔港，他走出船舱，踏上国土。也是在广州的沙面美国公使馆，他做了归国后的第一份工作。

容闳迈出的第一步，拉开了中国近代留学的序幕，也在另一意义上丰富了海上丝绸之路的内涵。海洋文明总是伴随无数勇敢者、先行者的脚步与闯荡，展示他们对现代文明的理想与追求。富有意味的是，1998年，广州市在全国首创归国留学生科技交流大会，广州市委、市政府的明确思路就是：面向世界，汇聚吸纳留学海外中华学子的文明智慧，推进广州国际大都市建设发展；以广交会为榜样，让留交会像广交会一样，“永不落幕”。

开放、开创、开拓的海上丝绸之路文明，在广东绵延光大，走向新时代。

3 **海上丝绸之路培育的开放创新、兼容并蓄、趋商求实岭南文化特质，与现代文明品格相融，其文化密码令人参悟。**

2003年，广州开始为申办第16届亚运会筹划造势。这年6月，广东领事团团长、丹麦驻广州总领事严森先生，在广州任职近5年离任之际，说过这样一番感受："只要你在这座城市的每一个角落走动一下，就会发现，他们热情、开明、友好、灵活，和这座城市一样充满动感和生机。我终于理解了邓小平的'改革开放'为什么要从广东开始。"严森是各国驻广州领事官员中任职时间最长的一位总领事，他的话，意味深长。

当年容闳乘船前往美国留学的始发港黄埔港，是广州千年古港，也是"广州通海夷道"的重要始发港。清代中国与西方国家之间的直接贸易，主要通过黄埔古港进行，1745年的瑞典"哥德堡Ⅰ号"和1784年的美国"中国皇后"号直航广州，都停泊黄埔古港。

与广州港口相映成趣的是，近代以来，广东沿海港口的集群兴盛。广东全省海岸线长3368公里，如今全省港口150余个。粤西徐闻古港是海上丝绸之路重要始发地，现在的湛江港是全国20个沿海主要枢纽港之一。粤东的汕头樟林古港，曾经是清代粤东地区商旅繁忙的"通洋总汇"，现在的汕头港是国家沿海25个主要港口之一。改革开放之后勃兴的深圳港、珠海港驰名中外，佛山、东莞、中山、惠州等地市港口不断发展。港口兴盛，是城市兴盛的侧影，是物流、人流，包括思想文化、风情时尚的流淌与交互。

容闳从美国学成归国后，积极向清政府奏请："政府宜选派颖秀青年，送之出洋留学，以为国家含蓄人才。"1872年8月11日，中国第一批赴美留学的幼童离开上海，前往美国。值得注意的是，这第一批被清政府选派留美的30名幼童，广东籍的占了24人。

这又与海上丝绸之路有着密切关联。明中后期广东商人、劳工移民南洋，绵延不绝，影响深远。几百年来，广东形成了蔚为壮观的华侨文化。如今中国在海外的数千万华人华侨中，广东籍的占一半以上，他们以广东方言和广东民俗为标志，形成了异彩纷呈的广东华侨特色文化，并在岭南文化的形成中留下了深深烙印。

海上丝绸之路不尽的漂洋过海，广东水系发达的近水亲情，尤其东江、西江、北江组成的珠江水域遍布全省。广东人经商、重商的一个突出特征，是以水为财，对水有着天然的情结，从而呈现岭南文化一个源远流长的意象。

岭南文化有3个突出板块——广府、潮汕、客家，都是古代南粤土著文化与中原汉族文化在几千年相融中产生的文化集成。秦始皇统一岭南后，南北交往大门打开，岭南与中原融为一体，文化相生。位于粤北南雄市的宋代古巷珠玑巷，作为中原人口迁徙进入岭南的历史地标，是珠江三角洲居民的发祥地，也是海外千百万华侨的祖居。

循着海上丝绸之路前行的，便是开放与兼容、出新与变革的传承。早在六朝时期，南亚佛教僧人昙摩耶舍、达摩等相继由海上来到广州传教、译经、建寺。东晋时，昙摩耶舍在广州兴建了王园寺（今光孝寺）。萧梁时期，达摩在广州登陆之处，结庵居住，创建了西来庵（今华林寺），成为中国佛教禅宗的始祖，至今广州西关仍有“西来初地”的美名。19世纪初，外国传教士先后在广州用汉语翻译《圣经》，介绍和传播西方文化、社会生活、政治制度等，同时兴办西式医院、新式学校。当时，广州汇集了一个懂得西方语言文字、翻译西方图书、介绍西方社会的知识群体。明清以来，赴京朝贡的各贡使的翻译大多是广州派出的。广州十三行外国商馆，俗称“洋馆”，是中国大陆出现的第一批“洋楼”。1888年建成的广州天主教石室圣心堂，是全国唯一纯花岗石结构的哥特式教堂建筑。广州还是中国近

黄埔古港

代新闻传媒最早的发生地之一，1827年英国鸦片商人马地臣创办的《广州纪录报》、1833年德国汉学家创办的《东西洋考每月统记传》，是出现在中国大地最早的英文和中文报纸。而主编著名《时务报》的广东新会人梁启超，更推动了中国近代第一次办报高潮。这些，都是西学东渐的重要起始。正如联合国教科文组织所指出：海上丝路不仅是贸易之路，它同时还是“对话之路”，是涵盖了海上交通、经济、政治、文化、历史、地理、科技、移民文化等丰富内容的东西方文明交流之路。

沿着这一历史轨迹，还有一串深富意味的文化密码值得我们解读：1557年，澳门开埠；1757年，广州成为一口通商口岸；1957年，广交会创办。这富有传奇的历史节点，是否可以成为让我们参悟面向南海、穿越世界大洋惊涛骇浪蓝色文明的一个历史契机与现实滋润？是否是一种时代激荡的文化衍生？

中国近代历史由此与岭南密不可分。清代，广东佛山成为全国手工业中心和四大名镇之一；广东也是中国现代工业和民族工业的发源地之一。“开眼看世界”的林则徐以虎门销烟翻开近代史册，洪秀全领导的太平天国起义震撼大清王朝，发出“不拘一格降人才”呐喊的龚自珍开启晚清思想解放。

当古老庞大的中国封建王朝日益走向衰落破败之时，处在南大门的广州兴起了张之洞兴办实业的洋务运动，康有为、梁启超力行维新变法，民主革命家孙中山首举彻底反封建旗帜，从广州黄花岗起义到辛亥革命，共和兴起，封建帝制终结。广州成为近代民主革命的策源地。

1921年春，中国共产党创始人之一陈独秀联络谭平山等人，在广州建立了广东最早的共产党组织。1923年6月，中国共产党第三次全国代表大会在广州召开，为建立国共合作统一战线，统一了全党思想。紧接着，1924年1月，中国国民党第一次全国代表大会在广州召开，孙中山提出“联俄，联共，扶助农工”，实现第一次国共合作。

开国领袖毛泽东对广东深怀挚情。1923年6月，他第一次来广州出席中国共产党第三次全国代表大会；1924年1月，他在广州出席中国国民党第一次全国代表大会；1925年9月，他在广州担任国民党中央宣传部代理部长，主编国民党政治委员会机关刊物《政治周报》；1926年5月至9月，他在广州主持第6届农民运动讲习所并任所长。新中国成立后，他来广州或主持党的会议，或察看社会主义建设成就，展示着他的政治智慧、治国方略、领袖情怀。他的战地情思、朋友情谊，多次在他的诗作中表达：“战士指看南粤，更加郁郁葱葱”；“饮茶粤海未能忘”。

“饮茶粤海未能忘。”如此深情而深远，广博而意长，何尝不可以成为我们认识海上丝绸之路的另一视角与底蕴？一样可以给我们认识广东、理解中国出口商品交易会选址广州、感悟改革开放从广东“杀出一条血路”的历史启示与现实答案。

贰

先行一步的时代动因

1 先行一步，广东成为中国改革开放前沿。先行的步伐里，“广东四小虎”的虎虎生风与广东外贸大省发展，与广交会相得益彰，深刻展示时代动因。

1979年春天，改革开放的总设计师邓小平把创办经济特区、“杀出一条血路”的试验场圈定广东，改革开放时代动因与历史传承融为现实契机。广东人民不负重托，勇敢先行一步，广东成为改革开放的前沿阵地。契机勃发，生机无限。

1989年7月，美国哈佛大学出版社出版了该校傅高义教授的《先行一步：改革中的广东》。这部著作，是作者应广东省政府邀请，于1987年对广东进行了近8个月的田野调查，走访70多个市县，数百次访谈，采访了包括广东省省委书记、省长、各级干部、普通百姓、个体户和众多行业的数百人后，完成的对广东改革开放初期10年全面、深入、独到的描述和分析。在全面考察广东的发展变化后，他认为：上世纪80年代可视为社会主义历史上的一个转折点。由于绵延中国南方沿海、紧邻香港，广东这个与法国差不多大小的地方，变成了停滞的社会主义经济和社会制度改革极具魔力的试验场。由于邓小平允许这个地方重新睁眼看世界，广东的领导人已充分利用了这一机会，使广东省先行了一大步，成为中国发展最快和最令人羡慕的地方。

而在该书《导言》中，傅高义教授更放眼世界，这样写道："中国在苏联戈尔巴乔夫开始其改革的几年前就已开始经济改革，并且比任何其他社会主义国家都更为深入。而在中国内部，广东省的改革又比其他任何省份搞得更活。如果说广东的改革在中国是先行一步，那么对于世界其他社会主义国家而言，也许就是先行两步了。"

无论先行一步或者两步，广东作为中国改革开放前沿，其历史步伐里，不仅有着特殊政策、灵活措施的"天时"，可以分明洞见海上丝绸之路开放、敢为天下先的"精神"，发挥近邻港澳、华侨众多的"地利""人和"优势。这先行一步中，还有傅高义教授书中没有具体描绘的另一虎虎生风图景，这就是东莞、中山、顺德、南海这广东"四小虎"经济的起飞，这同样是广东先行一步的象征。

1978年9月15日，中国第一家"三来一补"（来料加工、来样加工、来件装配和补偿贸易）加工厂东莞太平手袋厂正式开工，工商批文号是粤字001号；工厂的前身是虎门太平竹器社。

粤字001号批文下发两个月前，7月15日，国务院颁发了《开展对外加工装配业务试行办法》。9月15日，东莞太平手袋厂还获得由国家工商总局发放的关于"三来一补"企业的国内首个牌照。这先行一步，可谓贴切。从"三来一补"到"三资"企业，到如今的国资、民营、外资多种成分的中国经济格局，是并非既定的发展道路，但在广东人眼里，却有先行的历史传承与敢为人先精神。

1988年，在改革开放10周年之际，太平手袋厂的员工基本都出去自立门户，做了老板。更多的人以不同方式朝着改革开放的共同方向先行，更多的“三来一补”企业转型为“三资”企业，形成了珠三角加工贸易的一大格局。

几乎是在与东莞太平手袋厂开工的同时，顺德容奇镇与香港大进有限公司悄然合作办起了大进制衣厂，这个仅300人的小厂当年即获利20万美元。

广东“四小虎”是人们相对亚洲的日本、新加坡、韩国和台湾地区经济发展迅猛的“四小龙”作比而言的。无论比喻是否贴切，广东“四小虎”的先行带动与集聚作用，是突出而久远的。广东凭借近邻港澳地缘优势，改革开放后不仅成为港澳工业生产的最大腹地，港澳也成为广东的最大经济伙伴，共促发展，互利共赢。据有关统计资料，截至1990年，广东共批准外商直接投资项目达1.4万个，投入资金达176.5亿美元，相当于全国的一半。

广东“四小虎”地处广东珠三角核心地域，如果锁定珠江三角洲和香港经济关系的发展而言，自1984年珠江三角洲被宣布为经济开放地区之后，由于境外投资，特别是与香港加强了合作，乡镇企业蓬勃兴起，经济上取得空前发展，吸纳的就业大军也是全国各省市中最多的。当年“东西南北中，发财到广东”的流行语，可谓贴切而形象。

而广东成为世界制造基地，广东“四小虎”的家电、建材、服装、运动鞋旺销世界，品牌迭出，无疑在先行一步中虎威有加。珠江三角洲经济龙腾虎跃的发展，有力拉动了广东外贸出口，使广东迅速成为外贸大省，与广交会相得益彰。

先行一步，也是捷足先登，获得先机。

2 传承海上丝绸之路开创的历史路径、形成的理念，广东先行一步，紧紧把握改革开放历史机遇，外向型经济成为鲜明特色，在广交会留下深刻历史印记。

传承海上丝绸之路开创的对外贸易历史路径，形成的开放理念与发展思维，在改革开放的时代大潮中，广东先行一步，紧紧把握历史机遇，经济发展千帆竞发，对外贸易乘风破浪，出口成为拉动广东经济增长最主要的“发动机”之一，外向型经济成为鲜明特色，在时代发展中经济转型升级不断出现新格局。

1986年，广东外贸进出口总额突破百亿美元，1995年突破千亿美元，2013年突破万亿美元，达6.78万亿元人民币，年度同比增长10.9%，占同期全国外贸总值的26.2%。这是自1986年以来，广东外贸进出口总额连续27年位居全国第一。改革开放30多年来，全国进出口总额年均以两位数增长，广东的贡献率在25.0%以上。中国跻身世界贸易主要大国，广东一路领先，贡献卓著。

第81届广交会布局新颖的丝绸服装馆

这是先行一步不断展示的风采。透过这风采，一样可见广东经济发展在优化结构、转型升级中，勇于探索、攻坚克难的向前步伐。

改革开放之初，广东充分利用地缘优势和政策优势，积极承接港澳地区制造业转移，大力推进“三来一补”贸易并开始注重引进外资，提出“以外经促进外贸发展，以外贸增强外经实力”思路，对外贸易得到长足的发展。随着中国加入WTO，广东积极应对，外贸出口在较高平台保持平稳快速发展，保证了这一时期成为改革开放以来少有的广东经济快速增长期。随着CEPA的签署，2004年，广东省委、省政府提出“泛珠三角合作”战略，拓展市场，合作共赢，共同发展，内地9省区与港澳“9+2”携手合作，共同签署《泛珠三角区域合作框架协议》，形成区域经济发展的新格局。2008年，为积极应对国际金融危机，提升走向世界的经济竞争力，广东省委、省政府开始在全省力推“产业转移”和“劳动力转移”的“双转移”发展战略，珠三角劳动密集型产业向东西两翼、粤北山区转移；东西两翼、粤北山区的劳动力，一方面向当地第二、三产业转移，另一方面其中的一些较高素质劳动力，向发达的珠三角地区转移。产业结构调整，通过优化的“腾笼换鸟”，向“转型升级”强力推进，为广东经济发展再创新优势。

转型升级中，广东“稳增长、调结构、促发展”得到进一步落实，工业制成品的比重逐步上升，机电产品、高新技术产品成为出口的主要增长点。1998年广东高新技术产品出口首次突破百亿美元，与港澳合作一体化进程不断加快，欧美市场得到强化，广东又积极开发拉美、中东、东欧、非洲等新兴市场，市场多元化格局不断完善，出口商品结构日益优化，国际市场竞争力稳步提升。

这不断完善、优化与提升过程，是广东经济和对外贸易发展的坚实轨迹，也是中国经济和对外贸易发展的历史缩影。

改革开放前，对外贸易由国家外贸部统一管理，各专业外贸公司统一专营，各省缺乏灵活性和自主性。改革开放后，广东大力改革外贸体制，积极探索建立技工贸结合的外贸公司，促使国有外经贸企业向国际化、集团化、实业化、股份化的目标发展；逐步放宽外贸经营权，培育各种经营主体，形成了国有企业、集体企业、外商投资企业、私营企业和个体工商户共同发展的新局面。

这发展与变化，在广交会留下深刻历史印记。

3 从一创办就确立并延续至今的由广东省和外贸部双重领导的广交会组织领导形式，深含着广东经济与广交会的特殊联系与深切合作：改革相互促进，开放共同发展。

这是一个有趣的现象：每届广交会的参展情况和成交变化，与广东省参展企业情况和成交情况相应成正比，而广交会的起伏波动与广东省的外贸发展变化，也有着近似轨迹。

“这说明广交会与广东省外贸发展有着十分密切的关系，作为两个相应主体，从不同角度形成中国经济形势，特别是外贸进出口变化的晴雨表。”在接受采访时，广东外语外贸大学一位资深教授这样告诉笔者。

从一创办就确立并延续至今的由广东省和外贸部双重领导的广交会组织领导形式，其中深含着广东省与广交会的特殊联系与深切合作。

广东省原外经贸厅厅长梁耀文，从1978年开始从事外经贸工作，并从那时起与广交会结缘，相伴广交会，从一名公司业务员成为企业总经理，从参与组织广东企业参加广交会到任广东交易团团长。他感慨颇多：“广交会与广东经济社会发展联系紧密，极大促进了广东经济社会特别是对外贸易的发展。”他认为：“广东之所以能够成为外贸大省，广交会功不可没。”

这不是亦步亦趋，而是相辅相成，水涨船高。参展广交会之初，广东省进出口商品从单一加工产品、农副产品为主，发展到改革开放后以机电产品、高新技术产品为主，外贸经营队伍也从单一国有专业外贸公司发展到国有、外贸、集体、私营企业等几路大军，这与广交会的展出商品和参展企业变化是完全一致的。

我们看一组数据。

2001年10月的第90届广交会，总成交103.21亿美元，与上年春交会同比下降12.65%，与上年秋交会同比下降3.7%，其中广东省出口成交23.53亿美元，比上年春交会同比下降11.85%，比上年秋交会下降1.65%。

这届广交会力推品牌出口，大型企业产品、名牌产品成交突出。大型企业是出口成交的主力军。而广东省的TCL集团以10637万美元的成交额位居广东省出口企业首位。

2002年10月第92届广交会，到会客商和成交额均创历届最高纪录。广东团成交额仍稳居全国各省市团第一。而在成交额的前10家企业中，广东企业占了半数，格兰仕、美的、科龙仍然一马当先，领跑广交会成交。广东团另一亮点是：参展民营企业148家，占全省参展企业的20%，民营企业已逐步成为出口成交新的增长点。而这与广交会开始注重民营企业参展，促进民营企业品牌发展的思路与措施完全相吻合。

2007年4月第101届广交会，正式更名为“中国进出口商品交易会”，首次增加进口功能，累计成交363.9亿美元，广东团成交达93.6亿美元，双双同创历史新高。

2013年11月4日闭幕的第114届广交会，受到国际经济大环境影响，到会采购商和出口成交金额均比上届有所下降，而广东参展企业成交额同比仅增长2.04%。本届广交会显示：拥有自主品牌、设计理念先进、技术不断创新的高附加值产品成交较好。越来越多的企业认识到，加快转型升级、培育外贸竞争新优势是今后企业生存发展的必然选择。

数字虽然枯燥，但富意味。广交会采购商人数、成交额的起伏及变革与导向，折射着广东外贸的相应变化与发展。或者说，广东外贸的发展趋势与面临挑战，正是广交会相应情况的反馈。这在全国其他所有省市中，无出其右。这种不同主体的共同体验，实证出广东经济与广交会的彼此影响、情感相依、命运与共，那精神内核是：改革相互促进，开放共同发展。

叁 云山珠水有精彩

1 面朝大海，四季花开，这大自然的天时地利造化，恰好玉成了广交会春秋两季在广州举办。在自家门口，广州立足广交会，捕获先机，把握着独特优势与发展机遇。

面朝大海，四季花开，这大自然的天时地利造化，恰好玉成了广交会春秋两季在广州举办，令世界各地客商都感到舒适。

跨入2011年，广州市企业家们发现了一个有意思的微博，这是广州市对外经济贸易合作局开通的名为“广州内外贸结合市场”的腾讯微博，专为参展广交会的广州交易团企业互通信息设立的，意在“为了‘广州掂’，实撑‘广州团’”。这吸引了企业的极大兴趣，从微博问政到微博问商，到参展广交会的专门微博，正是广州市组织企业参展广交会的新举措。

“广州要与中国对外贸易中心携手做大做强广交会，着力打造广州国际会展中心，通过广交会的‘龙头’效应，带动广州更多的中小企业发展。”2012年11月，广州市市长陈建华到第112届广交会现场调研广州交易团参展企业时，这样强调。

世界贸易盛会就在家门口，广州有得天独厚的条件，广州市企业对参展

广东志高特装突出环保、节能的理念

广交会就一直有着非同一般的积极与热情。特别是上世纪90年代广州市自己组团以后，“无愧为东道主交易团”就成为全市响当当的口号。随着近年来国际外贸形势的变化和对外贸易发展的多元格局，广州市参展广交会的策略与引导也在不断调整，从企业自由报名参展到组织抱团形成展位链条，从实体展贸到与电子商贸并重并举，广州市对外贸易发展伴随广交会一路前行。“尤其要立足广交会、用好广交会，放眼国内外、走向全世界。”这是当年广州市委书记张广宁的坚定决心。

创建于1994年的广州立白集团，是近几年迅速崛起的大型日化企业。也正是凭借家门口优势，立白集团从1996年起开始参加广交会，从国内走向世界。“我们公司立足国内市场，如今每年几百万美元的出口，都是在一年两届的广交会实现的。”该企业负责人这样介绍。2008年，立白集团成为北京奥运会的洗涤用品供应商，集团将奥林匹克五环作为参加广交会的展位背景图案，搭载奥运会的巨大宣传效应扩大品牌知名度，首日就接到近40万美元订单。在2009年5月第105

届广交会，立白集团拥有4个标准展位大小的展厅，将整齐漂亮的主展窗和番禺总部鸟瞰图作为展厅的背景墙面，以全新展位迎接世界采购商。“走向世界，是促进企业创建民族品牌的广阔舞台，而广交会是我们走向这一舞台的最便捷路径。”立白集团总裁助理兼销售总经理薛洪伟这样袒露心迹。

2007年4月，广州交易团以新生力量为主体组团参加首次更名为“中国进出口商品交易会”的第101届广交会，全团民营企业参展数占56.73%，其中新参展民营企业占新参展企业总数的78.95%，民营参展企业总数达177家，充分体现广州对外向型民营经济的扶持力度。这在各交易团中也可谓先行一步。

这种先行一步，不断成为广州交易团参展广交会的创新，成为广州经济发展立足广交会、用好广交会的亮点。

2012年11月第112届广交会上，出现了街道展位一条街的前所未有的精彩。这就是来自“中国牛仔服装名镇”广州市新塘镇的24家优质牛仔纺织服装企业，以统一的装潢和标志集体亮相牛仔纺织服装专区“新塘一条街”。在900多平方米的牛仔展区，24家新塘牛仔企业占据了其中64个展位，进入每个展位就有如进入商场的专卖店，精心的布置和设计足见企业用心之处。

作为中国牛仔服之都，新塘镇拥有牛仔服生产及配套企业4000多家，年产值超过200亿元人民币。全球每销售三条牛仔裤，就有一条来自新塘。新塘镇副镇长袁成光这样表示：广交会是向世界推出新塘牛仔的绝佳平台。为此，该镇组织优质服装企业参加广交会，并与企业达成共识举办“新塘牛仔服装”专展，抱团发展以推广“新塘牛仔”。“这一方面可让企业更好地展示自己，另一方面也让他们学习服装的前沿经验，吸收好的概念，转型升级走得更快。”袁成光还这样表达初衷。为了吸引企业参展，鼓励企业发展对外贸易，新塘镇政府对所有牛仔纺织服装专区的展位补助一半的展位费。

这一条街的亮相，不只是参展形式出新，更让企业与区域产业特色获得难得的展示机遇，形成推广区域品牌的集约效应。这一亮相，推动了新塘镇本年度外贸出口增长7%。

近水楼台，总让广州交易团最先感受明月清辉，捕获商机。为促进广州市汽车的出口，加快汽车产业国际化步伐，广州汽车集团股份有限公司在本届广交会上首次亮相，推介“广州制造”的客车产品，与进口展区的德国、美国汽车站在了同一个平台。

也是在这届广交会上，广州交易团积极引导企业在增加出口的同时，积极开展进口贸易，从出口导向模式向出口和进口并重的模式转变，推动进出口贸易平衡发展，共组织了企业、行业协会和政府有关部门180多家单位的600多人作为进口展区采购商。

立足广交会，用好广交会，在自家门口，广州对外贸易与经济发展捕获先机，把握着独特优势与机遇。

2

1986年，深圳首次参加广交会。2006年10月，深圳交易团以超过5000人的阵容为百届广交会添彩。从参展广交会到创办“高交会”，深圳以开放形象与改革雄姿屹立潮头，阔步走向世界。

作为改革开放后创立的第一个经济特区，深圳与广交会有着不解之缘。

上世纪50年代，来参加广交会的外商主要是从香港经由那时的宝安县城所在地深圳镇的罗湖口岸入境，再乘广九线的火车到达广州。广九铁路通车于1911年，西起当时的广州大沙头站，经深圳、罗湖，东至香港九龙的尖沙咀站，全长虽然只有180多公里，却是当时维系粤港地区唯一的陆上交通工具。广九铁路以深圳河上的罗湖桥为界，分广深、九广铁路开行旅客列车，罗湖桥的两侧分别是深圳和香港的边境管理部门。那时的罗湖桥既是铁路桥，又是人行桥。1957年4月，第1届广交会举办时，几乎所有的采购商都是从香港转道而来。由于当时广州不通国际航班，坐汽车又不方便，所以从香港到广州的最佳交通选择便是坐火车。在美国旧金山做人参蜂王浆生意的黄乃芹先生回忆起当年过罗湖桥的情景仍然记忆犹新："扛着行李走，桥上是木头的枕木，有时火车和人一起过桥，从香港到广州要一天的时间。"

1980年5月，深圳经济特区在1979年3月撤宝安县设立深圳市的基础上成立。宝安县那时属广东省惠阳地区（今惠州市）管辖。1980年8月全国人大常委会颁布的《广东省经济特区条例》中，深圳经济特区地域只包括如今的罗湖、福田、南山3个区，后又有1998年3月成立的盐田区。宝安和龙岗两个区属深圳市，在特区管理线之外。特区管理线，俗称"二线"，以区别于香港与深圳的边界一线。"二线"共有梅林、布吉、南头、同乐4个关口，经济特区在"关内"，宝安、龙岗在"关外"。2010年7月1日，深圳经济特区范围扩大到全市，从此特区关内外一体化，但二线关口仍保留。深圳经济特区管理线于1986年4月1日正式启用，那时进入深圳经济特区（包括珠海经济特区）需要办理边防证。这边防证曾是几代人的回忆。2005年1月起，在各二线关口凭个人身份证免费办理临时进入深圳特区边防证，对边防证的检验也逐渐放宽，边防证渐次退出历史舞台。

深圳经济特区在改革开放中杀出一条血路，广交会在冲破西方封锁中诞生，共同的历史光荣，深蕴着深圳与广交会共负的国家开放与发展的使命与情怀。

1986年10月，深圳首次参加广交会。第一次参展，深圳的展位面积是100平方米，11个标准展位，此时深圳市一般贸易出口为零。1989年秋交会，广交会设立了深圳等5个特区交易团，深圳市展位面积达到300平方米。这一

在第66届广交会上，客商在和新组建的经济特区交易团工作人员洽谈

年，深圳市的一般贸易出口为13.74亿美元。2003年，广交会展期、展位扩展，深圳市分配的展位增加到1500个。2005年春交会，深圳市第一次以“深圳交易团”的形象独立参展，展位达到1686个，比首次参展展位增长152倍。

2006年10月，第100届广交会，深圳交易团以691家企业5058人的阵容为百届盛会添彩，产品结构优化，高新、机电产品成交居各类商品之首。

肩负先行一步使命，依托广交会世界贸易平台，深圳主动参与世界经济合作、竞争，以开放为经济“加速器”，改善投资软硬环境，大力开拓国际市场，从一般贸易为零起步，各种贸易方式齐头并进，民企外企出口迅速增长，超亿元出口大户不断涌现，世界500强在深投资企业出口日益走高，如今形成了全方位开放的外向型经济格局。2013年，深圳市进出口总额达5373.6亿美元，居内地大中城市首位；外贸出口总额3057亿美元，连续21年夺得内地大中城市之冠。

在这一变化中，深圳更以高新科技为第一助推力，从改革开放的“窗口”“试验场”，向成为率先基本实现现代化、建设中国特色社会主义示范地区飞跃，高新技术产品出口强劲，科研力量90%在企业，高新技术产业成为深圳经济发展的第一增长点和第一推动力，华为、中兴、长城和腾讯等已成为世界知名的高新技术和互联网大企业，深圳成为全国最大的信息技术产业化基地。

与此交相辉映的是，1999年10月，深圳创办中国国际高新技术成果交易会，此后每年一届。这个简称为深圳“高交会”的高新技术成果交易盛会，逐步形成“国家级、国际性、高水平、大规模、讲实效、专业化、不落幕”的特点，成为中国高新技术领域对外开放的重要窗口，在推动高新技术成果商品化、产业化、国际化以及促进国家、地区间的经济技术交流与合作中发挥着越来越重要的作用。

深圳，在改革开放历史前行中，总有精彩。从参展广交会到创办“高交会”，深圳以开放形象与改革雄姿，屹立潮头，阔步走向世界。

3 从桑基鱼塘的农村经济到世界工厂的制造基地，从劳动密集型加工贸易到创新外向型经济发展模式，“东莞奇迹”在广交会呈现精彩。

有着1700多年的郡县史，当年也是惠阳地区一个县的东莞，1985年撤县建县级市，1988年升格为地级市。东莞市是全国5个不设市辖区的地级市之一。2011年，东莞人口超过1200万，其中户籍人口为184.77万，港澳同胞近100万，海外华侨达30万。

东莞因民族英雄林则徐在虎门销烟而闻名中外。东莞还独产一种闻名中外的香木，叫莞香。香港之名的香，就是指莞香。莞香树古称蜜香，宋元以后退植于东莞一带，香品风靡一时，被誉为“香之君子”。令人称奇的是，同样的种子，一旦离开东莞的特殊地域，其品味便发生明显变化，香味大减。莞香在清朝被列入贡品，身价由此倍增，达贵官人也竞相求索，由此促成了莞香业的发展。莞香业兴旺之时，附近每年大宗产品多由九龙尖沙咀落艇，然后运往港岛西南今香港东端的一个小港湾，再转船外销。作为香品的转运港，香港之名便应运而生。

著名作家陈残云1963年5月出版的长篇小说《香飘四季》，是他上世纪50年代在东莞县麻涌公社蹲点体验生活后，创作的反映珠三角水乡人民建设新农村的美好生活与温馨爱情的作品。书中突出描绘的珠三角桑基鱼塘、蕉林掩映的水乡秀美景色，是东莞农村风貌的典型写照。“穷人不是天生的，穷村、穷国，更不是天生的，大家有志气，好好干，总干得出个出头日子。”书中男女主人公的对话，是小说突出的主题，也成为东莞人民与改革开放一起奋进的时代强音。

近邻香港，上世纪五六十年代经济困难时期，东莞百姓亦曾加入“逃港”行列（上世纪五六十年代，广东省很多老百姓因生活贫困逃往香港）。富有历史意味的是，因贫穷而离乡背井，改革开放大潮涌起，创富发展的百姓又重返家园寻求商机，勇于发财。东莞成为改革开放后拥有最早、最多的港资企业地区，与这一历史渊源不无关系。逐步形成的良好投资环境，不断吸引台湾、韩国、日本等国家和地区的外来投资。东莞的外资除港资外，台商排名第二，最多时在东莞生活的台湾人有近10万人，大陆第一所台商子弟学校东莞台商子弟学校，1995年由时任东莞市台商协会会长叶宏灯等人倡议创办，2000年9月正式开学，2002年学生人数达1100人。学校校名由大陆海协会原会长汪道涵先生题写。

东莞以首创改革开放后全国第一家“三来一补”企业成为佳

话，外资、内资企业风生水起，人人创业、家家点火、村村冒烟、前厂后店、工厂林立，各式打工人潮从全国四面八方甚至世界各地奔涌而来，“世界制造工厂”声名鹊起，创造出改革开放发展的“东莞奇迹”。2013年，在全国主要外贸城市中，东莞进出口规模稳居全国第五、广东省第二。

IBM亚洲区一位副总裁曾经这样说过：“如果东莞到深圳的高速公路塞车，全球将会有70%的电脑产品缺货。”由此，“东莞感冒，世界打喷嚏”一语也随之流传。人口遽增，商贸发达，酒店业势如破竹，一度成为东莞改革开放和快速发展的全景画面。

作为世界工厂，东莞制造业的品牌不多，但在中国和世界的地位举足轻重，为世界做出了贡献。东莞发达的酒店业也为缓解参加广交会客商的吃住紧张提供了后援。东莞紧靠广州，一小时车程，相对广州星级酒店来说，东莞的酒店设备更新，而且价格相对便宜，各大酒店几乎都有客车直达广交会展馆，这对入住的广交会客人来说方便快捷，东莞成为广交会经济辐射最受益的地区之一。更重要的是，世界工厂的影响，是推动全市外贸出口发展的主要动力。1978年东莞外贸出口总额仅0.39亿美元，2007年达到620.9亿美元。30年间，东莞出口涨了近1600倍。从1994年起，东莞外贸进出口额一直位居广东全省前列。

随着产业转型升级，东莞产业结构不断调整优化，应对着国际贸易多变局势。2013年4月第113届广交会，东莞185家企业参展，成交4.74亿美元，出口成交呈恢复性增长态势。随着制造业的转型升级，东莞各镇以产业专业化发展形成特色，并通过广交会等多种途径对接采购商，推动出口贸易。东莞地缘优势从另一方面得到体现，广交会采购商应邀到东莞企业生产基地实地考察洽谈的人数普遍增多，第113届广交会期间，石排镇的东莞保力电子带了近20批客商到工厂参观洽谈。东莞大朗镇是中国羊毛衫名镇，被誉为“织城”，产品出口地包括美国、俄罗斯、意大利、巴西等80多个国家和地区。

为进一步扩大外销渠道、提升品牌影响，大朗镇政府主动“联姻”广交会，第114届广交会上，通过广交会安排，邀请到20多名巴西采购商组团抵达“织城”，与当地15家重点毛织企业进行商务洽谈。

通过广交会主动转变外贸发展方式，加快优化产业结构，成为东莞工厂与企业提升发展的动力。采访中，东丽塑料制品有限公司总经理、副董事长李耀国这样告诉笔者：他们工厂成立于1983年，当时是代加工，1992年首次参加广交会，拿到三分之一个摊位，但接到了订单。“从这次开始，我们年年想办法参加广交会，现在每届已经有10个摊位。从1997年起，我们的工厂规模扩大，特别是通过广交会与客户交流，知道产品的路线应该怎么走，市场怎么定位。在广交会上，中东采购商很喜欢我们的产品，甚至排队到我们展位来采购。”

谈到这个变化，李耀国的思路和眼光大为开阔，他说：“以前我们企业，包括珠三角所有的工厂，可能因为比较低廉的劳动力，以价格低来吸引客户。但现在不同了，《劳动合同法》对工资的规定，现在做工厂难以在工人工资方面节约。通过出口，我们感到只有在精细管理方面操作好，加强研发，提高产品和工人技术含量，增加附加值提升产品价值。现在，珠三角每个工厂的发展方向都差不多，大家比的就是现代化管理、研发，以及如何增加产品附加值。”

从自己到普遍，李耀国越说越有底气：“现在的采购商也变了。以前买东西，只要价格合理，产品美观，他们就要。现在他们要到工厂考察，要看工厂的质量管理体系，运行怎样，是否遵守《劳动合同法》等，才会考虑下单。采购商要求高了，广交会的门槛也高了，参展企业必须适应。通过广交会，我们适应了这个变化和竞争，为未来发展打下了良好基础。比如有个德国客户，说要在德国参展，我们就提供样品给他，让他去参展。但是我们不会去，因为去参展，我们只能接待零售客户，没有批发客户，他们会觉得，都认识终端了，还怎么去卖呢？”务实的东莞人，生意头脑精明：“现在，我们通过电子商务接的订单，占了公司总量的5%，并主要针对欧美市场，中东和东南亚市场也不放弃。通过广交会认识的客户来自全球，西边不亮东边亮，总会有合适的市场。现在商务部推出新兴市场，比如南美，我们下一步也会不断去努力开拓。”

这是东莞一个普通民营企业的发展与转型，也是东莞依托广交会创新外向型经济发展模式的一个侧影。

从桑基鱼塘的农村经济到世界工厂的制造基地，从劳动密集型加工贸易到创新外向型经济发展模式，“东莞奇迹”在广交会呈现精彩，深怀信心走向未来。

肆

蓝色文明韵悠长

1 中央决定在广州举办广交会，“这不仅是给予广东莫大的光荣，也是给广东一份沉甸甸的责任。”广东省老省长朱森林这样说道。“广东省把光荣与责任，细化在对广交会工作的高度重视与深情支持中。”广交会副主任兼秘书长王志平这样感怀。

如果说广东在改革开放中先行一步，站立前沿，广交会则作为中国对外贸易会展的先行者，勇立潮头。在这种彼此相依的历史先进中，广东省与广交会既与中国经济发展前行同甘共苦，也携手共创着时代生活的春华秋实。

同甘共苦，离不开相互支持；共创春华秋实，更需要彼此精耕细作。

中国对外贸易中心（集团）前副主任崔俊洪曾向笔者讲述过这样一个细节：广交会举办过两届后，广东省和外贸部决定兴建一个长期性的中国出口商品陈列馆，并准备第3届广交会搬迁到此举办。事情确定后，选址时却颇费思量。时间紧、任务重，要在市区中心找一块近两万平方米的空地，还要尽量减少民居拆迁，谈何容易。当时任广州市委书记的曾志得知情况后，带领广州市的有关人员和广交会的干部，反复勘察后确定在侨光路2号。于是，她亲自打报告送给当时的省委书记、她的丈夫陶铸。陶铸不顾工作繁忙，当天就批了。展馆于1957年11月动工，广东省、广州市全力支持，以充足的人力、物力投入建设，前后仅半年时间，1958年4月建成，迎来第3届广交会的举办。崔俊洪说，1979年为这个地方的房产归属问题，广交会曾与一家单位发生分歧，他们竟找到了当年曾志和陶铸的亲笔批示。“睹物思人，我们无不被曾志、陶铸这些老革命家、广东省和广州市这些老领导对广交会的满腔情怀深深打动。”崔俊洪感慨万分地说。

已故广东省老省长、第53届至第57届广交会大会领导委员会主任梁灵光有一段珍贵的回忆，那便是相关领导都是亲力亲为解决重大问题。不是当事人自己，外人完全难以了解其中曲折。在此特别抄录——

改革开放开始，参加广交会的客商不断增多，吃住问题非常突出，广州市安排不下，省里就安排前往佛山、从化等地。“而当时交通又很不方便，有的采购商骂骂咧咧，甚至将广交会的邀请函撕毁，声言如果不改善条件，就再不来参加了。为此，我们省、市领导决心率先发展酒店业促引资。”由此，白天鹅宾馆、中国大酒店和花园酒店这批广州最早的五星级酒店得以引进和建设。花园酒店在开工1年后，投资方的1亿港币用完了。当时银行不肯贷款，港方投资者筹资困难，准备停工。“当时我兼任广州市长，我想，这个项目不能停工，广州市政府应该拿出诚意与合作者共渡难关，给投资者以信心。怎么办好呢？我打电话给牵线引进这个项目的全国人大常委会廖承志副委员长，向他寻求支持。廖承志马上打电话给香港‘中银’管理处主任蒋文桂，希望能贷款给港方公司，蒋没有立即答应。我又把蒋文桂请来面商。我说由市政府担保行不行？蒋答：可以，但不能由市政府属下的岭南公司代签协议。我想了想，看来只能由政府直接担保才行，于是横下一条心说：

‘这样吧，我以市长的身份写封亲笔信，保证出了什么事，由市政府负责。’就这样，没有任何条件，‘中银’贷给了港方公司7亿港币。还差1.5亿港币，我又打电话给谷牧副总理，请他从国内银行贷款解决了。1984年2月2日，小平同志视察南方时，听说花园酒店即将竣工开业，非常兴奋，破例题写了‘花园酒店’四个大字。这是对我们这一做法的充分肯定，大大打消了许多客商对内地改革开放政策的顾虑，有了像花园酒店这样一些高级的‘巢’，引来了更多的‘凤’。参加广交会的客商不愁‘住不下’了。”

事非经过不知难。这种深明大义，敢做担当，呕心沥血的支持与责任感，是广东省委、省政府和广东人民对广交会的深情厚谊，与广交会风雨同舟、同甘共苦的真实写照。

正如广东省老省长朱森林说的，中央决定在广州举办广交会，“这不仅是给予广东莫大的光荣，也是给广东一份沉甸甸的责任”。为此，历年来，广东千方百计为广交会从四个方面创造条件。一是提供良好的会址，广交会四易会址，为的是达到这一要求。二是努力提供良好服务，不断改善从吃住行到能源、交通、通信等基础设施建设，为客商提供便利。三是建设优良环境，不仅在直接为广交会服务的工作人员中，而且在全广州的市民中，都开展文明、务实、诚信的教育活动，各类优质服务使客商有宾至如归的感觉。第四，朱森林认为，更为重要的是，广东努力成为外商欢迎的良好贸易伙伴。多年来，广东大力发展外向型经济，加强与友好国家、地区的经贸合作，努力为各国提供质优价廉的出口商品。老省长这样感慨：“总之，广东，特别是广州，为历届广交会的成功举办做出了积极贡献，在此同时，也促进了广东物质文明、精神文明、政治文明建设蓬勃发展。”

谈到广东省对广交会工作的支持，广交会副主任兼秘书长王志平在接受笔者采访时，曾特别介绍广东省原常务副省长汤炳权，为广交会选址琶洲，曾13次专程考察。“13次就为了考察这个场馆，解决这个问题，这对广交会是多么支持。他主管广东省外贸时间非常长，任过22届广交会的副主任，也见证了广交会的发展，见证了广东省外贸的发展。”

王志平的介绍，从一个细节，让人感受颇多，正如他接着朱森林老省长的话题满怀感慨：“广东省把光荣与责任，细化在对广交会工作的高度重视与深情支持中。”

2 为广交会会馆选址，省长和市长在大雷雨天气里跑遍广州；为做好广交会服务，的士司机“夹起尾巴做人”；广州市政府发文明确提出，共同把广交会培育“成为世界顶级品牌展会”。

2012年12月10日，广州市人民政府一份特殊文件出台，专为支持广交会工作，表达出广州市委、市政府的一贯态度，并第一次明确提出共同把广交会培育“成为世界顶级品牌展会”。

这份穗府〔2012〕39号文，名为《广州市人民政府关于支持广交会做大做强的意见》。在《意见》中，以6大项20条，提出坚持合作共赢，强化部市共建，探索合资合作，从规划扩建、要素供给、功能配套、招展招商、环境优化等方面加大支持力度，共同推动广交会实现五个转变，实现这一目标。

这是决心，是气魄，更是行动。很快，广州成立市建设国际会展中心城市领导小组，由市政府主要领导任组长，中国对外贸易中心（集团）主要负责人、会展业分管副市长、外经贸分管副市长任副组长，全市各相关单位为成员，协调解决建设国际会展中心城市和广交会发展中存在的困难和问题。

文件中还明确提出要进一步建设琶洲展馆，力争到2015年广交会展馆可展览面积达52万平方米，每年举办展览面积达700万平方米以上，其中展览面积10万平方米以上的大型展会达20个，并将广交会作为境外代表团访穗参观景点。

广交会，成为广州的骄傲和荣耀。广州与广交会血肉相连。已故广州市原副市长、广州市工商联原会长梁尚立老人，曾担任第1届广交会的接待处处长，亲历了第1届到第100届广交会。老人曾有许多关于广交会的深情回忆，广交会和广州市都曾有过的经历与感受，是他90年人生中最为看重的。他退休居住香港后创办广东培正学院，为的也是给国家、广州和广交会培养人才，他是把爱国的一腔热情倾注在广州、广交会的建设发展事业上。广交会创办之初，联络、接待外商的很多具体工作都由广州市工商联出面承担，至今，广州市工商联都会在每届广交会期间举办采购商小型联谊会，加强与世界采购商的联系。

“广交会对广州市来说无疑太重要了，当广州的市长要高度重视广交会。”这是广州市老市长黎子流说过的一句真情话。

在琶洲展馆新建的办证中心内，采购商享受舒适快捷的办证服务

黎子流当广州市市长的上世纪90年代前期，也是全面解决广交会客商吃住行难题的攻坚阶段，尤其出行，广交会期间必定是广州市交通最为拥堵的高峰。从世界发达城市经验看，地铁是解决交通瓶颈的最好路径之一。广州市建地铁从上世纪60年代起就讨论，并曾有过利用防空洞做试验的举措，但光打雷不下雨。以至某年秋交会期间，外经贸部一位司长对黎子流说：你们的地铁搞了几十年，搞到现在为什么还没动工？“我觉得人家批评得很好，要动工建地铁我们已经讨论了几十年，但却限于这样那样的原因一直没有动工。广交会一下子来那么多客商，交通拥挤的问题非常严重。当时我亲自去了很多国家和地方考察，下决心要排除各种困难，把广州地铁搞起来。1993年我们开始建设广州地铁一号线，现在经过几届努力，地铁已经成为广州市民、外来客商出行的最主要工具之一。”多年后，黎子流仍这样清晰地追忆道。

黎子流曾被广州市民誉为“广州地铁之父”，足见他为广州建地铁，解决广州交通难题付出的努力。笔者在1996年曾参与由当年广州市委宣传部部长、现任广东省省长朱小丹主编的《地铁梦圆》一书创作，在采访中，深感黎子流市长、广州市各级领导和普通百姓，无不对地铁满怀深情、翘首以盼。广州解决交通难题，也是从地铁开始，到建内环路、建BRT快速公交，一步步艰难走过来。如今，广交会展期时广州交通不再是难题，逢会必堵已成历史。

或许正是因为广州城市环境存在的问题，上世纪90年代初，曾有人主张把广交会搬去北京或上海，而且在当时每一届广交会期间都在小范围内有争论。广州市不仅承受着很大压力，这个主张更如要割广州人的心头肉。广东省、广州市都为此努力。“广交会在广州举办是周恩来总理定下来的”，挂在广州市领导的嘴上；努力建设广州城市环境，提供更好的优质服务，成为广州市领导和百姓的共同信念。为了选取广交会更好的会馆环境，黎子流还有这样的经历："我清楚记得，当时我和时任广东省省长卢瑞华同志在大雷雨的天气里跑遍了广州，选了三个点，后来确定在现在的琶洲馆。随着新馆选址确定和建设工作的展开，1996年以后这种争论也烟消云散了。"

广交会期间，世界客商、朋友云集，先进思想、新鲜经验、国际科技资讯汇聚，这些不只是让广州人开眼界，更是促进广州发展的推动力。广交会对广州的重要性，广州人心知肚明，广州市举全市之力重视和投入。每届展会期间，广州市就像家里来了客人，把客厅扮靓，为尽地主之谊，把最好的东西拿出来招待，从当年给客商参观郊区公社的试验田、游览景区、晚会演出，包括吃住行，都是广交会客人优先，当作特殊任务来完成。采访中，的士司机阿明向笔者煞有介事地说："广交会是广州出租车公司的'老窦'（广州话'父亲'之意）呢，是当年周总理特批从北京、天津、上海调来小轿车，后来广州才有了出租车公司。所以每届广交会还没到，公司的各种规定就出来了，车要天天清洗如新，人要时刻热情周到，如有投诉，加重处罚。我们都会夹紧尾巴做人。"

自从有了广交会，广州城市建设、经济发展，包括百姓生活，都打上了广交会的深深烙印。上世纪五六十年代，广州普通百姓把广交会当节日一样过，尽管广州市只保证供应广交会客商而他们看到都眼馋的特供粮油烟酒自己无法前往购买；七八十年代，以广交会为助推，广州大力发展城市基础设施建设，尽管有时广交会用车不够，广州市机关的车全部抽到交易会宁可自己不用。广州人真把广交会当作心中的金字招牌。如今，广州要强化部市共建，探索合资合作，把广交会建设"成为世界顶级品牌展会"，尽管广交会任重道远，但广州市一如既往，与之鱼水深情。

这明确思路与目标，这一如既往与鱼水深情，必将更为广交会添彩，更为广州发展鼓劲，开创广州与广交会前行的更美更新里程。

3

陈寅恪先生使用的收音机坏了，广交会正展出先进的牡丹牌收音机。陶铸说：“广交会展览完后，把它送到陈先生家里。”陈先生曾预见华夏“终必复振”。广交会光大与弘扬着蓝色文明海韵。

有关广交会的历史细节总是不断向我们涌来。

上世纪60年代中期的一天，一个特殊人物的日常生活情况被反映到广东省委第一书记陶铸那里：中山大学教授陈寅恪先生使用的飞利浦牌收音机，是解放前的，突然坏了，又没地方修好。中山大学问陶书记，能否帮助解决？

虽然陈先生早被获准不出席任何政治运动、不参加任何政治学习，但他每天通过这收音机按时听广播时事，听戏曲、京剧，收音机是他生活的必需品。这时正值广交会举办期间，展出的商品里有北京牡丹牌收音机，除了收音还可以放唱片，这是当时国内最先进的。

对陈先生一向敬重关心、曾专程登门看望过陈先生的陶铸一听，当即说道：广交会展览完后，把它送到陈先生家里。

不久，这先进的牡丹牌收音机就送到了陈先生手中。这个倔强而睿智的国学大师，由此对广交会产生了一份情谊。这情谊里，一定有着陈先生的深刻感怀吧？

其实远不只是这个，作为国学大师，陈先生曾对宋代有这样的评价：“华夏民族之文化，历数千载之演进，而造极于赵宋之世。后渐衰微，终必复振。”对中华民族复兴的未来，陈先生已分明预见。

陈先生还认为：中国历史的古代与近代之分水岭实是安史之乱；安史之

乱后，历朝历代虽多思振作，尤其是宋代，典章制度完备已极，但再也没有出现盛唐气象。今天，如果用这个史识考察中国海洋文明，我们可以深思：陈先生预见的华夏民族之文化“终必复振”给我们什么启示？海上丝绸之路为什么会盛极于唐宋？这蓝色文明，在今天我们如何振兴、创新、发展？这丝绸海韵，在今天我们如何传承、光大、弘扬？

陈先生还曾这样洞察：“中国将来恐只有南学，江淮已无足言，更不论黄河流域矣。”显然，这是陈先生把文化涵盖的地域范围比较后，对海洋文明，对海上丝绸之路文化海韵的一意卓识与远见。

与陈先生有着深入关系、与广交会有着更为亲密联系的大学者还有郭沫若。前文已述，第5届广交会召开前夕，时为中国人民保卫世界和平理事会主席的郭沫若曾陪同墨西哥前总统、世界和平理事会副主席拉萨罗·卡德纳斯将军一行参观广交会。1974年春交会第3次搬迁至流花路新建馆址时，展馆正面镶嵌的“中国出口商品交易会”9个大字就是时任全国人大常委会副委员长郭沫若亲笔手书的。第101届开始有的“进”字，也是从他的笔迹中找来的。而对海上丝绸之路，郭沫若在其主编的《中国史稿》中指出：“从中国乘船到缅甸的海路交通早在西汉已开辟。那时海上交通的重要都会是番禺（今广州），船舶的出发点则是合浦郡的徐闻县。”

蓝色文明韵悠长，中华儿女情相系。

2013年10月3日上午，国家主席习近平在印度尼西亚国会大厦发表重要演讲，首次阐述了共建21世纪海上丝绸之路的构想。2014年1月15日，在广东省十二届人大二次会议开幕式上，省长朱小丹在所作的政府工作报告中，明确指出：广东将全面促进粤港澳台侨合作和对外交流合作，积极参与21世纪海上丝绸之路和中国-东盟自贸区升级版建设。

“建设海上丝绸之路正当时，”广东省政府参事、省海上丝绸之路研究开发项目组组长、中山大学黄伟宗教授在这次省人大小组讨论会上肯定地说，“广东作为中国海上丝绸之路的始发地之一，又是当今中国第一经济大省，更应该在海上丝绸之路的建设中走在前面并大有作为。”他还明确认为：“广东改革开放这30多年，其实就是在循着古老的海上丝绸之路，在不断吸引外资，对外拓展贸易。”

无疑，面向世界的广交会，是对古老中国海上丝绸之路的传承发展，是对悠长蓝色文明海韵的光大弘扬。

继往开来，逐梦世界，蓝色文明拓新路，丝路海韵永悠扬。

未来，在招手。

第八章

光荣梦想

“实现中华民族伟大复兴，就是中华民族近代以来最伟大梦想。”2012年11月29日，中共中央总书记、国家主席习近平在北京国家博物馆参观“复兴之路”展览时这样深刻指出。

中国梦，光荣而伟大的梦想。一百多年来，凝聚几代中国人的夙愿，体现中华民族和中国人民的整体利益，每一个中华儿女共同期盼，为之奋斗不息。

1492年哥伦布发现新大陆，西方世界发展速度加快，资本主义全球化进程开始。1848年，科学共产主义纲领性文件《共产党宣言》发表。身处欧美国家工业革命已经完成或即将完成的重要历史时期，马克思主义创始人深刻指出：“资产阶级奔走于全球各地”，“一切国家的生产和消费都成为世界性的了”。

在各国经济相互依赖进一步加深、经济全球化广泛推进的今天，中国梦与世界深刻相连。

中国梦，世界梦。

广交会，这个以开放为使命、以广交互利通天下而深蕴中国梦想的中国品牌，如何再创新局，为中国梦想添彩？如何逐梦世界，成为世界品牌，永不落幕？

光荣与梦想，共与时代前行。

逐梦世界，没有结束。

光荣属于祖国

1 从一位年近80的老人的“学业证明”，到“争气门事件”，从一张黑白单人照，到彩色“合家欢”，人与物，家与国，广交会共见证、相深知。

年近80的广东省原外经贸委副主任伍明光，有一个被他视为宝贝的小箱子，里面珍藏着他参加广交会的近百个出入证、工作证和纪念章。他说：“这些既是我的藏品，同时也是我在广交会这所大学的学业证明。”

伍明光是从上世纪60年代初开始参加广交会的。那时他刚从北京对外贸易学院（现北京对外贸易大学）毕业，此后30多年在广东对外经贸部门工作，直到1997年参加完第81届广交会退休。从普通外事接待员、外销业务员做起，到中层干部，到主管广东省外贸工作的领导，到广交会广东代表团、广东交易团团长，他深情感慨：“我的每一步成长足迹都没有离开过广交会。”因为，广交会不仅使他增长知识，丰富阅历，提升改革开放理念，也强化了对外谈判技巧。“而这些都是在外贸学院读书时学不到的。”他肯定地说。如今退休了，离开工作岗位了，离开广交会了，但他每届广交会仍会去走一走，看一看，为的是了却心愿。这深切的心愿中，还有他挥之不去的一个心结，那就是所谓广交会“争气门事件”。

“文革”中，广交会受到“四人帮”的严重干扰。“我记得大概是1967年春交会，当时的交易会大门是从国外进口的，‘四人帮’知道后就认为这是‘丧权辱国’，于是强令不能用这个进口的门。但是第二天就要开幕了，连夜从选材到加工到油漆，通宵赶工做出一个国产门来顶替。当时‘四人帮’控制的舆论界就将这个叫‘争气门’。”伍明光这样回忆。他的回忆，是我们更多方面了解广交会有意味的镜子：“如果没有改革开放，就不会有对外贸易这么大的发展。”伍明光说：“以前在外宾面前，我们都表现得很拘束，有时候连笑也不敢多笑，该说的话才说，不该说的话一句也不说。改革开放后，人的心态就变得开朗了，在外宾面前敢笑了。”

以铜为镜，可以正衣冠；以史为镜，可以知兴替。

从压抑拘束到坦然而笑，是历史曲折蜿蜒的悲欢，却更见广交会百折不回的艰难奋进，更见这艰难奋进中培养、锻造、成长起了一代代中国外贸人。

贵阳市进出口公司总经理马锦鸿也有广交会的心爱珍藏，那是3张照片，都是在广交会流花展馆前广场上的留影，是他全家和广交会的30年缩影。

第一张照片拍摄于1977年10月，那时他还是一个单身汉，作为公司的业务员，第一次参加广交会时用海鸥相机拍下。第二张是1986年4月，他已成家有了孩子，偕在贵州省外贸公司做业务员、一起参加广交会的妻子和还没上学的儿子在广交会展馆前的合影，用理光“傻瓜”机拍摄。第三张是2005年4月，他作为公司总经理来参加广交会，妻子退休后受聘于上海某民营外贸企业仍来参加广交会，而长大成人、从海外留学归国并在广东省某专业外贸公司担任外销员的儿子也来参加广交会，一家三口，全成了广交会的客商，于是用数码相机留下了与广交会割舍不开的“合家欢”。

这真是意味深长。这3张照片从黑白到彩色的变化，不同照相机的替换，从单人照到“全家福”的演绎，可谓剪影情深，爱意绵长。一家三口，相伴广交会，人生共变化，事业共成长，家庭共发展。这生活变化，怎不是中国一个普通家庭、几代外贸人生动的历史记录？怎不是中国社会前进的生活缩影，广交会见证的时代风采？

悲欢离合都曾经有过，这样执着究竟为什么？

人与物，家与国，广交会共见证，广交会相深知。

2

人生有梦，圆梦让人快乐。个人梦，企业梦，几代人的梦，富民强国梦，广交会深切地与之相连着，融入在逐梦世界的时代追求中。

人生有梦，圆梦让人快乐。

“是广交会让我们这样骄傲。”辽宁天晶玻璃器皿有限公司董事长李晓东这样自豪地说。这自豪是圆梦的喜悦。这喜悦，是他们参展广交会从顶楼到一楼、从普通展位到品牌展位的10年圆梦追求。

1993年，李晓东的公司才以独立企业身份在流花展馆的轻工馆顶楼拿到半个展位。但就是在这偏僻的半个展位，他们拿下了美国一家大型精品连锁店的20多万美元订单。这第一单，不只是成交数字，更是通过广交会这大课堂学会如何和采购商做生意，如何从国际品牌理念来设计产品的发展思维。因为广交会展位紧张，那时一般的产品都会安排到展馆顶楼，一楼都是优先名优特产品。李晓东的公司做梦也想争取到一楼的展位。从此，他们锐意创新，瞄准品牌不断开发。为把握欧美市场需求，他们分别在美国、法国、香港等国家和地区设立子公司，邀请欧美设计师为他们设计新产品。流行趋势瞬息万变，他们的产品紧跟国际流行色，不断变换花色，每届拿到广交会的产品都要更新换代。于是，梦想成真，他们的展位终于在2002年从顶楼到了一楼，而且从标准展位到特装展位，从普通展位到名优特展位，再到品牌展位。他们的公司走向跨国公司，产品从当初几百个花色发展到上万个花色，成交量也逐年增长。

说到这，李晓东绘声绘色描述起一个细节："'5.5美元？太贵了！那边的展位才要1.7美元！'每逢遇到这种情况，天晶人都会跟采购商耐心解释：'我们这种产品是独一无二的，别人的产品和我们外观相似，但品质是不同的，您可以再比较一下。'仍有客人不服气地转头就走，但过不了多久就回来了：'再拿那些样品给我看看……'"

这细节里确实令人感到骄傲。也确曾有客人对他们说从没见过这么骄傲的厂家，就是不肯降价。"是的，既然进了广交会的品牌展位，有产品质量做后盾，我们就不以压价换取客户为目标。要让骄傲与荣誉同在，就要与广交会同行，不断追梦。"李晓东这样坦然表达。

与广交会同行，有几代人的梦想成真。

这是一个两代人的圆梦故事。

他叫尚劲松，山东山海玻璃制品有限公司董事长，从2000年起参加广交会。他的父亲曾任职于山东省轻工产品进出口公司，自1968年起参加广交会。他们一家两代人，亲历了广交会30多年的变化。他以《两代人的梦》为题，追述了与父亲圆梦的历程。

"父亲常跟我讲，搞了几十年的外贸，出口了那么多货物，最遗憾的就是没有创出一些真正意义上的出口品牌。”尚劲松这样写道，“父亲当时从事纸张的出口业务，广交会来的客商，大多要求贴牌生产。父亲那代前辈也曾经尝试过使用自己的品牌出口，但是由于历史条件的局限性，我们当时的产品质量、市场调研和广告投入，都无法支撑起出口品牌的建设。”

历史总有遗憾，圆梦离不开现实条件与人生追求，更需要一代代人的不懈奋斗。

“当山海玻璃进入广交会的时候，正赶上国家发展出口品牌战略，鼓励以质取胜的大环境。在商务部一系列发展品牌政策的鼓励下，我们如鱼得水。借鉴我在对外经济贸易大学和国外进修时学到的西方先进的品牌拓展理论，结合我们企业的实际，我们摸索出一条发展自主出口品牌的道路。记得2000年我们以Sino Glass为出口品牌第一次在广交会流花馆露面的时候，就得到商务部领导的高度评价和鼓励。‘Sino Glass’一词的前缀Sino是‘中华’的意思，Glass是‘玻璃’的意思，这个商标的直译就是‘中华玻璃’，表达我们发展民族品牌的决心和理念。几年过去了，我们的商标在世界上数十个国家和地区进行了注册，并且通过广交会这个平台，我们把这个品牌推向了世界。我到国外商店做调研的时候，最激动的就是看到贴着Sino Glass商标的产品同世界其他知名品牌的商品放在同一货架上，那种兴奋和民族自豪感无以言表。”写到圆梦处，尚劲松心潮澎湃。两代人的梦圆，离不开广交会。“从以产定销，产什么卖什么的计划经济时代，到现在的以销定产，以市场为导向，为客户定制产品，广交会的这一变化也从一个侧面显示了我国从计划经济向社会主义市场经济的伟大转变。”尚劲松的表达，自然而然地流露出他对社会发展的认识，对依托广交会圆梦的深情。

这深情是他和父亲两代人接力追求的放眼瞭望：“如今父亲已退休。我们经常在一起回味过去的场景，讨论广交会的新变化。据我所知，业界有不少同行都像我们家这样两代人都参加过广交会，在广交会舞台上追逐着各自富民强国的梦想。”

个人梦，富国梦；家庭梦，民族梦。广交会如此有机而深切地与之相连着，如此生动而炽热地融入逐梦世界的时代追求中。

3 从“产销不对路”到与国际市场接轨，从低质低价的代名词到“中国制造”在美国纽约时代广场广而告之，展示着广交会从“中国第一展”迈向世界一流展会。

“广交会是窗口和机会。”在2012年10月第112届广交会上，珠海格力电器总裁董明珠这样感慨。格力电器作为空调行业的领军者，每次参展都备受瞩目。这届再次强劲展出低碳节能、自主创新家用新品“全能王”系列，一开展就吸引了海外客商的青睐。面对许多企业外贸出口“寒冬论”的担忧，董明珠自信十足地表示：“很多人都在

广交会上的格力集团展区

说库存高，但我是没看到库存。”她透露，“我们离心机的生产订单一直持续到了明年1月份。”格力在广交会上的惊艳表现，说明了格力对于空调未来发展的信心。

这信心是格力集团瞄准世界低碳节能、自主创新发展趋势的努力，也是参展广交会获得的启示。国际市场青睐中国家电产品，主要得益于中国家电企业在核心技术上取得的长足进展，而这在广交会表现得十分突出。格力目前已经拥有各项专利超过6000项，其中发明专利1300多项，多项科技成果处于国际领先水平。更见出格力打造世界品牌努力的是，2012年3月，格力形象片亮相美国纽约时代广场，每天播出频率最高时达160次，初定连续播出5年。“我觉得它起了告知作用，过去全世界都认为中国制造是低质低价的代名词。这次形象片的播放，只是多了一个让别人改变此种观点的机会。”董明珠深有体会地说。

说起机会，格力集团有更多感受。进入2000年，一些企业在悄悄地“淡出”广交会，格力集团也在这一年缺席广交会。但只过了3年，格力又靓丽登场。“因为这里最快、最直接反映国际市场的变化，给企业启示和机会，我们不能放弃这个窗口和机会。”董明珠这样肯定表达。上世纪90年代初，36岁到珠海“搏商海”，从应聘到当时名为海利空调器厂的格力电器做“打工妹”，到如今执掌空调领军行业的“铁娘子”总裁，董明珠对广交会的感受入木三分。

广交会的窗口意义，普通广州市民都有感觉。很长时间，由于“产销不对路”，一些在广交会上卖不出去的商品，展期一结束，货主就在广交会展馆门外直接抛售起来，广州市的大街小巷更是到处可见这样的“货郎”。广交会也曾展出过多年的中山装、解放鞋，如今企业家们懂得了用休闲服、皮鞋、运动鞋来与国际市场接轨。改革开放初期，外商更看中中国的廉价劳动力价值，来料、来样、来图加工电器的订单往往占到外贸公司成交额的一半甚至更多，而客商提供的一张图纸、一个样品，会被工作人员当作“宝贝”一样收藏起来。也是在为海外加工制造的感悟中，国内企业起步、发展，一点一滴地缩短了与国外的差距，让自己的产品走出国门，走向世界，成为品牌。

董明珠的感受、格力空调的去而复返，或许可以更让人们体会到，广交会使封闭的思维方式变得开放，广泛打开了人们的国际视野，体现着“中国第一展”的风采与意义。

从共和国会展的“独生子”“长子”成长为“中国第一展”，从开启开放大门，到成为中国企业参与国际竞争的重要舞台，广交会半个多世纪的历程，见证了中国经济与对外交往的沧桑巨变，一代代中国外贸人在这里成长。而不断改革创新，保持旺盛生命力，广交会又显示了中国进一步改革开放、向贸易强国迈进的坚定信心，为中国企业、为中国梦想迈向世界开创了一条独具魅力的通道。

“开始的时候，为什么我们要开设广交会，就是冲破西方资本主义阵营的经济封锁，为了创汇。现在为什么还搞广交会，已经不完全是为了创汇，也不是为了冲破西方资本主义阵营的经济封锁，实际上是我们走向世界的一个重要的场所。现在广交会已经由原来单纯的商品交易变成了信息交流、结识客户、预测发展趋势的场所。它的功能也由原来的单一变得很多了。”采访中，广交会副主任兼秘书长王志平这样理性地向笔者表达。他满怀深情地说：“外经贸部老部长石广生曾亲笔撰文这样写道：‘广交会是全国的广交会’。石部长说出了广交会人的心里话。广交会是国家的，光荣属于祖国，大门始终敞向世界。”

贰 在世界格局中

1 在法国驻广州总领事馆总领事白屿淞先生看来，广交会的规模之大令人吃惊。与巴黎博览会相比，广交会的设施更完善、更大、更好。他微笑表达："广交会真的大，是品牌。"

跨越国界，从东到西，在法国人眼里，中国的广交会是怎样的？

2013年7月9日，当笔者如约来到法国驻广州总领事馆总领事白屿淞先生的办公室，向他提出这一采访询问时，这位中等个子、沉稳直率的外交官，不是用外交辞令，而是十分坦诚地说："首先，我对广交会举办了超过50年的时间，被广交会吸引的众多人印象深刻。因为在法国的一部分地区，并没有如此历史悠久的出口贸易会。"外交家知识渊博，对他工作的地方也多有了解："对我来说，它是一个标志，同时也是一个事实的标志，它向世界传达了一个信息，广州过去是、现在仍然是国际化的贸易区域，几个世纪以来就是如此。因此，广交会是广州贸易能力的重要标志。"

外交家一定对广州的对外贸易历史深有印象，对从广州出发的海上丝绸之路有所了解。但广交会不只是代表广州的外贸能力，外交家是以他的习惯思维来表达吧。由远而近，他说得条理清晰："另外，琶洲展馆现在的设施给我的印象也非常深刻，它们的确令人吃惊。我把它和巴黎博览会做了一些比较，琶洲馆的设施更完善、更大、更好。当然，巴黎已经没有多余的空间，无法再在哪儿建筑任何新的大东西，它已经被占满了，不拥有像广州这样大的地域。”言谈中，法国外交官对广交会流露出溢美之词。

在谈到法国企业界参加广交会的情况时，白屿淞先生脱口而出：“法国在上世纪60年代早期就已经参加展会。之所以参加得早，是因为战后的经济需要复苏，并且只有在国家能力重新恢复以后，贸易和经济能力才能慢慢提升上去。”

这里，不知是外交官的记忆有误，还是并未准确表述，笔者查阅过有关资料，法国企业家是首次广交会就参展了，而且法国是欧洲国家中参加最早、最多届次的国家之一。世界著名的零售商家乐福上世纪80年代开始参加广交会，开始广泛采购。家乐福集团副总裁、家乐福中国区总裁施荣乐先生更获得广交会“百届辉煌特殊贡献奖”。

笔者不便于打断，不由接着问道：“法国对广交会展出或者中国出口的商品中，哪些是法国企业家和消费者比较喜欢的？”总领事咧咧嘴，开心一笑说：“这个问题非常有趣。但我无法确切地回答这个问题，因为对我们来说，这些信息并不明确。你把采访提纲发来以后，我们稍微查了一下。60年代早期，法国人对往中国销售商品更有兴趣，而非从中国购买商品。当然，事情随着时间改变了，过去10年，法国对中国制造的产品兴趣极大。如今，情况已经稍微平衡一些，越来越多的法国人想要销售他们的产品，但是我不太确定他们是否成功地在广交会销售出了他们的产品。”

身在广州，总领事自己对中国制造的感觉又如何呢？“我住在广州，所以我在广州花钱。我买的东西不多，也许因为我的家人没和我住在一起，所以我的需求不太大。但是所有的日常用品我都是在广州购买的，我不用到别的地方去购买。我不去香港购物，我可以在广州找到任何我需要的东西。”他强调，“当我需要购买食物的时候，我会去大型超市，也会去小的商店。我喜欢超市。我喜欢在街上漫游，去找一些新的地方。”说到这，他也没忘记表现下法国式的幽默：“当然，我不是广交会合适的客户。”

虽然不是广交会合适的客户，但总领事乐于做连通法国与广交会的桥梁。2012年10月第112届广交会期间，法国设计展团首次参展，并于10月24日在广交会产品设计与贸易促进中心举办了“法国设计师专场对接活动”。白屿淞先生专门出席，和与会的5家法国机构的著名设计师、100多位参展商现场热烈交流。他表示，这次的对接活动令人感受到浓郁的热情。他还诚挚邀请广交会参展企业参观法国展团，吸收法国的设计灵感，找到设计合作伙伴，达到双赢。

如何看待名牌、品牌，包括像茅台、路易十三这样的高档物、奢侈品？外交官有法国式的理解：“路易十三非常贵，没有意思，要付很多钱，我们法国人的习惯不是这样的。我不知道路易十三的价格，但它非常非常贵，我在法国从来不买它，在中国也不。”白屿淞先生断然地说。似乎怕笔者不理解，一旁的领事翻译特别补充道：“法国人的文化，是用最合理的价钱买到好的东西。”

不追求奢侈，但对品牌，法国人却有着强烈的兴趣与追求。世界时装之都在巴黎，设计享誉世界，也许这里包含的更多是产品品质、文化内涵。临别之际，这位总领事又微笑着强调：“广交会真的大，是品牌。”

2 在巴基斯坦驻广州总领事馆总领事巴伯·阿明先生看来，广交会是奇迹，巴基斯坦企业家热衷参加广交会。他感慨：“广交会还是友谊与文化的世界盛会。”

2013年11月11日，大半年的周折后，终于采访到巴基斯坦驻广州总领事馆总领事巴伯·阿明先生。他日程排得满满，把广泛沟通联系珠三角企业家作为工作的重要内容，每天总在各种奔忙中。但一见面，交流却十分愉快。他介绍，现在巴基斯坦的经济状况，大约相当于上世纪80年代末的中国，正大力吸引外资，全力发展经济，所以他要尽职，要广泛结识中国朋友，尤其是有实力的珠三角企业家，要动员他们去巴基斯坦投资发展。“巴中人民是‘铁哥们’嘛。”他幽默一笑，用一个比喻生动开场。

一说到广交会，巴伯·阿明先生便滔滔不绝：“广交会的历史源远流长。”巴伯·阿明先生又用上了形容词，语调充满感情：“巴基斯坦也是最早参加广交会的国家之一。也就是说巴基斯坦参加广交会的历史也是源远流长，因为巴基斯坦跟中国的关系非常友好。在广交会创建之初，许多西方国家不承认新中国，所以就很少国家来参加广交会。但巴基斯坦来了。当时巴基斯坦的商人主要是来购买机械设备，很基础的零件。从1957年广交会开办以来，巴基斯坦就不断有商人来参展，如今更是热衷参加广交会，因为可以帮助我们发展经济，巴基斯坦人民喜欢‘中国制造’。”

巴基斯坦驻广州总领事馆总领事巴伯·阿明先生

真没想到巴伯·阿明先生对广交会有这么多了解，而且有着与中国人几乎一样的理念。由此，巴伯·阿明先生对广交会也有着非一般的期待："就我本人而言，非常诚恳地说，即使我们领馆已经把广交会的信息传达给所有巴基斯坦的商会，以及投资贸易发展署，但是我想广交会的相关信息也只是让这些商会以及投资贸易发展署的会员、企业知道。老实说，广交会在巴基斯坦并不是广为人知的，所以我认为广交会如果能够更进一步地直接在巴基斯坦扩大宣传，就能让更多的巴基斯坦商人知道广交会，让他们知道广交会的重要性。"言辞恳切，建议具体，笔者被这位外交官的真情所深深感染。

说这是采访，不如说是对广交会形象宣传的探讨，是关于中巴友谊的深情回味吧？因为巴伯·阿明先生对如何让更多巴基斯坦企业家了解广交会，参展广交会，满怀期待，更是早有良策。

他坦诚地说："我认为其中一个有效的方法，就是广交会可以在巴基斯坦的主要媒体上登广告宣传。比如说下一届的广交会在2014年4月举行，那么在这之前，广交会可以在巴基斯坦的一些主要纸媒、电视，包括网络上刊登广告，在广告上写明联系方式、相关网站，包括广交会的简介都介绍，让更加多的巴基斯坦人民了解。这样，广交会在巴基斯坦的知名度就更高了。"

如此执着的表达、具体的考虑，对一个外交官来说，真是专注。笔者不由满口答应一定会把这些建议转告广交会。听到这，巴伯·阿明先生便要翻译特别告诉笔者："总领事说他本人很乐意提供协助。如果广交会和我们联系，总领事可以向巴基斯坦的一些媒体了解他们的广告是怎样收费的，需要什么程序。还有就是广交会需要多大的版面，有什么样的材料介绍，我们都可以告诉巴基斯坦的媒体。"

笔者不由发问：总领事曾做过经济或传媒工作吗？"都没有。我没有经过商，也没在商界待过。但外派不同的国家，都会和所在国家的商界有很多的接触。说到外交，人们以为都是政治外交。但现在，我们国家大力发展经济，和中国开始改革开放时一样，外交工作都倾向于经济外交，慢慢向经济外交转移。”

坦诚真挚，致力国家振兴经济，这与中国曾经历的社会转型相似，工作重心也相同。巴伯·阿明先生还介绍，他有位朋友在中国主编一本英文周刊，专门向世界介绍中国经济发展，周刊叫《中国经济发展文摘》，向中国以外的国家发行，介绍中国发展经济的经验，也让巴基斯坦人民从中学到很多。

驻广州总领事馆之前，巴伯·阿明先生在北京的巴基斯坦大使馆工作过3年，后去维也纳、印度驻外，2013年初任职广州。他对中国有较多了解，参观过世界很多知名展会。他比较后说：“巴基斯坦也有很多知名展会，也有世界各国的客商来参展，但远没有广交会这么大规模。即使世界那些大展会，包括德国的知名展会，参展商都不如广交会的多。这是中国的骄傲，也是值得巴基斯坦借鉴的。”

友好坦诚，情深意长，巴基斯坦外交官巴伯·阿明先生眼中的中国、广交会，有着非一般的意义与重要。他来广州这大半年，正好赶上两届广交会召开，他都前往参观，他深有感慨地说：“广交会还是文化与友谊的世界盛会。”

3

从海湾国家、东南亚国家到新兴经济体南美国家驻广州的总领事馆，从总领事到副总领事，在他们眼中，广交会一样充满希望，是梦想舞台。

作为海湾国家在广州设立的唯一领事馆，科威特驻广州总领事馆商务参赞戴夫先生对广交会的感受又是另一番滋味。他说中国是科威特有史以来最友好的朋友，科威特驻广州总领事馆于2008年设立。2012年科威特的工贸部副部长（次大臣）阿布杜·阿其滋先生亲自带团前来参观广交会。他们对这个参观访问非常满意，并且把访问广交会的见闻带回科威特，促成了科威特将广交会设为本国每年必须参加的国际会展，并把这个展会列入科威特最重要的国际参展会名单中。戴夫先生作为代表团的陪同，这次一起参观了广交会。

科威特是一个富庶的海湾国家，尤以石油和天然气闻名，石油储藏量占世界的十分之一。科威特全国面积17818平方公里，人口约360万。这样富裕的国家，能把参加广交会列为定期参加的国际展会，意义重大。近年来，广交会多次组团到科威特专门推介，参加广交会的科威特客商逐渐增多。戴夫先生介绍，科威特人很喜欢中国的地毯、家具、服装和鞋子，他自己也会经常去买，并带回国内赠送亲友。但广州的阿拉伯语人才太少了，有时要找个翻译很难，这也影响了科威特客商来参加广交会。从戴夫先生的感受可以看出，面向世界，广交会成为世界盛会，各种人才成为需要突破的瓶颈。

与科威特不同，采访菲律宾驻广州总领事馆总领事拉里·德哈达先生时，他特别希望新鲜的菲律宾芒果、香蕉、金枪鱼、椰子，以及芒果干、手工艺品、橡胶产品和家具通过广交会进入中国市场。

菲律宾有中华总商会和华商联总会两大华商机构，从广交会创办开始，这两大机构就积极组织工商界华人华侨参加广交会，有很成熟的渠道。菲律宾的华文媒体对广交会的报道多而且深入。所以菲律宾驻广州总领事馆特别期待的就是，通过广交会，建立进出口贸易双向平台。

拉里·德哈达先生还介绍，菲律宾有一个“马尼拉展”，也是每年举办两次，主要集中展示菲律宾家具设计。“这是一个值得中国市场关注的展会。我个人希望中国的企业家能到菲律宾参观这个展会，你会发现这些家具的设计全国驰名，家具的提供商和生产商都在那儿。这是接触菲律宾家具最好的一个渠道。”拉里·德哈达先生诚恳地说。

拉里·德哈达先生非常赞赏广交会在菲律宾的推介工作。“这种推介使得菲律宾人民不但知道‘中国正在发生什么’，也让他们了解了‘世界正在发生什么’。因为广交会在推进中国经济、把中国制造向世界推广方面有着巨大影响。我想这是如今中国变成全球经济引导者十分重要的一个原因。”拉里·德哈达先生对广交会，有着自己独特的感受与评价。

作为世界新兴经济体成员国，来自南美洲的巴西驻广州总领事馆总领事乔西·维森特·莱萨先生，对广交会非常关注，对巴西各大城市来参加广交会的企业、人数和采购产品情况也了如指掌。“因为中国是巴西的最大进口国，两国的贸易量日渐扩大，巴西人也非常喜欢中国制造，特别是广东的家电、服装，在巴西都很受欢迎。”乔西·维森特·莱萨先生说起中国制造，颇为兴奋。作为新兴经济体，巴西与中国有着非常多的共同点，关系密切。他对中国、对广交会满怀期待与热望：“巴西正在实行‘快速增长计划’，就是加快发展经济。我们特别欢迎中国的企业家去巴西投资，所以在北京专门成立了巴西投资促进会。也希望通过广交会，把巴西制造、巴西特产出口到中国来。巴中虽然相距遥远，但海运方便，而且成本不高，我们可以化弊为利，加快两国贸易发展。”

乔西·维森特·莱萨先生虽然到广州的时间不长，但对中国文化有一定了解，说起话来，会学着使用中国词汇，“化弊为利”一词，翻译可能是听得多了，很流利地道出了这个词语。乔西·维森特·莱萨先生一家都在广州，总领事馆设在临近珠江、环境优美的珠江新城，他说他夫人最喜欢这个环境，这里舒适繁华，尤其购物方便。对他而言，这里是了解广州经济动态最好的地方，因为珠江对面就是广交会。

说起对广交会有什么建议，他想了一会说："实在想不出什么来，我也去过世界不少国家的展会，但广交会是最好的。如果要提建议，希望会馆的通风设备更好一点，太热了，广州湿度又大，温度又高，有时让人受不了。"这位来自南美热带国度的人，走进广交会展馆还觉得热，不知是还没适应，还是因为广州春季潮湿加上天热让他受不了，或者广交会确实应该在这方面有所改进？

对广交会的重视，从巴西驻广州总领事馆副总领事费南度·耶保隆斯基先生主动要求接受笔者采访可见一斑。这位对经济颇有研究的副总领事，具体详细介绍巴西的经济特点和资源优势后，诚挚地说："作为共同的新兴经济体国家，我们要加强合作，要利用好广交会，希望关于广交会的这本书，为我们多做宣传。"这最后一句，不由令笔者开怀一笑，好可爱的外交家哦。

广交会，在这些外交家眼中，在世界格局中，一样充满希望，是梦想舞台。

叁 这样执着究竟为什么

1 网友们对广交会爱恨交加。被骗，尤其被网络诈骗，是如今广交会面临的顽疾与挑战，也是网友之“恨”的源头。爱之深，恨之切，网友们割舍不下广交会，这也给了广交会重要的参照。

网络已经进入我们的普通生活，广交会也在努力打造网上交易平台。网络这一特殊平台，激起了人们对广交会的强烈兴趣，网友们的各种帖子，寻找商机、袒露心迹、传授经验、提醒告诫、忆旧交友，无奇不有。赞、叹兼之，拍砖、灌水有之，围观、吐槽共之，有图有真相，你想象不出的都有。而且人人有感慨，个个很执着。

当然，这一切，概括起来，最抢眼球的是两个字：心与情。自然这其中相关爱与恨。

一位网友自豪地介绍，他5年参加广交会，不仅订单年年递增，还找到了同是做外贸的心上人，“我人财两获啊”。

自然也有败走麦城的。一位网友说他2010年参展时，纺织业因棉花价格大幅上涨而前景暗淡，他们辛苦一场，无功而归。但由此他更感受到了广交会作为中国外贸晴雨表的真切意义。

一位叫“小酒窝”的朋友触景生情：这几天上下班忽然感觉地铁怎么拥挤了很多，而且又多了好多老外，才想起又到广交会了。去年前年的我，还在广交会实习呢，不由得挺感慨的。感受到了来自世界各国的文化，还可以每天看到进口帅哥。喔呵呵。

一位“姓江名南客”的楼主，发表在2004年的《广交会心得》，洋洋洒洒五六千字，通过一次参展经历，从如何谈生意、得订单，怎样一边做生意一边交朋友，到如何拓展出口贸易途径、提升出口企业核心竞争力的认识，不一而足，且不乏真知灼见。立马，围观、跟帖的成群。有位网友感叹：工作原来可以更美的！更有人署上真名实姓说：很想认识你，做个朋友。一位“菜鸟”表达：写得真好，对我们这些刚入行的，真是很好的指导，希望多见到这样的东西！对这帖子，如今还有网友在紧跟不舍，已达到70多个页面，数千条。

一个署名为雁子、发表于2011年10月的原创帖《外贸生涯中的首次广交会啊，让我又恨又爱到那地步》，令人玩味：刚大学毕业入行外贸的她，因公司没有展位，便被老板安排联系找人。“经过跟中介讨价还价，其中就有个李先生入了我的‘法眼’。但他的价格比其他人低很多，我心里也曾犯嘀咕：会不会是诈啊？后来李先生电话里说：你这么害怕，先付50%定金吧，余款可以等你们布展时候再付。后来跟老板商议，就跟李先生签了合同，打了1万定金。可是当展期开始，我和老板两人匆匆赶往琶洲馆布展时，傻眼了，摊位被占，而那个‘李鬼’再也联系不上了。可想而知，我们遭遇了可恨的骗子。”

这种受骗，她并非广交会的孤例。但她坚持：“老板返程，我一个人留在了广州。开幕当天，我就从宾馆搬了一大摞目录去展会现场寻找‘目标’，说白了就是看到老外就发名片发样册。”这种做法其实是广交会禁止的，也许是初生牛犊不怕虎，她继续挺着。她曾被展馆“巡逻”保安逮住过，肩膀被重重的资料磨出过道道瘀痕，受过旁人白眼，但她仍然熬着：“多次躲在洗手间委屈自问，我还要坚持吗？如果就这样放弃，今后自己不就会活在失败的阴影和自责里？加油雁子。我自己给自己鼓劲，尔后深吸一口气，厚着脸皮继续对老外‘点头哈腰’。”作者介绍，由此，她开始在过道一侧观察同行，摸索诀窍，但这招也只是让她收获了几张名片。“匆匆回到公司，我马上联系了名片上的客户，并对自己冒昧的举动表示抱歉。然而有一位希腊的客人，他居然对我的‘勇气’大为赞赏，2天内就给了我一个40平柜的订单。接到传真过来的采购清单，老板又惊又喜，而我百感交集，这些天的辛苦都灰飞烟灭了。这是雁子外贸生涯里的第一个客户呵。”

言行、心情、感受、形象跃然纸上，买展位、不按规定发资料的失范行为也照实记录。这无疑是一个值得引以为戒、为鉴的典型故事。紧接这帖子，抢沙发的就上来了。一位懂行的网友告诫地说：此做法在展会上是禁止的，行业叫它“偷鸡”，那是七八年前还好，现在严多了。一位网友也不无感动地说：不错啊，广交会是有机会的。

被骗的事，尤其通过网络诈骗，是如今广交会面临的顽疾与挑战，也是网友之“恨”的源头。为此，广交会多次通过各种途径提请企业谨防上当受骗，反复公告广交会唯一的官方网站网址。

网络发展，是时代必然。网络平台表情达意，是社会进步必然。我国网民数量世界第一，已成网络大国。爱恨交加，爱之深，恨之切，网友们对广交会难以割舍，也因此更加执着，也给了广交会重要的参照。

2 1966年，27岁的可可扎先生只身前来参加第20届广交会，至今坚持，被誉为“铁杆广交会会员”，获得广交会“百届辉煌杰出贡献奖”殊荣。“我是中国的情人。”他真情表达。

采访瑞典林雪平英特·艾润特公司总经理彭皮诺·可可扎先生，印象深刻。2013年春秋两届广交会期间，笔者3次采访这位年过七旬的国际“铁杆老广交”，每次都有说不完的话。

“我是中国的情人。”这句话，他不知给多少人说过，也成为媒体报道他的一句经典。在这位典型的西方人心里，对中国、对广交会，不仅感情真，而且情深意长。

1939年，可可扎先生出生在意大利。1961年，他在瑞典林雪平市创办了自己的公司，但生意并不理想，在和朋友聊天中，他得知中国有个广交会，专做出口贸易。在阅读过他老乡的著作《马可·波罗游记》后，他对中国心驰神往。1966年10月，27岁的可可扎第一次踏上中国的土地，只身前来参加第20届广交会。

“从那时至今，除开2003年春季那届因‘非典’我断过一次，每次广交会我都来了。我的生意需要，我的感情更需要。”满头白发梳得整整齐齐的可可扎先生欢愉地说。

1966年，正是“文革”开始之时，可可扎先生清楚记得，他刚到广州那天入住羊城宾馆时，服务员特意派送他一本红封皮的《毛主席语录》。此后，这本“红宝书”就成为他每来中国必带的宝物，直到现在。不知是为了证实，还是习惯，在采访中，过了47年的今天，他很快便从行李箱里拿出他的珍藏，递给笔者。笔者接过一看，英文版袖珍本，1966年北京外文出版社第一版。

“不光这本书，还有参加广交会的证件、纪念章、奖章、照片、广州市荣誉市民证书，我都很好地收藏着，这就是一种感情。”可可扎先生笑着说。

“文革”时期，参展广交会的外国人只能住指定的宾馆。可可扎先生那时住的羊城宾馆（现东方宾馆），设施简陋，睡觉用蚊帐，洗澡也很不方便。尤其晚上，城市漆黑，没有消遣的地方。对这个外国人来说，吃的东西更不习惯。“我不在乎这些。一是年轻，二是可以采购到货物。那时广交会虽然没有太多东西，但适合我，尤其中国朋友对我热情，广交会把我们当贵宾，那种感觉在家里是没有的。”说得流畅自然，可可扎先生并无做作。他还记得第一次参加广交会，只购买了数千美元的产品，都是电筒、笔刨和玩具。

“那时候的商品没法跟现在比。”可可扎先生继续回忆，“产品种类少，也不讲究设计、包装，但价格好，我喜欢。”正是这样的感受和收获，让可可扎先生对广交会对中国，从当初的向往到了发自内心的喜欢。改革开放后，他更可以自由到中国各地去旅游了。“我喜欢中国的山水，我去了中国各个大城市和名胜，感觉中国太大了，太美了。慢慢地，广交会上的产品多了，好东西丰富了，品牌也有了，西方人也喜欢上了中国制造，我的生意更好做了，做得更大了。”可可扎先生越说越兴奋，还特别强调了一句：“我从广交会上就看出，中国人这么聪明、勤奋，中国一定会强大起来。”

听到这，笔者心头一震，不由想起了本书开篇提到的德国史地学家李希霍芬说过的那句名言，似乎从可可扎先生这里得到了有意思的回应。

信念来自认识和理解。可可扎先生对广交会的感受是点滴积累的，对中国的认识也是一城一景去看形成的。如今他的公司做大了，在瑞典的公司还有广东籍的员工，他说和他们合作得很好。不仅是生意，可可扎先生还开始参加中国的社会活动，为广州市与林雪平市建立友好城市积极奔走。2006年10月，他获得广交会“百届辉煌杰出贡献奖”殊荣，2009年11月，被广州市政府授予“荣誉市民”称号。

不只是自己，可可扎先生还介绍瑞典和意大利的朋友来参加广交会。他说，这样他对中国的感情会显得更有意思。说到这，可可扎先生向笔者递过来一本厚厚的书：“这是我2011年出版的，里面有我参加广交会以来在中国的全部经历。”笔者接过一看，意大利文，书名《我的经历与生意》，精装版，厚达674页，其中中国部分占了近三分之一篇幅，15个页面有百余幅关于广交会和在中国各地游览的照片。

“我把这本书送给你，如果方便，请你把它译成中文，在中国出版吧。”说完，可可扎先生拿出笔，挥笔签上名，庄重地递过来。

笔者点头，不由也把带在身边的一本作品签上名，回赠这位诚挚的外国老人。

“别把我当外国人，我是中国的情人，我有一颗中国心。”可可扎先生开怀大笑。

这开怀，或许正是他为什么执着参加广交会的最好回答吧。

3

一个电视节目激起千重浪，有人欢喜有人愁。家电巨头去而复返表明：广交会魅力依然，挑战同样严峻。挑战与机遇同在，广交会更加执着。

如果执着是坚持，执着更是百折不回，迎难而上。

2008年第103届广交会举行期间，中央电视台《经济半小时》播出了一个专题节目《“没落”广交会的“反思”》。这标题一看就让人惊诧。节目通过第103届广交会纺织展区的冷清和订单的锐减，告诉了人们一个严峻的现实：类似于纺织业这样的出口行业已经遭到了人民币升值和原材料成本上涨的重创。

一石激起千重浪。

这“没落”备受关注。这届采购商虽比上届略有增加，但比上年同期下降，且各地区采购商到会冷热不均。而参展商亏本的有，没接到订单的有，不只是纺织行业，陶瓷、玩具等成交也继续下滑。

然而，面对“没落”，却是有人欢喜有人愁，或者用网友们的话说也是“爱恨交加”。

相对一家纺织企业一无所获甚至赔本的遭遇，发出“下届还不知道参不参加”的感叹，珠海一家工艺制品有限公司的老总则袒露：“今年形势还不错，我们的客户订单已经排到了9月份。”当有小企业发出“不接单等死，接单是找死”的无奈时，有品牌的大企业则感欣慰：“我们订单上升，前景看好。”有人更坦言：“以前我们被那些搞价格战的小企业拖得太累了。”行家分析：“物价上涨，原材料和劳动力成本上升，这些是经济发展的必然趋势。不是人民币升值速度太快，而是中国外贸企业的外汇风险控制能力不强。”

对此，广交会副秘书长、新闻发言人徐兵有更具体的说明：这届广交会，来自中东、东盟和新兴市场的采购商普遍增加，成交额也有不同幅度上涨；而欧盟、香港地区、美国、台湾地区、韩国和日本等主要出口市场到会采购商全面减少。由于受国际市场需求影响，纺织服装、陶瓷、玩具等传统出口商品成交量出现不同程度的下降。

相对“没落”，一样有“逆势上扬”。可见“没落”的不是广交会，而是广交会作为外贸出口风向标呈现的某些行业的现实，反映出我国出口形势和环境面临的重重困难。“今年做外贸的，不比谁能赚，就比谁能撑。”参展商们坦诚地说。这是一种反思，“能撑”就要坚持，更要发展。

徐兵还透露：这届进口展趋好，布展效果、参展企业质量和成交情况均比往届有大幅提高，高科技环保产品受青睐。从下届开始，广交会将进一步加大力度推介更多的国内专业买家到广交会进口展区来采购。广交会扶持和鼓励企业培育、创立品牌的导向不变。

这无疑也是一种反思，在反思中引导：怎么“撑”，用什么“撑”，“撑”什么。

中国加入WTO以来，品牌企业逐步成为广交会的中坚力量。这中坚力量怎么形成的？广交会从第95届起设立品牌区，此后又设置户外大型展示表演舞台，免费为品牌企业展示产品形象，向参展企业释放出强烈信号：在鼓励企业扩大出口的同时，广交会更加鼓励企业培育自主品牌，应对金融危机，提高竞争力。同时，鼓励政策出台，对于自主创新、拥有自主品牌和自有专利的优质中小企业，展位分配倾斜。这良苦用心，本身就是一种“撑”。

第99届广交会优秀特装布展

家电巨头的去而复返，或许更值得反思。

早在2002年，因被称为彩电行业“三驾马车”的四川长虹、深圳康佳、广东TCL集团隐退广交会，业界就质疑过广交会的魅力。这些家电企业缺席广交会的同时，却穿梭于全球各种专业展会上。一番闯荡，2005年，这些家电巨头去而复返。披着4年“走出去”参与国际竞争的硝烟，他们回来打的是扩大品牌知名度、展示品牌形象的“品牌战”，并针对不同会展特点，把黑电产品放到了香港电子展，把后发产品空调等白电带到了广交会。在这届广交会上，他们更以全新设计的展位形象与品牌商品融为一体，再占鳌头。

显然，这品牌战，回应着广交会的引导与坚持。或者说，那“没”与“落”，体现出“理性回归”。

重返广交会家电馆的TCL集团一名负责人明确表达：“TCL又开始重视广交会了。虽然会继续在外面参与所有与电子家电有关的国际展览，但不会放弃广交会的阵地。就如本届广交会依然与4年前退出的时候一样，与香港电子展时间有所冲突，但我们这次选择的不是放弃一方，而是双管齐下。”

家电巨头的回归表明：广交会魅力依然，挑战同样严峻。挑战与机遇同在，广交会更加明白，更加执着。

逐梦永不落幕

1 著名数学家华罗庚教授曾率“推广优选法统筹法小分队”在广交会做专场推广，科学精神融入广交会。阿里巴巴现身广交会，相约全球买家。互联网的兴起、发展为永不落幕的广交会注入活力。

这是关于广交会又一个难忘的历史细节。

1974年11月，著名数学家华罗庚教授率“推广优选法统筹法小分队”在广西桂林市推广“双法”后，转道来到广东，在广交会做专场推广。

这正值这年秋季广交会闭幕后，各交易团留下进行经验交流期间。华罗庚教授以通俗易懂的语言介绍“双法”，以形象、幽默的举动，通过折纸条和香烟烧洞的举动讲解0.618法，告诉人们如何用最优选的方法，提高工作效率，统筹工作全局。

数学大师亲临讲座，科学管理引导广交会。雪中送炭，这给了广交会人宝贵启发和鼓舞。从此，科学精神、现代管理理念，融入广交会，相伴前行。

这一年，正是广交会搬迁至新建成的流花展馆，新环境，新理念，推动广交会新历程。1975年起，广交会取消了闭幕招待会，不仅符合客商心愿，也优化了管理。伴随改革开放，1979年广交会不再设工业学大庆、农业学大寨展馆，也不再展出先进单位的典型事迹；组织来宾集体参观活动停止，展会闭幕后展品即行拆除，不再开放参观；招待性文艺演出被取消，开幕酒会和招待香烟被取消；政治标语被商品广告取代，强加于人的宣传得到纠正。历史转型，包含着内容和形式，凸显着时代与科学精神。

时代主旋律是改革开放，科学精神贵在探索创新。

2013年11月11日，一个普通的日子，被中国网民掀起波澜、创造成了购物狂欢。阿里巴巴集团"造节"完胜："光棍节"变成了"购物狂欢节"，当日2.13亿网民挤进天猫，24小时内支付宝总销售额达到191亿元，超过2012年美国网络星期一的78亿元，成为全球最大的网上购物节。

这一天，距离第114届广交会降下帷幕后仅一个星期。这一天后不到一个月，12月9日，阿里巴巴集团对海尔电器集团有限公司进行总额为28.22亿元港币的投资，重点扶持海尔电器旗下的日日顺物流。双方将联手打造家电及大件商品的物流配送、安装服务等整套体系及标准，该体系将对全社会开放。

如果说海尔集团是站在广交会巨人肩膀上20年成长起来的巨人，阿里巴巴的天猫却是借助广交会的现实平台，以10年时间飞跃，网罗世界。

10年前，第一次站到广交会大舞台上的阿里巴巴还刚露头角，当时很多人听到这个名字都会发笑，还以为是在讲"芝麻芝麻，开开门"的阿拉伯古老神话呢。然而，这确实有如神话般传奇。

"当年我们第一次参加就遇到了'非典'，很多人都在回避人群密集的地方，但作为阿里巴巴公司已经承诺客户去参加广交会，我们就硬着头皮去了。"阿里巴巴公司一位负责人谈起当时的经历，如此追忆。没想到“芝麻”真的就开门了，广交会的推广效果远远超出了预期，阿里巴巴的名声也随着参加展会次数的增加越来越大。这位负责人继续介绍：“我们通过提供免费上网服务、供应商的光盘手册和免费的咖啡等服务给参加广交会的厂商，一方面让更多的海外买家了解阿里巴巴作为中国最大的B2B电子商务平台能够提供更多的中国供应商，另一方面也加深阿里巴巴在中国的出口企业当中的影响力。”搭上广交会顺风车，广交会展馆附近的地铁站过道都成了他们的地盘。统一身穿橘黄色T恤的阿里巴巴推广人员在这里向来来往往的全球采购商派发公司资料，相约买家。至2012年第112届广交会，阿里巴巴推出在线广交会专属频道，采购商通过专区做第一轮精准筛选，锁定意向客户后，再到达广交会现场与供应商进行业务洽谈，从而大大提高采购效率，也降低采购时间成本。

从这个角度说，广交会不仅仍是企业成长的孵化器，更是网络时代催生巨人的加速器。海尔集团与阿里巴巴是形象证明。作为现实贸易的中国第一平台，广交会为网络贸易平台铺垫着深富潜力的基础，孕育着不尽希望。或者说，这是广交会的时代新风采。

巨人肩膀上，总有巨人的力量与精神，展示着巨人的胸襟与品格。还有哪一个展会，能具如此深切情怀？

面对竞争，广交会副主任兼秘书长王志平信心坚定：“注重传统会展的广交会，也已悄然搭上了电子商务快车，这就是中国对外贸易中心推出的‘网上广交会’电子商务平台。即便是广交会闭幕，广交会的会员也可以通过网站与全球采购商交易，现实贸易与网络电商结合，成为永不落幕的广交会。”

历史有它的前进轨迹，有它的科学精神和内在魅力。互联网深刻改变着人们的生产和生活方式，为永不落幕的广交会注入活力。

王志平还介绍，为深化改革，发挥市场在资源配置中的决定性作用，提升品质，加快发展，广交会已着手在上海、天津与有关方面合资合作扩大业务、建设比琶洲更大的展馆，这些合作中广交会占了60%的股份。可以预见，广交会一个扩大开放、更具竞争机制、与世界贸易更为广阔、更充满活力的发展时期正在到来。

2 会展是文明社会发展的产物，商业文明促进社会向前发展。在世界会展业进程中，广交会半个多世纪的辉煌与荣耀，创新发展了中国特色商业文明，为推进世界商业文明贡献力量。

1984年，广交会获得“国际墨丘利金奖”。这块长方形金色奖牌上方，镶着纯金铸成的“商业之神”标记，下方有象征和平友好握手的纯金图案。两幅纯金图案，深切强调奖牌中间的文字：表彰广交会发展国际贸易与国际合作方面做出的贡献。

这是否同时也彰显了广交会创新的时代商业文明，体现着广交会架设的中国与世界友谊桥梁的价值?

回首人类社会展览活动，萌发于原始社会的祭祀礼仪，最初出现的展览就是祭祀展览。到公元8世纪，集市、庙会出现，12世纪法国的“香槟集市”，吸引法、意、德、英等国商贾云集。随着社会分工和生产力发展，到19世纪，欧洲展览会逐渐成熟，走向现代，进而诞生了1851年的英国“万国工业博览会”（又称第1届伦敦“世博会”）。工业革命使英国成为“世界工厂”，这次史无前例的盛会，全面反映了人类科技、文化的进步与发展，并以国际大展览会的崭新形式，展示人类文明的精彩对话，成为世界展览会的里程碑。此后世博会（Expo）两年一届，直到今天。2010年，上海成功举办第41届世博会，主题为“城市，让生活更美好”。

让生活更美好，可以说是世博会绵延的主题，世界首创的众多重大发明曾在这里向世人展示：1876年费城世博会上的贝尔电话机、留声机，1939年纽约世博会上的电视机，1964年纽约世博会上的电子计算机技术、复印机，1985年筑波世博会上的机器人技术，等等。

世界展览一般分为贸易展览会和博览会。两次世界大战期间，综合性质的贸易展览会和博览会迅速发展成为主导形式。第二次世界大战后，贸易展览会和博览会转而朝专业化方向发展。到20世纪80年代，无论综合性或专业性，贸易展览会和博览会都已成为世界范围的庞大行业，形成完整的体系。

在世界各国中，德国是展览业发展最富成就的国家，尤其专业展会从概念到实践，有力推动了国际化进程，专业性展会更有针对性、更富成效，其中又以1947年成立的德国汉诺威公司最负盛名。该公司拥有当时世界最大展览场馆汉诺威展览中心，总面积达100万平方米，净可展出面积49.7万平方米，基础设施一流，展览突出资本货物，公司年收入达到2.5亿欧元。每年举办的CeBIT是世界规模第一的展览会，而汉诺威工业博览会则是全球最有影响力的展览会，每年举办逾50场专业贸易展览，吸引来自100多个国家近200万名观众。还让人感叹的是，汉诺威展览中心每年有超过1万名的记者前往采访。

广交会以到会采购商最多且国别地区分布最广、成交效果最好的综合性国际贸易盛会，而迈向世界一流。广交会的展览总面积超过100万平方米，规模已居世界第一。近年来，每届广交会都吸引着中国2万多家优秀企业，2012年第112届更有213个国家和地区的近21万名采购商与会。广交会在突出综合性时，结合着专业性，互为促进，并向市场化、专业化、法制化、产业化、国际化方向大步发展。

2006年10月，世界最大的展览组织机构励展博览集团总裁兼首席执行官麦克·拉斯布莱德，参加第100届广交会庆典后，又参观了一整天展会。他以世界眼光认为，广交会不仅是全球最大的展会之一，而且是全球商界人士日程安排不可或缺的内容之一。双方由此建立工作组，探讨合作，展示出广交会向世界一流盛会坚实迈进。

正如邓小平当年预言与期待的那样：广交会会越办越好。

这越办越好中，广交会还有一份与其他国际一流展会不同的独特价值，这就是服务于国家改革开放和经济建设大局、服务于对外经济贸易发展和扩大中外交流的宗旨，并实现“双肩挑”。

半个多世纪来，广交会不仅把众多中小企业培养发展成为大企业、品牌企业，成为中小企业发展成长的孵化器，又引领发展，成为大企业、国际品牌的助推器；既推动出口大力发展，又力促进出口贸易平衡；既为国家大经贸战略前行探索，又推动不同经济主体形成有机的多元对外贸易格局。这独特价值，也是优选与统筹的科学精神，是广交会不辱使命的创局与发展。

在这创局与发展中，同时缩影着中国会展业从无到有、从小到大、从弱到强的奋进历程。

新中国诞生之时，发展国内经济时间紧迫、任务繁重，加上西方资本主义阵营国家的经济封锁和禁运，如何加强与世界各国的经济贸易往来、促进国内经济建设，更是新中国政治与经济不可分割的历史重任。1952年5月，中国国际贸易促进委员会成立，开始与世界各国的民间贸易团体积极开展双边和多边交往。1956年10月，日本商品展览会在坐落于北京西直门的苏联展览馆（今北京展览馆）举办，这是新中国成立后最早的来华展会之一。在承接来华单国别展会的同时，1952年1月和1952年3月，我国应邀派出展团分别参加了印度国际工业博览会和巴基斯坦国际工业博览会。1955年，由当时的城市服务部组织的全国供应大会在北京西苑大旅社（今西苑饭店）召开,这成为全国糖酒会的开端，直至1984年，糖酒会开始分别在春季和秋季举行，同时糖酒会的名称更改为“全国糖酒三类商品交流会”，开始适应商品流通特点。简略回顾，我们可以看到，广交会不仅在充分意义上实现了对外贸易交流，也在开创意义上成为中国会展业的领头羊，成为中国会展经济的肇始。跟随改革开放，中国会展进入迅速发展时期，会展市场逐渐扩大，会展产业化进程加快，会展国际化趋势加强。据中国会展经济研究会专业委员会统计：截至2012年底，全国展览数量为7083个，总面积为8467万平方米。如今我国会展体系进一步完善，有力推动了社会进步，为塑造良好的中国形象做出了独特贡献。而广交会从共和国会展的“独子”到“长子”，被人们形象地誉为“中国第一展”。如今迈向世界会展一流的广交会，它的历史内涵与现实意义怎不深值我们解读？英国《金融时报》曾以中文刊文这样写道：“中国不是一个帝国，而是一个非常成功的贸易国家，利用国家的力量在全球增进自己的商业利益。”在中国成为世界第二大经济体并迈向世界第一大经济体的时代进程中，在民族复兴的逐梦世界进程中，广交会风采独具，传奇新颖，创写了时代的辉煌与荣耀。

这辉煌与荣耀，丰富着商业文明的时代内涵，创新出中国商业文明的品质特色，为促进世界商业文明发展贡献力量。

这辉煌与荣耀，是共和国60多年的奋进历程，是中国从一个弱小的半殖民地对外贸易国家发展成为名列前茅的全球贸易大国并正迈向贸易强国的一篇华章、一部壮剧。

这辉煌与荣耀，书写着一个经济奇迹的创局历史，投射出中国和平崛起的坚实身姿，展示出向世界讲述中国故事的优美呈现，勾勒出民族复兴、逐梦世界的时代践行者坚定而壮丽的前行足迹与奋进历程！

智利蓬塔阿雷纳斯市仿造的麦哲伦船

3 世界大航海时代，中国下西洋的桅杆与西方环行世界的船帆先后闻听同一海涛声。世界知名游轮船长笑谈中国“敢闯”“开放”。这海韵与心声，飘逸出广交会精神旋律：逐梦世界，创局永不落幕！

都说心有多大，舞台就有多大。心与舞台，到底有什么关系呢？

2013年1月5日，智利蓬塔阿雷纳斯市，依海而建的麦哲伦公园，游人稀少。公园海边，一艘巨大的仿造当年麦哲伦驾驶的航船高高耸立，桅杆、帆绳密布，画有麦哲伦头像和他航海地图的巨幅地图紧靠而立，在阳光映照下分外夺目。海滩边，还有几十个工人，正在建造多艘不同小船，似是要建造出当年麦哲伦的航海船队。海风吹来，目睹眼前景色，远眺麦哲伦海峡，笔者心头一阵滚热。

1520年，人类历史上首次环球航行的葡萄牙航海家麦哲伦船队，就曾停泊在蓬塔阿雷纳斯。也正是这支船队的到来，使这里的海上贸易兴盛，开始繁荣。为纪念这位世界著名的航海家，蓬塔阿雷纳斯所在的大区被命名为麦哲伦大区。

也是在这里，麦哲伦的船队准备寻找通往那时人们以为的“南海”航路，并历经周折发现了一个海道，这就是今天我们说的麦哲伦海峡。经过20多天艰辛航行，航出曲折险峻的海峡时，眼前浩瀚无际的“南海”却风平浪静。航海家一时兴起，这位穿越了无数惊涛骇浪的船长，立马就给“南海”起了个吉祥的名字：太平洋。

又经一路并不太平的扬帆远航，1521年3月，船队到达如今的菲律宾群岛。在岛上，麦哲伦派遣仆从恩里克用马来语和渔民开始交流。恩里克出生在苏门答腊岛，是麦哲伦12年前把他从马六甲带到欧洲去的。

在这里，历史有了巧合。这片海域，正是“大航海时代”的先驱、中国航海家郑和七下西洋扬帆过的地方。如今的马来西亚马六甲博物院就设有郑和纪念室，面对马六甲海峡，竖立着郑和远眺大海的雕像。2013年7月，笔者曾专程参观福建省长乐市郑和航海馆。郑和的航线从中国出发，经西太平洋穿越印度洋，直达西亚和非洲东岸，途经30多个国家和地区。而郑和首次下西洋的航行，比哥伦布发现美洲大陆早了87年，比麦哲伦早了114年。这同一片海域里，中国海上丝绸之路的船帆与桅杆，又比他们早

福建省长乐市的郑和雕像

了多少年呢？

蓬塔阿雷纳斯是南美洲重要的港口城市，又因其地处南纬高纬度，成为前往南极的重要补给站和往返点。笔者这次正是从南极返回途经这里。

1910年6月，英国著名探险家罗伯特·福尔肯·斯科特乘坐“特拉·诺瓦号”启程前往南极。没想到的是，这位踌躇满志的海军上校未能实现自己第一个到达南极点的壮志，挪威罗阿尔德·阿蒙森一行抢先一个月，于1912年1月14日到达了这个探险家们梦寐以求的地方。更为悲壮的是，斯科特一行到达南极后，返回时天气骤变遭遇暴风雪，全部葬身南极。当他们知道生命最后的时刻就要到来时，斯科特在临终的日记中写道：“我们都希望自己能以相似的大无畏精神去迎接末日的到来，并且我们确信，终了之日已经不远了。”写完，他还深情地补充：“看在上帝的面上，请照顾好我们的家人。”

在笔者这次往返南极的维丹轮上，有一部描述这个过程的英国纪录片，再现了保存完好的当年斯科特和队友们自己拍摄的相关画面、他们的临终日记。片中，斯科特的儿子、剑桥大学彼得教授面对镜头深情地说：“我永远记得父亲留给母亲信中的一句话：‘可能我无法成为一个好丈夫，但我将是你们美好的回忆。’”而斯科特留给当时仅3岁的儿子的嘱咐是：热爱自然，喜欢户外活动。看到这里，笔者眼角湿润。

在维丹轮上，笔者曾和船长彼塔·波斯先生聊到南极与航海。这位年过60即将退休、大半生航海的美国籍荷兰人感慨地说：“大海是最富梦想的地方，你的冒险精神和好奇心随时可以得到满足。”他说他多次到过中国，他的伯父上世纪20年代就在上海港做过船长，他的侄子如今也在上海工作：“中国闯海很早，中国人一样富有冒险精

广交会琶洲展馆

神。”说到这，他略加思索，微微一笑：“用你们的话说，是不是叫敢闯、开放？”

如此中国式表达，笔者被他逗笑。彼塔·波斯先生的幽默，应该是基于他家几代人亲历的对中国昨天与今天的了解。而对今日中国时代变化与精神面貌的描述，也正是这位航遍全球大洋大海的世界知名游轮船长的感悟与心声吧！

敢闯、开放，冒险精神，中国海上丝绸之路的海韵，世界知名游轮船长的心声，飘逸出广交会精神旋律。

不要把冒险与冒失等同。冒险，《现代汉语词典》解释为：“不顾危险地进行某种活动。”可见冒险有目的，怀抱梦想，是历险，更是勇敢，拼搏，做前人没有做过的事，“杀出一条血路”！

改革开放的总设计师邓小平，1992年在南方谈话中，这样深切指出：“没有一点闯的精神，没有一点‘冒’的精神，没有一股气呀、劲呀，就走不出一条好路，走不出一条新路，就干不出新的事业。不冒点风险，办什么事情都有百分之百的把握，万无一失，谁敢说这样的话？”

这是对“冒险”深刻的思想注解与精神揭示。

半个多世纪，广交会从冲破封锁中诞生，到成为世界一流盛会，正是怀抱梦想，凝聚梦想，追逐梦想，勇于创局，坚定向前，“冒险”奋进！

2005年，美国著名专栏作家托马斯·弗里德曼出版了他的著作《世界是平的》，作者认为经济全球化把世界抹平了。然而，抹平并不等于平整、平均，更不是简单的共享、共分。航海家们发现新大陆，环行世界，在证明地球是圆的外，也有着世界是平的的意义，但并不是水涨所有船都能升高。由此，世界却更具竞争，差异加大，谋求发展更趋多元，未来更充满机遇与挑战。在这个意义上，世界更是一个竞争的平台，一个逐梦的舞台。

广交会深怀中国梦想，把追求融入中国梦想，践行中国梦想；为逐梦世界，打造出历史平台，不断建设着现实舞台；破局开篇，创新不止，传奇不断。

心有多大，舞台就有多大。

梦有多大，平台就有多大。

逐梦世界，永不落幕！

后记

当听到要出版本书第二版时，写后记的想法同时出现在了我的脑海。没想到这么快书就要出第二版了，这归功于读者的厚爱。

本书在第115届广交会开幕当天举行了首发式暨研讨会，即获得参展客商和读者的特别关注。一位出席首发式的外国驻广州总领事馆总领事还建议本书译成英文，让更多读者通过广交会了解中国的变化和发展。他的建议得到了参会的广东省委宣传部和广交会领导的热情回应。前来参加本届广交会、本书多次写到的香港知名商人李欢看到本书后，专门约我在广交会见面，要我在他购买的多本书上签名，他说要带回去送给他的朋友，同时建议我在香港出繁体版。读了报刊上的评论文章和网上的网友感言，我更深感广交会在人们心目中的地位和影响，深感人们对中国改革开放不断深化发展、对中国成为世界第二大经济体后向世界第一大经济体迈进的关注、思考与感奋。这是时代的精彩、生活的滋味，是中国梦想的魅力。这精彩、滋味与魅力不仅有舌尖上的，更有目光中的，胸怀里的。我亦深感选择广交会这个题材的有幸和意义，也唯有更好地呈现广交会的历史与现实故事，更好地呈现中国梦想的历史与现实追求，更好地呈现中国走向世界的历史与现实步伐，才不负读者厚爱，不负改革开放时代的召唤。修改意在突出广交会的历史传奇与故事可读，更集中于改革开放主线，展示中国走向世界、和平崛起的中国精神与品格。

文学创作其实也是遗憾的艺术。笔者笔力有限，匆匆就此，期待来日。

感谢读者厚爱，感谢您的开卷。

作者

2014年5月29日